古典詩歌研究彙刊

第十四輯

龔鵬程 主編

第5冊

趙蕃研究（上）

施常州 著

國家圖書館出版品預行編目資料

趙蕃研究（上）／施常州 著 -- 初版 -- 新北市：花木蘭文化出版社，2013〔民 102〕

目 6+208 面；17×24 公分

（古典詩歌研究彙刊 第十四輯；第 5 冊）

ISBN 978-986-322-448-8（精裝）

1. 宋詩 2. 詩評

820.91 102014975

ISBN-978-986-322-448-8

古典詩歌研究彙刊

第十四輯 第五冊 ISBN：978-986-322-448-8

趙蕃研究（上）

作 者 施常州

主 編 龔鵬程

總編輯 杜潔祥

出 版 花木蘭文化出版社

發行所 花木蘭文化出版社

發行人 高小娟

聯絡地址 235 新北市中和區中安街七二號十三樓

電話：02-2923-1455／傳眞：02-2923-1452

網 址 http://www.huamulan.tw 信箱 sut81518@gmail.com

印 刷 普羅文化出版廣告事業

初 版 2013 年 9 月

定 價 第十四輯 17 冊（精裝）新台幣 24,000 元

趙蕃研究（上）

施常州 著

作者簡介

施常州，男，1966 年 3 月出生於江蘇省宿遷市。1985 年參加教育工作，1994 年 6 月畢業於南京師範大學，獲碩士學位（中國古代文學專業唐宋文學方向，師從鍾陵教授），2010 年 12 月再次於同校同專業畢業，獲博士學位（師從程傑教授）。曾參與國家哲學與社會科學研究項目《宋詩話全編》、《明詩話全編》（主持人均為吳文治先生）等課題的研究工作，並發表學術論文十餘篇。現為南京審計學院國際文化交流學院副教授。

提　　要

趙蕃（1144 ～ 1229），字昌父，號章泉先生，是江西詩派在南宋中後期的代表詩人，被方回譽為兩宋詩壇「高年仕宦不達」的三大詩人（另兩位為梅聖俞和陳師道）之一。他一生曾在州、縣短暫仕宦，其後長期隱居鄉野，朝廷屢次徵召而不起，以節操超逸名聞天下，因此，朱熹稱賞他「志操文詞，皆非流輩所及」，葉適讚揚他「視榮利如土梗」，陸游說他「高吟三千篇，一字無塵土」。

他生活的年代，與朱熹、辛棄疾和「中興四大詩人」幾近於同時，又因長壽，文學活動時間更長，且詩思敏捷，「援筆立成」，平生創作的詩歌達一萬餘首，流傳至今的還有三千七百餘首，數量上在宋代詩人中位居前列。其詩歌，內容豐富，可謂一幅南宋中、後期社會的歷史畫卷，一部南宋社會眾生相的忠實紀傳；藝術上，師法廣泛，眾體兼備，各體皆工，被劉克莊譽為「一生官職監南嶽，四海詩名主玉山」。因此，南京大學莫礪鋒教授評論說：趙蕃在南宋詩壇的地位，僅稍遜於「中興四大詩人」。

本書係國內外首次對趙蕃進行全面系統的拓展研究，內容有趙蕃詩歌的版本考證與文字校勘，生平、交遊與年譜的勾勒，哲學思想、政治理想和詩學理論，詩歌的題材內容與主題，體裁、風格與技法，以及藝術淵源、缺陷、地位與影響。

目次

下 冊

前　言

該書是作者的博士學位論文，也是國內外首次對南宋詩人趙蕃及其詩歌進行全面系統研究的專著，採取程千帆先生倡導的「資料考證與藝術分析並重，背景探索與作品本身並重」的研究方法，考述了趙蕃的生平仕歷、交遊和著作情況。

趙蕃的思想包括人生思想和政治主張，其人生思想的基礎是儒家思想，同時融合了佛、道的通脫。其詩學理論，既包括儒家傳統的詩學觀點，也融入了宋代理學和江西詩派詩歌理論等宋型文化特徵。

趙蕃的詩歌，題材廣泛，內容豐富，有酬贈詩、感懷詩、行役詩、田園詩、山水詩、詠物詩、挽悼詩和狹義範圍的敘事詩等。其感懷詩，抒寫了對儒家道德倫理規範的堅貞不渝，對艱難困窘的人生際遇的無限悲慨，以及對當時內憂外患的政治形勢和日趨衰落的社會風氣的深沉憂慮；田園詩，既描寫了農村優美的景物和農民快樂的勞動生活，也描寫了農民勞動的艱辛與遭受的嚴重雨澇災害，富有濃郁的生活氣息和鮮明的地域風情；詠物詩，吟詠最多的是竹子、梅花、菊花等植物，代表了詩人超逸高潔的人格追求；行役詩，忠實地紀錄了旅程的行蹤、見聞與困苦，抒寫了羈旅中對時光流逝、世事變遷和衰老貧病的深沉感慨；山水詩，反映了宋人寄意山水、啓迪智慧、尋求人生與文學創作的「江山之助」的特定內涵，具有形象生動的繪畫美特徵，呈現清逸雅致、遼闊綿遠、奇麗壯美等不同的審美特徵。此外，趙蕃詩中廣義範疇的酬贈詩很多，本書重點論述了趙蕃在日常生活中，與親友之間求取或贈送有關物品時寫作的酬贈詩，這些狹義範疇的酬贈詩，反映了南宋士人非常活躍的文化生活和深廣豐富的精神世界。

趙蕃詩歌的主題，憂世與憂生並存。憂世，主要表現在客觀地抒寫了對南宋社會內憂外患形勢的深沉憂慮；憂生，主要表現在忠實記錄了南宋中下層士人貧病交加的生活狀況，抒寫了中下層士人對儒家道德倫理規範的堅守不渝、對隱逸生活的熱烈嚮往，以及對超逸脫俗的高尚節操的追求。趙蕃的詩歌還表達了強烈的親情與友情觀念，歌唱了朋友之間患難與共、堅貞不渝和豪爽仗義的情誼，反映了身處內憂外患的政治情勢與窮愁潦倒的生活處境的寒士，對情感慰藉的強烈需求。

體裁上，趙蕃詩歌眾體兼備，五言律詩和七言絕句的數量最多。古體詩，多爲感懷、酬贈、行役之作：五言古詩，篇幅長短不一而又有常態的規律，而且組詩很多，風格多典雅凝重；七言古詩，多稱賞友人堅守超逸不凡的人格，風格上有的悲淒深婉，有的散漫縱恣。律詩，頗有中唐灑脫自然的風格特質，體現了趙蕃對杜詩與江西詩派詩學思想的繼承與悖離：五律，組詩和長律很多，章法上多用氣韻連貫的全篇單行體，句法上喜用流水句，對仗上常有三聯或三聯以上用偶句，對仗自然精工；七言律詩，充溢著對人生境遇蒼涼悲苦的感受，大部分中間二聯對仗工整，而其他兩聯不對仗，技法上大部分不用典。絕句，題材內容豐富，組詩很多，七絕組詩尤其多；少部分絕句刻畫至微、含蓄雋永，大部分絕句章法多呈直下之勢，體現了宋詩重理求氣的特點；對仗上，五絕常用對仗的偶句，七絕很少用偶句；句法上，大量使用流水句，部分七絕轉折的變化與實虛結合的藝術很高。

風格上，以灑落自然爲主，同時又多姿多彩：或莊重典雅，或婉轉含蓄，或清新自然，或圓融通脫。

技法上，重視章法、句法與字法，常用比興、虛實相生、以文爲詩等技法，以及比喻、誇張、對比等修辭手法。

藝術淵源、地位與影響上，趙蕃詩歌取法較寬，思想、文化和藝術淵源比較深遠，廣泛汲取了陶淵明、杜甫、韓愈、蘇軾、黃庭堅、呂本中和曾幾等作家的創作思想與藝術風格，尤其是江西詩派的詩學藝術。其詩歌，在當時廣爲流傳，詩名與影響很大。在南宋之後，從元到明清兩代，趙蕃及其詩歌仍然得到文史學家方回、朱明鎬、四庫館臣和李慈銘等人很高的評價。

緒　論

趙蕃（1144～1229），字昌父，號章泉先生，與澗泉韓淲有「二泉先生」之稱。國內外現有趙蕃研究的成果，尚處於初步階段，主要集中於以下幾個方面：（一）認爲趙蕃是南宋江西詩派的代表詩人之一，如莫礪鋒先生的《江西詩派研究》一書，把趙蕃作爲南宋繼呂本中、曾幾之後的江西詩派的代表詩人〔註1〕；程千帆先生的《兩宋文學史》也認爲趙蕃「是當時所公認的江西詩派的繼承者」〔註2〕。（二）對趙蕃詩歌的研究方興未艾，但是主要局限於文學史中簡要、概括的介紹爲主，如上述《兩宋文學史》等。（三）還有若干單篇論文述及趙蕃及其詩歌，涵蓋於文學流派或群體研究中，以流派或群體中一員的面目出現。如張惠菊《南宋中後期上饒——玉山詩人群體研究》〔註3〕，周靜、王友勝《論南宋「上饒二泉」其人及其詩》〔註4〕，花志紅《上饒二泉其人其詩簡析》〔註5〕等若干篇論文。（四）

〔註1〕莫礪鋒《江西詩派研究》，齊魯書社，1986年，第177頁。

〔註2〕程千帆，吳新雷《兩宋文學史》，河北教育出版社，2000年，第292頁。

〔註3〕張惠菊《南宋中後期上饒——玉山詩人群體研究》〔碩士學位論文〕，河北師範大學，2008年。

〔註4〕周靜，王友勝《論南宋「上饒二泉」其人及其詩》，《湖南科技大學學報》（社會科學版），2008年1期，第107頁。

〔註5〕花志紅《上饒二泉其人其詩簡析》，《文教資料》，2007年第32期，

從宋代學術與詩歌發展史的角度有一定的涉及。如孔妮妮論文《南宋的學術發展與詩歌流變》〔註 6〕，將「『二泉』之詩——秋之靜寂」作爲一個問題，認爲「二泉」詩歌是道學影響下的創作。

一、趙蕃研究的意義

首先是趙蕃研究的理論意義。趙蕃是南宋中期江西詩派的代表詩人，創作成就較高，在南宋中期詩壇佔有重要地位。如朱熹云：「昌父（趙蕃）志操、文詞，皆非流輩所及」〔註 7〕。劉克莊所作《後村詩話》錄趙蕃詩頗多，並稱讚他「一生官職監南嶽，四海詩名主玉山」〔註 8〕。江西詩派從北宋黃庭堅開始，到宋末元初的方回總結其歷史地位，前後相距二百多年。方回說：「上饒自南渡以來，寓公曾茶山得呂紫微詩法。傳至嘉定中，趙章泉、韓澗泉正脈不絕。」〔註 9〕目前，學界對江西詩派的研究，多集中在北宋和南宋的前期，主要針對呂本中所作《江西詩社宗派圖》中詩人，對江西詩派中、後期的發展脈絡及代表詩人尚未及細究，處於初步涉獵階段。因此，全面、深入地研究這一時期的代表詩人趙蕃，其意義不僅可以促進趙蕃研究的全面深入推進，而且可以推動江西詩派中、後期發展脈絡的研究，因此具有較爲重要的學術價值。

趙蕃詩歌數量很多，內容豐富，可謂一幅南宋中期社會的歷史畫卷、一部南宋社會眾生相的忠實紀傳。趙蕃詩現存三千七百餘首，陸游說他「高吟三千篇，一字無塵土」〔註 10〕。其交遊很廣，

第 4～5 頁。

〔註 6〕孔妮妮，《南宋的學術發展與詩歌流變》〔博士學位論文〕，復旦大學，2004 年。

〔註 7〕〔宋〕朱熹《晦庵先生朱文公文集》卷 54《答徐斯遠》，朱傑人、嚴佐之、劉永翔主編《朱子全書》第 23 冊，上海古籍出版社、安徽教育出版社，2002 年，第 2579 頁。

〔註 8〕〔宋〕劉克莊《寄趙昌父》，《全宋詩》第 58 冊，第 36145 頁。

〔註 9〕〔元〕方回《次韻贈上饒鄭聖予〔沂〕〔並序〕》，傅璇琮編《黃庭堅和江西詩派資料彙編》下，中華書局，1978 年，第 868 頁。

〔註 10〕〔宋〕陸游《寄趙昌甫並簡徐斯遠》，錢仲聯校注《劍南詩稿校注》，

在當時的影響也很大。他不但與當時的眾多文學名家，如中興四大家陸游、楊萬里、范成大、尤袤有密切的交往和眾多的詩文唱和，還與辛棄疾、周必大、朱熹、葉適、趙汝愚、曾幾、趙彥端、韓元吉、李處全等著名人物往來唱酬密切。值得注意的是，這些人大多曾經是南宋朝廷知州以上的高官，甚至尊爲宰相（如周必大、趙汝愚）。透過趙蕃與這些上自高官、下至貧民隱士交遊的詩作，我們可以勾勒出一幅幅動人的南宋中期社會的歷史畫卷。

趙蕃詩歌是宋代理學、禪學、道家思想與詩學相互融合滲透的典範。趙蕃的理學背景很深厚，先後師從於劉清之（清江學派創始人之一）、朱熹等理學大家。他一生甘貧力學，博極書傳，重視氣節，可以說，理學對其文學創作影響淵深，其詩文作品可謂宋代理學與詩學相互融合滲透的典範。如葉適讚揚趙蕃「固窮一節」、「視榮利如土梗，以文達志」〔註 11〕的高節。方回稱譽趙蕃是宋代官位不高而詩歌成就斐然的三大詩人之一，他說：「宋人高年仕宦不達，而以詩名世，予取三人焉：曰梅聖俞，曰陳無己，曰趙章泉」〔註 12〕，可見趙蕃詩歌對宋代詩學的融合與貫通達到了平淡而高妙的境界。

其次，概說一下趙蕃研究的實際意義。目前，國內外關於趙蕃研究，既沒有專門研究的專著，也沒有專題論文。不但詩歌的版本考證、文字校勘、生平事跡與年表等基礎的資料整理工作尚沒有很好地開展，對其理學思想、政治主張、詩學思想的研究，也缺少系統、專門的論文。此外，在已有的研究成果中，對其交遊、詩歌的題材內容、風格特質等，雖然有人簡要述及，但是遠達不到系統全面、細緻深刻的要求。因此本研究不僅起到填補空白的作用，而且

上海古籍出版社，1986 年，第 2762 頁。

〔註 11〕〔宋〕葉適《徐斯遠文集序》，陳夢雷編纂《古今圖書集成》第 60 冊《理學彙編・經籍典》，中華書局、巴蜀書社，2008 年，第 72998 頁。

〔註 12〕〔元〕方回《送胡植芸北行序》，李修生主編《全元文》第七冊，江蘇古籍出版社，1998 年，第 33 頁。

也是目前國內外首次對趙蕃進行全面系統的拓展研究，具有一定的開創性。

二、趙蕃研究的基本內容

（一）趙蕃詩歌的版本考證與文字校勘

趙蕃詩集有《乾道稿》二卷、《淳熙稿》二十卷、《章泉稿》五卷，版本有清武英殿聚珍叢書本、影印文淵閣《四庫全書》本、《圖書集成初編》本、《全宋詩》本等。本書通過比較各種版本的異同，選擇收錄詩歌數量最多的《全宋詩》本為底本，考述了各種版本的異同，對《全宋詩》本進行了校勘，寫作了《趙蕃詩歌〈全宋詩〉本校勘記》，附錄於文後。

（二）趙蕃年譜的寫作

本書對趙蕃的生平仕歷與詩歌的寫作年代等，進行了繫年考證，挖掘詩人的主要生活事跡。在認眞閱讀其本人詩歌和相關作家的作品後，梳理出他生平仕歷的主要軌跡，寫作了《趙蕃年譜》，亦附於文後。

（三）趙蕃生平仕歷考論

在靖康之難中為躲避戰亂，趙蕃祖父舉家從鄭州逃至江西，在宋欽宗靖康元年（1126）定居信州玉山（今上饒市玉山縣）〔註13〕。趙蕃生於紹興癸亥年十二月初五日（公曆為公元 1144 年 1 月 11 日），卒於宋理宗紹定元年（1229）九月。在《趙蕃生平》部分，比較全面、細緻地考述了他的籍貫、家世、生卒年月、青年時期的讀書漫遊與為官生活、中年以後直到去世前的奉儒隱居生活，以及趙蕃的道德人格等。其仕歷包括先後履職太和（今江西省泰和縣）主簿三年、辰州（今湖南省沅陵縣）司理參軍五年。趙蕃個性剛介兀

〔註13〕趙蕃《王伯玉兄弟皆用叔文韻作詩見示答之》詩云：「我家與君同鄭圃，流落異方繇丙午」。丙午為欽宗靖康元年。見《全宋詩》第 49 冊 30524 頁。

傲，襟懷淡泊樂易，終生恪守安貧樂道的人生境界，堅守高潔拔俗的品格操尙。

（四）趙蕃交遊考論

趙蕃交遊的詩友大部份是南宋知州、縣官以上或朝中各部的高官，甚至尊爲宰相，還有相當一部份是追求人格獨立、性格兀傲不群的隱逸之士，他們在人格和行動上都代表著知識分子的理想，都是儒家文化理想人格的化身。本書考證了趙蕃與中興四大家陸游、楊萬里、范成大和尤袤的交往唱和，以及與朱熹、辛棄疾、吳鎰、周日章、施進之等其他作家的酬唱事跡。

（五）趙蕃的思想

趙蕃的思想研究部分，包括他的人生思想和政治主張兩個方面。趙蕃人生思想的基礎是儒家思想，同時兼濟了佛、道的通脫。他秉承儒家民胞物與的情懷，畢生以道自任，懷著仁政德治、民惟邦本的政治理想，忠誠於南宋小朝廷與封建帝王，非常關心民生疾苦，主張抗戰與恢復失地，痛恨黨爭與奸臣誤國，憎惡暴政和官場的黑暗。

（六）趙蕃的詩歌理論

趙蕃的詩歌理論，既包括儒家傳統的詩學觀點，也融入了宋代理學和江西詩派詩論等宋型文化特點。這部分內容包括趙蕃的詩歌本體論、創作論和風格論。他認爲氣是詩歌的本體，詩歌是儒家的道或程朱理學所謂的理或氣的外化，也是詩人眞性情的流露和現實生活的反映。在詩歌創作方法上，認爲詩歌創作要把握生活與詩歌的內在精神，詩歌要描繪出生活物象的特徵與神韻，同時主張寫詩要進入自得的境界，把握其本質規律，還要「悟入」。在詩歌風格方面，他稱賞和諧自然、情思婉轉的活法詩，崇尙韓愈詩歌雄奇壯美的風格特質。

（七）趙蕃詩歌的題材內容

趙蕃的詩歌題材廣泛，內容豐富，可以分爲酬贈詩、感懷詩、行役詩、田園詩、山水詩、詠物詩、挽悼詩和狹義範圍的敘事詩等。

趙蕃的感懷詩，表現了詩人作爲虔敬的理學之士，對儒家道德倫理規範的堅貞不渝，飽含著對艱難困窘的生活際遇與人生之路的無限悲慨，也抒發了對當時內憂外患的政治形勢和日趨衰落的社會風氣的深沉憂慮，充溢著對當時虛僞醜陋的世風，尤其是對官場讒言洶洶和仕途險惡的隱憂與憤怒。

其田園詩，數量眾多，眞實地描繪了南宋中期農村與農民的生活狀況，富於濃郁的生活氣息和鮮明的地域特點；既描寫了農村優美的景物和農民快樂的勞動生活，也描寫了農民勞動的艱辛、嚴重的雨澇，內容精警動人。

其詠物詩，從狹義範圍來看，所詠有二十多種花草和樹木，其中，吟詠最多的是竹子、梅花、菊花和松柏等幾種植物，它們代表了詩人超逸高潔的人格追求與隱逸情懷。

從狹義範疇看，趙蕃的酬贈詩主要指在日常生活中與親友之間求取或贈送有關物品時寫作的詩，物品包括詩、書、畫作品，文房四寶，茶和酒，山珍、水果等生活用品以及植物等。這些酬贈詩，反映了南宋士人非常活躍的文化生活和深廣豐厚的精神世界。

趙蕃的行役詩，忠實地紀錄了詩人的行蹤與旅程見聞，充分抒寫了羈旅行役中遭遇的艱難困苦，表達了對時光流逝、世事變遷、衰老貧病的深沉感慨，對隱逸生活的強烈期盼，忠實地記錄了南宋中期的社會現狀與寒士的羈旅生活。

其山水詩，多姿多彩，具有形象生動的繪畫美特徵，呈現清逸雅致、遼闊綿遠、奇麗壯美等不同的審美特徵。同時，還寄託了詩人的胸襟人格，含蘊著詩人濃郁的憂世或憂生之情，反映了宋人寄意山水、啓迪智慧、尋求人生與文學創作的「江山之助」的特定內涵，帶有典型的宋型文化特徵。

此外，趙蕃還有挽悼詩和記述南宋農民起義情勢的狹義範疇的敘事詩等。

（八）趙蕃詩歌的主題

趙蕃詩歌的主題，憂世與憂生並存。

憂世主要表現在客觀地描繪了南宋社會內憂外患的形勢，抒寫了對南宋僅存半壁河山、恢復中原無望，以及時刻面臨異族入侵等外患的深沉憂慮，尤其是對國內農民起義烽火不斷、民生異常艱難等內患的描寫，精警動人。

憂生指趙蕃作爲南宋中期重要的詩人兼理學名士，其詩不但描寫了對儒家的道德倫理規範的堅守不渝、南宋中下層士人階層貧病交加的生活狀況，反映他們對隱逸生活的熱烈嚮往、對超逸脫俗的高尚節操的追求，典型地反映了南宋中下層士人的價值取向。

趙蕃的詩歌表達了強烈的親情觀念，包括母子情、手足情、夫妻情和父子情，以及與其他親戚之間深摯的親情。他對友情的歌唱也很突出，或敘述與朋友之間患難與共、堅貞不渝的情誼，或褒揚友人豪爽仗義的品格。他對親情與友情的淺吟低唱，反映了身處危在旦夕的政治情勢和窮愁潦倒境遇中的寒士，對情感慰藉的強烈需求。

（九）趙蕃詩歌的體裁

趙蕃的詩歌眾體兼備，數量上以五言律詩和七言絕句最多，分別有 1155 首和 1097 首。其古詩、絕句與律詩，熔敘事、議論與說理於一爐，表現了詩人主氣重意的審美追求，所以章法的起承轉合交代不明顯，多呈現直下之勢。其古體詩自然流暢，風格散漫縱恣；律詩灑落自然，對仗精工；絕句議論風生，意蘊發露，代表了宋調的典型特質。

（十）趙蕃詩歌的風格與技法

趙蕃詩歌的風格多樣，有的莊重典雅，有的婉轉含蓄，有的清新自然，還有的圓融通脫。

技法上，既有章法、句法與字法，也有比興、虛實相生、以賦入詩和各種修辭手法。

（十一）趙蕃詩歌的藝術淵源、缺陷、地位與影響

趙蕃詩歌的文化和藝術淵源比較深廣，在詩歌藝術的傳承與發揚上，他廣泛汲取了陶淵明、杜甫、韓愈、蘇軾、黃庭堅、呂本中和曾幾等作家的創作思想與藝術風格，尤其是江西詩派的詩歌理論與藝術。其詩歌的藝術缺陷，一是廊廡不寬，氣象不大，二是用典繁多，詩意深奧隱晦。其詩歌，在當時廣爲流傳，詩名與影響很大，對南宋之後的詩壇也有較大的影響。

三、趙蕃研究的難點

趙蕃研究的難點有：一是趙蕃研究的資料較少，其流傳下來的文章也很少（曾棗莊先生主編的《全宋文》也僅僅收錄其文八篇，且多半爲短小的尺牘或詩序），其詩集迄今也無注本，因此，給研究工作帶來較大的難度。二是對趙蕃詩歌版本的文字校勘。基於趙蕃詩歌流傳的年代很遠，其詩歌數量很多（《全宋詩》共收錄 3735 首），本書對各種版本的文字進行甄別，發現各版本的差異，選擇最科學合理又符合詩歌原意的用字（詞）。三是編寫趙蕃年譜。趙蕃生平仕宦生涯並不顯著，僅僅做過兩任州、縣屬官，且爲期不到十年，所以其生平事跡略顯平實。其文集失傳，也造成對其詩歌的繫年考證較爲困難，從而影響對其生平事跡的梳理。四是對趙蕃詩歌藝術特質的把握較難。趙蕃是南宋江西詩派的著名詩人，既要準確把握其詩歌與江西詩派的共性特點，又要深刻挖掘其詩歌藝術的個性特質。五是趙蕃交遊酬唱的對象很多，對其交遊的考證，需要細緻梳理。

四、本書的研究方法

本書採取的研究方法，主要是程千帆先生倡導的「資料考證與

藝術分析並重，背景探索與作品本身並重」〔註 14〕。首先是文本解讀，讀解趙蕃和同時代作家的文學作品，理解其思想內容與藝術特點，瞭解作家的生平與交遊，以及有關的社會生活背景。其次是文史結合、文史互證。閱讀相關歷史與文化書籍，以及有關研究的專著與論文。第三是縱向觀照、橫向比較。從文學傳承的角度，縱向觀照趙蕃詩歌創作與宋詩，尤其是與北宋江西派詩人的傳承關係與創新。橫向比較趙蕃詩歌與南宋同時代詩人，主要是與「中興四大家」的異同。

最後，對本書注釋略作說明。引用各書，凡《四庫全書》本，皆上海古籍出版社 1987 年影印文淵閣《四庫全書》本，注釋中不再注明。凡《全宋詩》本，即北京大學古文獻研究所編纂、北京大學出版社 1991～1998 年出版的《全宋詩》，其中，文中引用的趙蕃詩歌，爲避免繁縟，在腳註中不再標注作者趙蕃，而直接標明所引詩歌的題目和頁碼。

〔註 14〕程千帆《閒堂自述》，程千帆著、鞏本棟編《儉腹抄》，上海文藝出版社，1998 年，第 441 頁。

第一章　趙蕃的生平

一、籍貫、家世與生卒

趙蕃又字伯昌，號章泉，謚文節，南宋信州玉山（江西省上饒市玉山縣）人。其名號源於居住地之章泉：趙蕃的父親「殁葬玉山之章泉，先生因家焉，故世號章泉先生。」〔註1〕據戴復古所言：章泉有泉水，最早因爲有章姓人家居住而得名，自趙蕃定居於此，章泉之名漸漸廣爲傳揚：「茲山自開闢，有此一泓泉。姓自章而立，名因趙以傳。」〔註2〕

1、籍　貫

趙蕃的籍貫爲鄭州。《宋史・趙蕃傳》說：「趙蕃字昌父，其先鄭州人。」〔註3〕

實際上，趙蕃的祖籍還可以追溯至杭州，據劉宰《章泉趙先生墓表》介紹，「其先自杭徙汴，由汴而鄭，南渡居信之玉山」。宋末

〔註1〕〔宋〕劉宰《章泉趙先生墓表》，《漫塘文集》第11冊，文物出版社，1982年，第18頁。

〔註2〕〔宋〕戴復古《章泉》，《戴復古詩集》，浙江古籍出版社，1992年，第48頁。按，該詩《四部叢刊》續編本《石屏詩集》卷一題爲《趙昌甫還居章泉》。

〔註3〕〔元〕脫脫等《宋史・趙蕃傳》，中華書局1985年，第13146頁，以下引用此文，出處相同。

元初的方回介紹趙蕃的曾祖父趙暘時也說：「其先本杭人，徙鄭州及汴。」〔註4〕

趙蕃在詩中曾多次述及家鄉在河南鄭州：「我家與君同鄭圃」〔註5〕。鄭圃即鄭之圃田，相傳爲列子所居。趙蕃在其詩中還把鄭州稱東里，如「南遊新識內，東里舊鄉中」〔註6〕，「君之曾祖我高祖，想象聞風謂千古。書藏東里罔或存，集喜西臺刊未覩」〔註7〕，這是因爲春秋時鄭州屬鄭，稱管邑，爲鄭大夫子產的采邑，又稱東里。周必大在《跋魚計亭賦》中稱趙蕃的高祖趙睿爲「滎陽趙公」〔註8〕，也正因爲鄭州與滎陽非常接近的地緣關係。

宋欽宗靖康元年（1126），趙蕃祖父趙澤舉家從鄭州南渡居住於信州玉山（今江西省上饒市玉山縣）。

2、家　世

趙蕃的家世，正如周必大所言，從北宋熙寧年間其高祖趙睿進士及第，到南宋慶元年間其侄擢第，前後相距百年，「而家學不絕」，可謂「五世其昌，並於正卿，又曰世濟其美，不隕其名」〔註9〕。

高祖趙睿，字彥思，宋神宗熙寧六年（1073）進士。周必大曾應趙蕃之弟趙藏（「藏」一作「蒇」）之邀作《跋魚計亭賦》云：「趙公字彥思，熙寧六年進士。」〔註10〕趙睿在北宋哲宗趙煦元祐年間

〔註4〕〔元〕方回選評，李慶甲集評校點《瀛奎律髓彙評》卷二十《奉和姚仲美臘梅》，上海古籍出版社，1986年，第821頁。

〔註5〕《王伯玉兄弟皆用叔文韻作詩見示答之》，《全宋詩》第49冊，第30524頁。

〔註6〕《王璠伯玉携詩見過二首》之二，《全宋詩》第49冊，第30566頁。

〔註7〕《畢叔文携坡帖及與季眞給事倡酬詩卷見訪於邢大聲家，相與觀之，明日次韻。淳熙癸卯正月二十有一日也》，《全宋詩》第49冊，第30504頁。

〔註8〕〔宋〕周必大《平園續稿》卷十《跋魚計亭賦》，《叢書集成三編》第46冊，臺灣新文豐出版公司，1999年，第686頁。以下引用此文，出處相同。

〔註9〕周必大《跋魚計亭賦》，第686頁。

〔註10〕周必大《跋魚計亭賦》，第686頁。

盡展才華，仕途順利、政績卓著，在朝廷和地方擔任要職，周必大記述云：「當元祐初，英俊聚朝，（趙睿）以奉議郎禮部編修貢籍。首與孫逢吉彥同作《職官分紀‧序》，後數年，秦觀少遊方繼之，才名亦可知矣。尋自秘閣校理遷太常博士，知登、隨、商三州。召爲郎，出提點京東刑獄，攝帥青社。」〔註 11〕這也是趙蕃終生爲之驕傲的盛事：「永懷元祐始，絕歎建炎初」〔註 12〕。在當時朝中激烈的政治鬥爭中，趙睿較早地選擇了急流勇退，安享後半生，周必大說他「年五十九，奉祠就養，閒居二十五年。」

曾祖父趙暘，字羲若（注，「羲若」一作「乂若」），北宋紹聖元年（1094）進士，曾知同州。宋欽宗靖康初（1126）召爲左正言，隨後改右正言、朝散大夫、秘書少監等職。方回《瀛奎律髓》說：「（趙暘）畢漸榜甲科，靖康初左正言」〔註 13〕，畢漸是宋哲宗元祐九年（即紹聖元年）甲科殿試的狀元。周必大亦詳述云：「（趙暘）紹聖元年甲科，大觀三年（1109）爲郎，宣和四年（1122）知同州。靖康中，除少府監，左、右正言，秘書少監。」〔註 14〕在南宋建炎年間（1127～1130），趙暘曾以龍圖閣直學士之貼職，提點江淮路鑄錢司，周必大云：「建炎間，直龍圖閣，提點江淮路鑄錢」，〔註 15〕《宋史‧趙蕃傳》也記述說：「建炎初，大父（祖父）暘以秘書少監出提點坑冶，寓信州之玉山」。與宋代官員一樣，趙暘退休後也得到提舉宮觀等頭銜，劉宰《章泉趙先生墓表》說：「（趙暘）朝散大夫，直龍圖閣，提舉江州太平觀。」

據《江西通志》記載，當時的宰相呂頤浩非常讚賞趙暘，稱其在士林中素負重望，並親筆寫信給信州知州連南夫（字鵬舉），請

〔註 11〕周必大《跋魚計亭賦》，第 686 頁。

〔註 12〕《賀吳仲權召試館職》，《全宋詩》第 49 冊，第 30669 頁。

〔註 13〕〔元〕方回選評，李慶甲集評校點《瀛奎律髓彙評》卷二十《奉和姚仲美臘梅》，上海古籍出版社 1986 年，第 821 頁。

〔註 14〕周必大《跋魚計亭賦》，第 686 頁。

〔註 15〕周必大《跋魚計亭賦》，第 686 頁。

其厚待趙暘：「趙暘……來居信州玉山智門寺，時左丞相呂忠穆公頤浩以書抵信守連南夫曰：『趙羲若父子，皆士林宿望，治封有賢人君子，可厚加禮待。』」〔註16〕趙蕃提及自己的曾祖父趙暘，總是倍感自豪，他多次在詩中抒發對曾祖以及元祐與紹聖時期「聖政」的崇敬之情。他對好友沈沅陵說：「君祖我曾祖，紹聖同廷對。素風我莫嗣，清德君可輩」〔註17〕；他與好友吳鎰（字仲權）一起深情懷念道：「惟我高曾世，曾仍位序居。」〔註18〕

祖父趙澤，「迪功郎、海州朐山縣主簿，賜承議郎」〔註19〕，靖康之難中，爲躲避戰亂，趙澤舉家從鄭州逃難至江西。宋欽宗靖康元年（1126），寓居信州玉山（今江西省上饒市玉山縣）〔註20〕。

父親趙渙，曾爲沅州通判，劉宰說他曾任「奉議郎、通判沅州，贈朝奉郎，龍圖。」〔註21〕據趙蕃《贈王教授基仲》詩中「先君昔作濡須令，閭里所知清德高」等記述，可知趙渙曾任安徽省無爲縣知縣，且爲政清廉、品德高潔，深受百姓愛戴〔註22〕。

3、生　卒

〔註16〕臺灣莊嚴文化事業有限公司《江西通志》卷九六《寓賢》，1996年，第14970頁。

〔註17〕《送沈沅陵》，《全宋詩》第49冊，第30849頁。

〔註18〕《賀吳仲權召試館職》，《全宋詩》第49冊，第30669頁。

〔註19〕〔宋〕劉宰《章泉趙先生墓表》。

〔註20〕按，趙蕃有《王伯玉兄弟皆用叔文韻作詩見示答之》詩云：「我家與君同鄭圃，流落異方繇丙午」（《全宋詩》第30524頁）。丙午爲宋欽宗靖康元年。

〔註21〕〔宋〕劉宰《章泉趙先生墓表》。

〔註22〕趙蕃《贈王教授基仲》詩題後注釋云：「基仲諱萊，無爲人。父諱之道，字彥由。先君爲無爲縣日，與彥由丈遊。」王萊是當朝監察御史、參知政事王藺的弟弟，趙蕃在詩中稱譽王氏兄弟爲當時才俊之士：「一門君乃冠辰髦」、「長公已有朝陽譽」（該句後趙蕃自注：「謂其兄藺謙仲。」以上均見《全宋詩》第30682頁。）趙渙與王之道在無爲縣交遊友善，趙蕃與王之道之子王藺、王萊兄弟也相交深厚，其詩集中寫給王藺的詩還有《寄王謙仲、周子充丈》、《寄賀周子充除左相、留正除右相、王謙仲除參政》等。

趙蕃生於紹興癸亥年十二月初五日，公曆爲1144年1月11日。〔註23〕卒於南宋理宗紹定一年（1229）九月，地點在永豐縣（今屬江西）富城鄉，年八十六。景定三年壬戌（1262），其門生秘閣修撰鄭協等爲其請謚，於是謚文節。因爲趙蕃青年時代曾師事著名理學家劉清之（號靜春先生），所以《宋元學案》在靜春門人中稱「文節趙章泉先生蕃」〔註24〕。對趙蕃文節先生的謚號，後人也認爲是對儒士很高的評價，如清代的李慈銘認爲，趙蕃「沒得謚文節，可謂儒生殊遇」〔註25〕。

二、青年時期：讀書漫遊與爲官太和

1、讀書與漫遊

青年時代，趙蕃主要過著讀書與漫遊的生活，直到36歲那年赴任太和（今江西省泰和，下同）縣主簿。

趙蕃出身於元祐世宦之家，「學有源委，識慮深遠，節操清高」〔註26〕，少時拜師清江學派著名的儒學大家劉清之，孜孜以求地追求醇正的儒學思想，「朝聞夕可死，何敢廢居諸？」〔註27〕關於趙蕃簞瓢陋巷、如饑似渴地刻苦讀書的情景，其詩集中有很多生動的描寫。他經常焚膏繼晷地發奮苦讀：「我昔讀書夜達晨，膏燭且盡

〔註23〕趙蕃《台州謝子暢義田續記》說：「予與子暢同生於紹興癸亥」（林表民《赤城集》卷十二，《四庫全書》第1356冊，第722頁。）又趙蕃有詩題曰：「蕃與斯遠、季奕同生於十二月，蕃初五日，季奕初十日，斯遠十八日……」，可知趙蕃生於紹興癸亥年十二月初五日。宋高宗紹興十三年十二月初五日，爲公元1144年1月11日。《全宋詩》注爲1143年，誤。

〔註24〕〔清〕黃宗羲《宋元學案》卷五九《文節趙章泉先生蕃（附子遂）》，中華書局，1982年，第1945頁。

〔註25〕〔清〕李慈銘《越縵堂詩話》卷下《趙昌父詩集》，由雲龍輯《越縵堂讀書記》，中華書局，1963年，第652頁。

〔註26〕〔宋〕眞德秀《眞西山先生集》卷一《因明堂赦薦趙監嶽（蕃）》，中華書局1985年，第4～5頁。

〔註27〕《寄送潘文叔、恭叔二首》之一，《全宋詩》第49冊，第30891頁。

繼以薪。年來漸知得力處，簞瓢陋巷忘其貧。」〔註 28〕他全神貫注地沉浸在讀書求知的境界，有時竟然忘記了吃飯，甚至家中斷糧無飯可吃，仍然忍饑挨餓空腹讀書：「破屋支撐風雨餘，世間種種不關渠。忍饑要慣無他術，過午未炊猶讀書」〔註 29〕、「讀書萬卷不充饑，枵腹吟哦大似癡。不是鄰僧能送米，囊空何以續晨炊」〔註 30〕，由於他讀書的聲音很大，竟至影響鄰居：「鄰翁墐戶行徑斷，怪我讀書聲屋徹」〔註 31〕。趙蕃對學問與理學風範的追求，對文學與讀書的酷愛，使他嚴格要求孩子珍惜光陰、刻苦讀書：「爾曹有身須自立，幸逃薪水供朝夕。不於文學自勤苦，長大始悔終何益？」〔註 32〕他雨中夜歸，看到兩兒還在誦書，就欣慰地吟詩稱賞說：「簷雨浪浪欲二更，短檠明火讀書聲。」〔註 33〕

青少年時代的趙蕃，知識淵博，酷愛作詩，「已分終身樂貧賤，自無岐路覓功名。獨於詩律存餘習，三日不談荊棘生」〔註 34〕。他思維敏捷，才華橫溢，遇事常以詩代替書信往來，往往一揮而就：「自少喜作詩，答書亦或以詩代，援筆立成，不經意而平淡有趣，讀者以爲有陶靖節之風。歲時賓友聚會，尊酒從容，浩歌長吟，心融意適，見者又以爲有浴沂詠歸氣象。」〔註 35〕他平靜淡然的人生境界與心態，代表了儒家「不汲汲於富貴，不戚戚於貧賤」的安貧樂道的精神，同時也與趙蕃把住所取名爲「晏齋」相一致，希望自己的生活平靜、安逸。

淳熙四年（1177）農曆春正月，趙蕃到江西省上饒市臨近的浙江

〔註 28〕《示兒》，《全宋詩》第 49 冊，第 30492 頁。
〔註 29〕《寄懷二十首》之十三，《全宋詩》第 49 冊，第 30771 頁。
〔註 30〕同上之六，《全宋詩》第 49 冊，第 30771 頁。
〔註 31〕《寄懷》，《全宋詩》第 49 冊，第 30511 頁。
〔註 32〕《示兒》，《全宋詩》第 49 冊，第 30492 頁。
〔註 33〕《雨中夜歸聞兩兒誦書偶成二絕幸明叔先生同賦以示之》之一，《全宋詩》第 49 冊，第 30826 頁。
〔註 34〕《初二日復雨偶成》，《全宋詩》第 49 冊，第 30685 頁。
〔註 35〕〔宋〕劉宰《章泉趙先生墓表》，第 20 頁。

常山等地出遊，作有《題白龍洞三首》等詩歌。次年（1178）冬天，還到豐城（今屬江西）等地出遊。十月十四日，在豐城之寶氣亭遊覽時，有感於時光流逝、功業無成的現實，情不自已，慨歎「少年志願立修名，隱顯悠悠略未成」〔註36〕、「人如草木空多智，一老寧聞再少時」〔註37〕。在《白髮三首》詩序中，總結自己三十五年的人生之路說：「始余髭髮未白時，詩中多與言之。今乃信然，不足怪也，作三絕句。戊戌十月十四日，豐城之寶氣亭。」趙蕃因爲曾祖父趙暘致仕恩補州文學職務，曾調任浮梁（今屬江西）縣尉、連江（今屬福建）縣主簿，都未赴任，《宋史・趙蕃傳》說：「以（趙）暘致仕恩補州文學，調浮梁尉、連江主簿，皆不赴。」

2、為官太和

淳熙六年（1179），趙蕃已經三十六歲了，才赴任太和縣主簿。行前，趙蕃的族叔趙汝愚在江西轉運判官任上陞敷文閣待制。趙蕃爲其送行，作有《送趙一叔江西漕赴召三首》，同時提及自己也受詔命拜官：「我捧江西檄，公乘使者車。飛騰今已去，留落又何如？誰敢懷離闊，惟思讀詔除。九州期大庇，寧獨愛吾廬？」〔註38〕趙蕃在代替弟弟寫作的《送趙一叔江西漕赴召代成父作二首》之二中，明確提到阿兄（哥哥）即將赴任的是「太和官」：「阿兄今得太和官，買舟同載初不難。公持使節豫章郡，蘄以過公道寮寒。公今召節趨日邊，我雖失望猶欣然」〔註39〕。至於趙蕃到太和縣所任的具體職務，楊萬里在次年前往廣州任職時，經過太和縣時所作《題太和主簿趙昌父思隱堂》，明確述及是「西昌主簿」〔註40〕，西昌即太和縣。

〔註36〕《白髮三首》之三，《全宋詩》第49冊，第30777頁。

〔註37〕同上之二，同上頁。

〔註38〕《送趙一叔江西漕赴召三首》之三，《全宋詩》第49冊，第30596頁。

〔註39〕《送趙一叔江西漕赴召代成父作二首》之二，《全宋詩》第49冊，第30507頁。

〔註40〕〔宋〕楊萬里《題太和主簿趙昌父思隱堂》，辛更儒箋校《楊萬里集箋校》，中華書局，2007年，第747頁。

趙蕃雖然豪情滿懷地祝願趙汝愚此去能匡扶天子、成就大業:「九州期大庇,寧獨愛吾廬」,其實,他自己的內心卻很糾結。且聽他在臨行前,與一生鍾愛的竹子的一番對話:「頻年盡室依此竹,意謝朱儒奉囊粟。今當捨竹去作吏,竹爲嘿嘿如抱辱」〔註 41〕、「十年保我章泉竹,木枕布衾供易粟。家貧縱爾不自給,且不知榮安取辱。今年誰令起作官?此路向來非所熟」〔註 42〕,他把竹子當成知心朋友,向它傾訴內心的矛盾與痛苦,坦言爲官是因爲生計所迫。他甚至預見自己未來坎坷不平的仕途,認爲此行必將碌碌無爲、一無所成,坦言自己出仕是自取其辱。

淳熙七年(1180)春天,楊萬里前往廣州任職,經過太和縣時,趙蕃與縣令李垂一起,陪同楊萬里登臨快閣賞景。楊萬里有詩《之官五羊,過太和縣,登快閣觀山穀石刻,賦兩絕句,呈知縣李公垂、主簿趙蕃昌父》。楊萬里還專門給趙蕃留下了風趣幽默的詩句,描繪了趙蕃身爲縣主簿的貧困生活與對詩歌的沉溺情形:「西昌主簿如禪僧,日餐秋菊嚼春冰。西昌官舍如佛屋,一物也無惟有竹。俸錢三月不曾支,竹陰過午未晨炊。大兒叫怒小兒啼,乃翁對竹方哦詩。詩人與竹一樣瘦,詩句與竹一樣秀。故山蒼玉搖綠雲,月梢風葉最閒身。勸渠未要先思隱,且與西昌作好春!」〔註 43〕自此之後,趙蕃與楊萬里之間的交往與詩歌酬贈也開始了,兩位詩人成爲了知音,交契愈加親密。趙蕃在楊萬里離開太和後,還追送很遠,可見他對楊萬里的敬仰與欽佩之深:「追送寧辭遠,乖離故在茲。無嗔白頭舊,一見有深知」〔註 44〕。趙蕃的心情也彷彿開朗了許多,他甚至安慰起楊萬里,勸誡他四海爲家,造福一方:「記得詩來半說花,不言長道苦風沙。知公不薄嶠南使,政似昔人何以家」〔註 45〕。可

〔註 41〕《同成父過章泉,用前韻示之》,《全宋詩》第 49 冊,第 30518 頁。
〔註 42〕《審知以詩送行借韻留別》,《全宋詩》第 49 冊,第 30495 頁。
〔註 43〕〔宋〕楊萬里《題太和主簿趙昌父思隱堂》。
〔註 44〕《追路送誠齋到灘頭驛》,《全宋詩》第 49 冊,第 30598 頁。
〔註 45〕《次韻楊廷秀太和萬安道中所寄七首》之一,《全宋詩》第 49 冊,第 30830 頁。

見，兩人確實是惺惺相惜的知音。

在太和主簿任上，趙蕃與當地的知名儒士陳明叔、楊願（字謹仲）、韓季蕭（北宋江西派詩人韓駒之孫）、嚴從禮、胡仲威，以及以詩聞名於時的「臨川三隱」（曾季狸、黎道華、僧惠嚴）等人交往密切，經常聚會同遊或互訪吟詩。在這三年裏，趙蕃時常流露出對官場的不滿、對歸隱後自由生活的嚮往，他爲在太和的居所起名爲「思隱」，就吐露了他當時眞實的心跡。劉宰說：「方先生之在太和，便坐有齋榜曰『思隱』，蓋當筮仕之初，已有山林之思。」〔註46〕他上與古人爲友，引陶淵明爲知己，「憶昔正月五，淵明遊斜川。我亦屏百事，來茲並欄干。雖無與俱人，鷗鷺翻以翩。吾生後淵明，此心兩悠然」〔註47〕。即使是在春日，面對生機勃發的自然萬物，也提不起陞官或入京爲官之類的興趣，只是盼望官期儘快結束，好整治行裝還家：「幾爲年華歎物華，只今結束定還家。且看垂發江邊樹，未問長安一日花」〔註48〕。

淳熙八年（1181）夏，趙蕃太和主簿任職期滿回鄉前，與好朋友陳明叔、楊願等互贈詩歌，依依惜別：「我去孰君友，君留誰我遊」〔註49〕。趙蕃還多次總結了三年的仕宦生涯：「簿領三年吏，江天百里居。我非拘鴈鶩，君乃傲樵漁」〔註50〕，「三年食官倉，塵土塡腹胸」〔註51〕，「潦倒三年白下官，畏途常以此心觀」〔註52〕，直接抒發了對自由自在的煙霞生活的嚮往，流露出對官場污濁風氣與醜惡嘴臉的憎恨。

〔註46〕〔宋〕劉宰《章泉趙先生墓表》。
〔註47〕《獨過知津閣二首》之一，《全宋詩》第49冊，第30480頁。
〔註48〕《次韻楊廷秀太和萬安道中所寄七首》之六，《全宋詩》第49冊，第30830頁。
〔註49〕《留別陳明叔兼屬胡仲威五首》之一，《全宋詩》第49冊，第30555頁。
〔註50〕同上之三，《全宋詩》第49冊，第30555頁。
〔註51〕《聞春》，《全宋詩》第49冊，第30845頁。
〔註52〕《呈趙叔侍郎子直二首》之二，《全宋詩》第49冊，第30403頁。

3、家居與出遊江浙

淳熙八年夏，趙蕃回到家鄉，重新過起了將近兩年的隱居生活。這年適逢歉歲，趙蕃生活貧苦：「歸乃値歲歉，半菽了不供。餬口於四方，指困其誰逢。啼號暫遠耳，夢寐深有攻。宦遊竟何得，不如學爲農。」〔註 53〕回家後不久，趙蕃到建康府（今江蘇省南京市）拜訪了知府范成大。〔註 54〕范成大盛情招待趙蕃，與趙蕃一起討論詩文和荒年的救濟事宜，興之所至，還吟誦起趙蕃的詩文。他記述當時說：「既以賓客見，復叨尊俎陳。談間必文字，愧我非比論。雖知愧公厚，猥誦終慚新」〔註 55〕。告別時，趙蕃還高度讚揚范成大詩歌的藝術成就說：「如公久已獨步外，顧我何堪猥誦中」〔註 56〕，對范成大充滿感激與敬意。

同年秋冬之際，趙蕃從南京取道浙江，遊覽了衢州（今浙江省衢州市）等地，爲衢州久旱逢雨歡呼，作有《與李衢州嶧四首》〔註 57〕。臨近除夕之前，趙蕃到達浙江常山，在一場漫天風雪後，重遊白龍洞等地，作詩《題白龍洞三首》：「流水疏梅我有詩，偶來重見雪離披。五年不踏常山路，咫尺寧乖一赴期？」抒發了故地重遊的喜悅之情〔註 58〕。淳熙九年（1182）七月，趙汝愚自吏部移官知福州，

〔註 53〕《聞春》，《全宋詩》第 49 冊，第 30845 頁。

〔註 54〕按，范成大是淳熙八年（1181）四月到建康任所，次年八月離任。又據趙蕃《寄范建康》：「去年此何緣，乃獲身造門。公蓋廊廟貴，我乃裋褐貧」，以及「一再將書託置郵，渺然殊未亦湛浮。平生願識才能見，別去於今歲又周」（《范參政自建康德資政宮祠六詩寄呈》之四），推知趙蕃到建康（今江蘇南京市）訪問范成大應在淳熙八年（1181）下半年，也就是趙蕃從太和主簿任上離職返鄉後。

〔註 55〕《寄范建康》，《全宋詩》第 49 冊，第 30425 頁。

〔註 56〕《別范建康》，《全宋詩》第 49 冊，第 30729 頁。

〔註 57〕據《衢州志》記載，李嶧知衢州在淳熙八年（1181）：「李嶧，淳熙八年。朝散郎」。次年二月，李嶧在知信州任上，因遭到〔宋〕朱熹等彈劾被罷官，《宋會要輯稿》職官七二之三三云：「（淳熙九年）二月十三日，知信州李嶧罷新任。以監察御史王藺言其昨知衢州，浙東提舉朱熹按其檢放不實」（中華書局，1957 年，第 4004 頁）。

〔註 58〕按，該詩題後有注釋云：「丁酉首春過此嘗有句，辛丑歲除前三日再

趙蕃作《送趙叔自吏部知福州四首》詩送行。此時，趙蕃已經接到前往辰州（今湖南省沅陵縣，下同）任職的文書〔註 59〕。行前，拜謁了時任參知政事的周必大，並作《留別周參政詩二首》，告訴周必大自己的去向是「長沙更欲訪沅湘」，同時表達了「黃塵倦馬久非地，野水白鷗終是鄉」〔註 60〕的人生理想。

三、中年時期：爲官辰州與泊家長沙

1、為官辰州

約淳熙九年（1182）冬，趙蕃到達辰州，任司理參軍〔註 61〕。前往辰州前，趙蕃還走訪了一些親友，可能是苦於當時糧食匱乏、飢饉難耐的現實，所以遲遲沒有動身：「湖外米雖賤，旱歲賈者多。賈多米必貴，吾饑其奈何？」〔註 62〕趙蕃身爲南宋州縣級的官吏，生活尚且如此困難，則普通百姓的生活境況可想而知。出發之前，他借助山禽的鳴叫聲，抒發戀戀不捨的田園隱居生活：「山禽勸我不如歸，知我西遊有定期。若使藜羹足供給，衡門之樂肯輕辭？」〔註 63〕從中可知趙蕃到辰州爲官，確實是因生計所迫，因此乘舟出發時心情複雜，倍感蒼涼，其《放舟始作》云：「遠役愴餘心」、「況說瀟湘

來。」丁酉爲淳熙四年（1177），辛丑即淳熙八年（1181），可見他再次遊白龍洞相隔四年。

〔註 59〕按，據《三山志》云：「（淳熙）九年七月，（趙汝愚）以朝奉郎、充集英殿修撰知（福州）」（見《福州府志》卷三一，乾隆十九年刊本），此時，趙蕃已經接到前往辰州任職的官書：「憶昨過辭公，云有湖外役」（《送趙叔自吏部知福州四首》之四）。

〔註 60〕《留別周參政詩二首》之二，《全宋詩》第 49 冊，第 30713 頁。

〔註 61〕按，淳熙十年（1183）農曆正月二十一日，趙蕃在辰州邢大聲家，與畢叔文、邢大聲兄弟等觀賞蘇東坡書法帖，作《畢叔文攜坡帖及與季眞給事倡酬詩卷，見訪於邢大聲家，相與觀之。明日次韻。淳熙癸卯正月二十有一日也》詩。據此可知趙蕃至遲在此前一年（1182）的冬天已到辰州司理參軍任。

〔註 62〕《送趙叔自吏部知福州四首》之四，《全宋詩》第 49 冊，第 30413 頁。

〔註 63〕《聞杜鵑》，《全宋詩》第 49 冊，第 30790 頁。

去，仍懷屈賈吟」〔註 64〕。宋朝的地方政府機構實行州（府、軍、監）、縣二級制，前者直屬朝廷，由朝廷委派京、朝官管理州郡事，知州以外，設通判某州軍州事同領州事，其屬官有錄事、司戶、司法、司理等各曹參軍，司理參軍主管審訊獄訟。趙蕃「蚤歲得官，臨事有立」〔註 65〕，從其詩中，得知他在辰州時期，除了履行司理參軍的日常事務，還有過兩次重要的政務活動。一是盛夏時節，應君王詔旨，巡行督察湘西其他州縣的案件審理與獄訟判決情況。趙蕃《與世美奉詔旨分督決獄，甲戌判袂之武陽。壬午還宿中興寺而得世美自延平所寄詩，因次韻》一詩說：「盛暑宵憂動邃旒，敕催諸道決纍囚。承流宣澤彌兢惕，履險航湍敢滯留？南北分馳纔數夕，重輕釋繫已三州。高材想盡哀矜意，美疢當從勿藥瘳。」〔註 66〕從其敘述中可知，趙蕃與世美等人分路行動，乘船行進於驚濤駭浪中，短短幾天，已經巡察了三個州，可謂不辭辛勞；代替皇帝承流宣澤，督促重輕釋繫，可謂恪盡職守，成果頗多。趙蕃此次巡察，曾經遠到岳州（今湖南岳陽），其《四月十五日發岳州》詩云：「獄事生人繫，使臣王命將。」〔註 67〕

趙蕃承擔的另一重大任務是出行賑貸，從趙蕃詩中可知，賑貸就是在災荒之年巡察各地救濟災民的措施與執行情況等事宜，主要是義倉糧食的發放情況，也就是趙蕃所說「賑歷茲焉遣吏臨」、「義倉政爾因饑發」〔註 68〕。因爲賑貸是關係國計民生的德政大事，體現了朝廷體恤民生疾苦的恩澤，所以趙蕃深感意義和責任重大：「漢詔當知本寬大，豳詩政復著艱難。爾能粗得饑腸實，我亦安辭腳力酸？」〔註 69〕他認爲，只要災民能不受飢餓之苦、順利度過災荒，

〔註 64〕《全宋詩》第 49 冊，第 30572 頁。

〔註 65〕〔宋〕眞德秀《因明堂赦薦趙監嶽（蕃）》。

〔註 66〕《全宋詩》第 49 冊，第 30902 頁。

〔註 67〕《全宋詩》第 49 冊，第 30900 頁。

〔註 68〕《三月十七日以檄出行賑貸，旬日而復反，自州門至老竹，自老竹至鵝口，復回老竹。由乾溪上入浦口，泛舟以歸，得詩十首》之一，《全宋詩》第 49 冊，第 30698 頁。

〔註 69〕同上。

自己辛苦點算不了什麼。雖然巡察途中跋山涉水，「深厲淺揭故數數，車煩馬殆眞悠悠」〔註 70〕，可謂奔波勞苦，但是趙蕃的心情很快樂，他豪邁地說：「參軍出郭匪幽尋，使者移文播德音」、「比屋故知難戶曉，分行聊得盡吾心」〔註 71〕。他之所以非常振奮，是因爲他在爲皇命奔走，爲施行仁政出力，爲百姓的生存盡力，因此，他感到眼前湘西的山水風光分外美麗：「世奇粵水與湘山，此地元居楚粵間」〔註 72〕，官場的污濁與煩惱也全都拋到九霄雲外了。不過，趙蕃在巡察中，也發現當地農民「石蒜榆皮那得飽？刀耕火種豈能任」的生產與生活，比起江南水鄉一年稻、麥兩收或三收，另外還輔以蠶桑副業，湘西農民簡單的刀耕火種的生產方式，以石蒜、榆皮等裹腹的生活，詩人認爲很落後。

淳熙十二年（1185），辰州府有一個重要發現，即辰州知州居住的郡齋夾牆因雨坍塌，發現了四十六年前知辰州凌景夏題寫於住所四周廊屋夾牆中的題詩。凌景夏是南宋前期著名的主戰派人士，曾經連續多次申明抗金大義，批駁秦檜投降求和的拙劣行徑，因此被貶到辰州爲官。由於當時秦檜在政治上的高壓政策和大興告發之風，「故相曾興告訐風，一時多坐語言中」〔註 73〕，爲避免政治迫害，凌景夏被迫在住所四周廊屋的夾牆中，題寫抒發愛國情懷和反抗投降的詩作。趙蕃對凌景夏的氣節非常敬佩，欣喜地寫作了《知府提舉訪求前守凌公遺跡，忽於庭廡雨壓複壁中，得公所題詩，賦六絕句》記述此事：「使君剖竹繼先賢，四十于今又六年。每恨無從考遺事，但憑亭檻覽山川」〔註 74〕，飽含對凌景夏堅守抗金大義的崇敬〔註 75〕。同時，趙

〔註 70〕同上。

〔註 71〕同上。

〔註 72〕同上，之十。

〔註 73〕《知府提舉訪求前守凌公遺跡，忽於庭廡雨壓複壁中，得公所題詩，賦六絕句》之四，《全宋詩》第 49 冊，第 30788 頁。

〔註 74〕同上，之二。

〔註 75〕按，凌景夏，字季文，是紹興二年（1132）廷對的第二名。他與老師張九成同時中舉，尚書左僕射呂頤浩說：「（凌）景夏之詞實勝（張）

蕃慶幸廊屋夾牆的屋檐歷經四十多年沒有剝落，成功地保護了凌景夏的詩歌，這廊屋可謂凌景夏的知音：「簷淺終防剝蝕災，好移深奧示將來」〔註76〕、「乃知複壁遮防意，是謂知公亦愛公」〔註77〕。自然，趙蕃更慶幸在四十多年後，夾牆又因雨適時地倒塌，讓這些題詩恰好被尊崇凌景夏的人發現：「不因風雨壁寧隳，雅志安知寓此詩。前此後今寧浪出，豈非顯晦亦關時」〔註78〕。對發現的凌景夏詩歌，當時的辰州知州非常重視，組織人力刊刻流傳於世，也算還凌景夏以公道：「更須刻石行於世，公道只今方大開」〔註79〕。趙蕃非常珍愛凌公的遺跡，他說：「郡齋新刻總珍藏，得此遺蹤益有光。再拜從公乞餘本，歸齎不復恨空囊」〔註80〕，希望知府能給予他刊刻本，在回鄉時帶回家珍藏。

在辰州時期，趙蕃交接了許多知己好友，他謙遜地說：「良由姿不敏，所以須朋友。朋友多得人，不忍相瑕垢」〔註81〕，這些好友有畢叔文、歐陽全真、在伯〔註82〕、宋舜卿、李亦韓、梁進父、邢大聲

九成，欲以（凌景夏）爲第一。」只是宋高宗認爲「士人初進，便須別其忠佞」爲由，選定張九成爲狀元，凌景夏爲榜眼（《宋史》卷十八，宋高宗五）。凌景夏等主戰派在紹興十年（1140）八月，秦檜將包括凌景夏在內的主戰派文臣貶出朝廷。《建炎以來繫年要錄》云：「紹興十年（1140）八月壬申朔」，「詔秘閣修撰提舉江州太平觀張九成與知州軍差遣」、「尚書刑部員外郎凌景夏、秘書省正字樊光遠與外任差遣」，「尋以九成知邵州（今湖南省邵陽市）、剛中知安遠縣（今廣東省欽州市）、景夏知辰州（今湖南省沅陵縣）」（李心傳《建炎以來繫年要錄》卷一三七，中華書局，1956 年，第 2206～2207 頁）。凌景夏紹興十年（1140）知辰州，又據趙蕃詩中「使君剖竹繼先賢，四十于今又六年」，可知當時的辰州知州繼凌景夏在任已隔 46 年，所以發現凌景夏詩集應是淳熙十二年（1185）。

〔註76〕同上，之五。

〔註77〕同上，之四。

〔註78〕同上，之三。

〔註79〕同上，之五。

〔註80〕同上，之六。

〔註81〕《席上奉呈教授歐陽丈。時並餞戴兄，故其中及之》，《全宋詩》第49冊，第30416頁。

〔註82〕按，在伯姓氏不詳，是當時辰州知名的儒士。

〔註 83〕等，其中，他與在伯的來往非常密切，唱酬的詩歌很多。公事之餘，與友人如切如磋，有時陶醉於「蠻山雖云荒，蠻水亦頗秀」〔註 84〕的美景中，有時流連於「官池荷卷舒，野寺泉波驟」〔註 85〕的幽勝中，有時會聚一堂鑒賞前人的字畫作品：「書中舊學來禽帖，今日蠻州得飫嘗」〔註 86〕。在觀賞書畫作品時，趙蕃寫作了《觀徐復州家書畫七首》〔註 87〕等詩，表達了自己的藝術觀：「草衣舊識牡丹碑，字字騰拏更倔奇」〔註 88〕。淳熙十年正月，在辰州邢大聲家，與畢叔文、邢大聲兄弟等一起觀賞東坡書帖，作有《畢叔文攜坡帖及與季眞給事倡酬詩卷，見訪於邢大聲家，相與觀之。明日次韻。淳熙癸卯正月二十有一日也》〔註 89〕詩，盛讚東坡書法如精金美玉，定能永遠流傳。在鑒賞前人優秀藝術作品的同時，趙蕃還上與古人爲友，抒發了自己的身世之感：在欣賞北宋名士潘閬的書法時，他感慨萬千：「我亦參軍成潦倒，愧無筆力欠渠詩」〔註 90〕；在觀賞東坡書跡時，他慨歎世事有如白衣蒼狗，變化無常。在辰州爲官期間，趙蕃思鄉念友心切。在與好友王璠（字伯玉）酬唱時，他羨慕王氏兄弟歡聚一堂、同氣相求的團聚快樂，不禁油然思念起遠在家鄉的弟弟趙成甫，盼望家書能早

〔註 83〕按，《全宋詩》第 30652 頁趙蕃《寄題宋舜卿家小閣兼屬李亦韓、梁進父二首》之一云：「湖北終連北，辰州是古州。故家唯宋氏，舊物有書不？幾踏緣江路，頻登小閣幽。雖微少陵句，不減浣花頭」，其二云：「憶我辰州友，英英李宋梁。參差由百拽，悵望到三湘。邂逅書能寄，追隨辱未忘。南山如訪舊，下有老耕桑。」此外，趙蕃還作有《留別邢大聲昆仲》、《送邢大聲宏音二首》等詩。

〔註 84〕《席上奉呈教授歐陽丈。時並餞戴兄，故其中及之》，《全宋詩》第 49 冊，第 30416 頁。

〔註 85〕同上。

〔註 86〕《奉簡在伯四首》之三，《全宋詩》第 49 冊，第 30782 頁。

〔註 87〕《全宋詩》第 49 冊，第 30781 頁。

〔註 88〕《觀徐復州家書畫七首》之一，《全宋詩》第 49 冊，第 30781 頁。

〔註 89〕《全宋詩》第 49 冊，第 30503 頁。

〔註 90〕按，潘閬（？～1009），字夢空，一說字逍遙，又說自號「逍遙子」，北宋知名江西詩派詩人。該詩後趙蕃有注釋說：「潘逍遙字。草衣寺在信州水南，有逍遙詩云：『水南閒有牡丹花，多少游人耳畔誇。潦倒參軍來看晚，數枝已謝病僧家。』」（《全宋詩》第 30781 頁）

日寄來:「羨君聚首共文書,憐我離形屢寒暑。江南豐歉未可知,安得書來相告語」〔註 91〕,同時,他經常流露「我歸當事力田科」的歸隱念頭:「南渡淒涼六十年,故家遺俗日蕭然」、「斗食我今悲白髮,束書今喜繼青氈」〔註 92〕,並含蘊著對現實處境的無奈。趙蕃性格耿直,在辰州任上,因為對某個案件如何判決與郡守意見相左,極力爭辯未成而離職。《宋史・趙蕃傳》說他「調辰州司理參軍,與郡守爭獄罷。人以蕃為直。」他上書請求奉祠家居,舉家移官長沙(潭州的治所,今湖南長沙,下同)待命,時間約在淳熙十三年(1186)春〔註 93〕。也就是說,他任職辰州司理參軍的時間不足四年。

2、移家長沙,出訪恩師

趙蕃淳熙十三年春移住長沙待命,次年冬前往衡州(今湖南衡陽市,下同),後又返回長沙,最終由長沙回到江西老家。在長沙的時間不到兩年,趙蕃有詩記述說:「暫作長沙住,侵尋兩過年」〔註 94〕。在長沙期間,趙蕃結交了滕彥眞、梁仁伯、周允升、周伯壽、吳德夫

〔註 91〕《王伯玉兄弟皆用叔文韻作詩見示答之》,《全宋詩》第 49 冊,第 30524 頁。

〔註 92〕《呈劉子後趙行之司理舅二首》之一,《全宋詩》第 49 冊,第 30722 頁。

〔註 93〕按,趙蕃《寄韓仲止主簿》(三首)其一云:「舊來絕歎茶山竹,今日重悲南澗泉」;其三云:「介室於余亦外家,二年朝夕向長沙。聞君往會臨川葬,我不及前空歎嗟。」(《全宋詩》第 49 冊,第 30923 頁。)韓仲止名淲,號澗泉,韓元吉之子,與趙蕃並稱「信上二泉」,其父韓元吉(1118~1187),字無咎,去世於淳熙十四年(1187),是年韓淲歸葬其父,趙蕃詩中說自己「二年朝夕向長沙」,可知趙蕃赴長沙在淳熙十三年(1186)。據《宋史》卷五六《志》第九:「淳熙十三年閏七月戊午,五星皆伏」,可知是年閏七月;又據趙蕃《閏七月二十日侍知府寺簿先生爲石鼓山向園之遊》:「今年五溪歸,適日三湘役」(《全宋詩》第 49 冊,第 30485~30486 頁),可知他於是年秋七月在衡陽與「知府、寺簿先生」劉清之同遊,因此,他移居長沙等待奉祠之命應在此年秋季之前,約在是年春夏,其《衡山道中懷清江舊遊寄長沙諸公》亦云:「去年五溪歸,泊家長沙國」(《全宋詩》第 49 冊,第 30482 頁),可與此相印證。

〔註 94〕《次滕彥眞韻三首》之二,《全宋詩》第 49 冊,第 30608 頁。

等好友，其《衡山道中懷清江舊遊寄長沙諸公》敘述說：「長沙今洙泗，不但談賈屈。梁吳兄弟遊，兩周新舊識」，在該詩題後，趙蕃又注釋說：「謂仁伯、德夫兄弟，允升、伯壽」〔註95〕，所指即梁仁伯、吳德夫、周允升和周伯壽。

在長沙期間，趙蕃於淳熙十三年秋，到衡州拜訪恩師知州劉清之，與劉清之同遊石鼓山並泛舟向園，作有《閏七月二十日，侍知府寺簿先生爲石鼓山向園之遊》等詩，敘述陪同劉清之同遊共處的情形：「今年五溪歸，邇日三湘役。先生喜其至，舍以江亭闊」、「西溪命題字，東岩俾開徑」、「已焉興未休，棹舟放中流」〔註96〕。淳熙十四年（1187）二月，周必大任右丞相，趙蕃高興之情溢於言表，興奮地說道：「近喜周公相，初傳薦士章」〔註97〕，同時，他還萌生了強烈的歸鄉情緒：「王氣東南盛，流風西北疏。往猶稱旅寓，今乃逐鄉閭。要熟兒童聽，惟傳父祖書」〔註98〕。也因爲劉清之當時知衡州，於是請求移官擔任安仁（今屬江西）贍軍酒庫一職：「始，蕃受學於劉清之。清之守衡州，乃求監安仁贍軍酒庫，因以卒業。」〔註99〕在出發前，他因自己即將擔任卑微的官吏，發出悠長的慨歎：「堂堂公可作，岌岌我何衰。孰有入門冠，而淹管庫卑」〔註100〕。後來，他到達衡州，準備擔任安仁贍軍酒庫職務，卻得知劉清之剛剛被免職，於是送別恩師，向朝廷請求奉祠歸家，回到長沙等待朝廷的批覆令。〔註101〕

〔註95〕《全宋詩》第49冊，第30482頁。
〔註96〕《全宋詩》第49冊，第30485～30486頁。
〔註97〕《呈劉子卿四首》之二，《全宋詩》第49冊，第30554頁。
〔註98〕同上，之三。
〔註99〕《宋史・趙蕃傳》。
〔註100〕《贈劉子卿，時劉將赴官鎮江並以道別三首》之一，《全宋詩》第49冊，第30583頁。
〔註101〕《宋史・趙蕃傳》說，趙蕃因劉清之以無罪被免職，於是與劉清之一同返鄉：「清之守衡州，乃求監安仁贍軍酒庫因以卒業。至衡而清之罷，蕃即丐祠從清之歸」，此說不夠準確。據《衡陽志》

四、中年以後：屢徵不起，奉儒守家

淳熙十五年（1188）八月在湘西辰州，趙蕃與好友鄭仲理、吳德夫、周伯壽、黎季成、邢廣聲、王衡甫等依依作別〔註 102〕，帶著友人們寫給他的二卷送行詩歌，也帶著朋友們依依惜別的深情，踏上了返回江西家鄉的征途〔註 103〕。他取道水路乘船，自農曆八月八日從

記載，劉清之在淳熙十五（1188）年正月奉祠歸家：「劉清之，朝奉郎。淳熙十三年四月到，建珠玉堂、道院。十五年正月奉祠。」而據趙蕃《蕃艤舟湘西之明夕，鄭仲理、吳德夫、周伯壽、黎季成共置酒於書院閣下，追餞者邢廣聲、王衡甫。時戊申仲秋七日》詩題（見《全宋詩》第 30569 頁），戊申仲秋即淳熙十五年（1188）八月，時趙蕃仍在湘西未歸。據〔宋〕劉宰《章泉趙先生墓表》：趙蕃「監衡之安仁贍軍酒庫，已至，未上而歸，遂奉祠家居」，〔元〕方回《跋趙章泉詩》亦云：「靜春劉公清之子澄知衡州，以無罪去，章泉舊師也。時爲酒客，至郡，未上即棄官，因送子澄而歸」（《桐江集》卷四），可見趙蕃確實未履任贍軍酒庫一職，送別恩師劉清之後回歸，不過，不是回到江西玉山的家鄉，而是回到長沙，等待朝廷奉祠的詔命。又，其《蕃丙午冬，分宜見公度簿公尊兄，已而邂逅於宜春。蒙以蕃與徐斯遠志別六言之韻作詩爲贈，久未和答；今日東歸，乃克賦之四首（趙蕃自注：蕃欲自澗鋪過盧陵謁雲臺先生，又惟公度亦不可不別，故寧迂來問安福路云）》一詩，作於淳熙十五年秋天，趙蕃自湖南辭官返回江西的途中，他回憶丙午（1186）年冬與分宜縣主簿劉公度相見，劉以趙蕃《次韻斯遠重別六言四首》的韻腳作六言絕句送別趙，趙當時未及回贈。直到 1188 年回江西的途中，才作此六言絕句四首和答。據趙蕃「丙午冬」詩題後的注釋，可知趙蕃歸途中「欲自澗鋪過盧陵，謁雲臺先生」，雲臺先生即指劉清之（趙蕃有《期斯遠不至，登溪亭有懷並屬雲臺劉先生三首》），劉清之自衡州知州任上返回盧陵家鄉，所以趙蕃取道盧陵看望他，並迂迴至分宜縣再會劉公度。可見，趙蕃淳熙十五（1188）年春，送別劉清之後，即回到長沙等待朝廷批准其奉祠的詔命，並在當年秋八月八日從湘西的辰州踏上歸途。

〔註 102〕見上一條注釋。

〔註 103〕按，趙蕃《次韻王照鄰去秋送行並呈滕彥眞》詩中說：「平時朝夕居，一旦離合情。何以著此情？賦詩兼軸盈」，該句後他自注說：「蕃湖南之歸，送行詩凡二卷」，可知其中包括在伯、周伯壽、吳德夫、沈司法等人的送行之作，趙蕃當時回贈有《次韻在伯送行》、《次韻和答周伯壽送行》和《次韻沈司法送行》等詩；次年，又作有《次

潭州出發，在船上度過了重陽節，途中到廬陵（今江西省吉安市）拜訪了恩師劉清之，並順便迂迴到分宜縣再會劉公度主簿，約十月至十一月初才到家，行程用了兩個多月〔註 104〕。

回到家鄉信州（今江西省玉山縣），趙蕃喜悅之情溢於言表：「故喜來歸逢稔歲，況於遊倦得閒身」〔註 105〕。返家後，當時的知信州莫漳前來拜訪，趙蕃喜出望外，他說：「公爲州牧我州民」，「奈何造請尚趨晨」〔註 106〕。淳熙十六年（1189）正月，又傳來了周必大擔任左丞相的喜訊，趙蕃「喜甚屐且折」，欣然寫作了《寄賀周子充除左相、留正除右相、王謙仲除參政》詩，記述自己興奮的情形：「淳熙十六年，正月十九日。雪餘雨更作，有客方抱疾。忽傳底處書，昏暮叩蓬蓽。問之何許人，乃是吾家侄。書中道何爲，除目報甲乙。要令二父知，此意深所悉。我方盤谷歸，詎應聞黜陟？雖云在田野，又可忘輔弼」〔註 107〕，不但盛讚周必大等人的德行才幹，更希望他們輔佐皇上行仁德之政，同時也表達了自己雖然遠離官場，也不能忘記士人「致君堯舜上」的天職等儒家的傳統思想。

自從回到信州，直至去世，趙蕃未曾出仕。其間，雖然周必大、眞德秀、陸游等人多次向朝廷薦舉他，朝廷也屢次徵召賜職，但是，

韻酬吳德夫去秋送行之作》等詩。

〔註 104〕據趙蕃《八月八日發潭州後得絕句四十首》記述，他此行農曆八月八日從潭州出發，在船上度過了重陽節，其第三十一首說：「去歲重陽事已訛，今年亦復病蹉跎。明年想見山中集，弟妹團欒黃菊歌。」九月末，他尚未到家，其第三十三首云：「季月將窮更起風，秋聲亂雜櫓聲中。倦遊歸去渾忘事，淹速從渠不計窮」（《全宋詩》第 30807 頁），季月是每季的最後一月，即農曆三、六、九、十二月，可見趙蕃約在十月至十一月才到家。到家後，知信州莫障來訪（按，莫障的「障」一作「漳」），《宋會要輯稿》職官七二之五四云：「（淳熙十六年十一月）二十一日，詔知信州莫漳……放罷」（中華書局，1957 年，第 4015 頁）。

〔註 105〕《呈莫信州障二首》之二，《全宋詩》第 49 冊，第 30680 頁。

〔註 106〕同上。

〔註 107〕《全宋詩》第 49 冊，第 30414 頁。

他再也沒有出山為官，靜心過著平靜的隱逸山林生活。劉宰說：「蓋先生自己酉（1189）至是歲，辭官不獲，屢上休致之請，皆不允，而先生請不已。」〔註 108〕尤其在趙蕃去世前的三年裏，他先後多次辭命不受，「今天子御極之元年，歲己酉〔註 109〕，宰相以先生名聞，有旨除太社令，三辭不拜，特改奉議郎直秘閣，主管建昌軍仙都觀，又三辭，不允。越三年，差主管華州雲臺觀。明年夏四月，始得旨，轉承議郎，依前直祕閣致仕。」趙蕃之所以堅辭不出，主要是受到儒家守志不移、樂天知命等思想的影響。也與這一時期政治特別黑暗、黨爭格外激烈、師友迭遭打擊等不無關係，尤其是趙汝愚、蔡元定等摯友的先後蒙冤去世，更增加了趙蕃對政治的痛楚與失望。

趙蕃隱居的生活非常艱難，「我生墮貧中，欲避將安之」、「朝昏曷以度，半菽藜羹懷。聊為一飽謀，餓死無自貽」〔註 110〕，可見即使是半菽與藜羹等粗劣的飯食，他都能聊以度日。但是，即使如此，他仍然經常面臨衣食無著的窘境。他在《和陶淵明〈乞食詩〉一首》詩前的小序中寫道：

> 自八月來，日以抱衣易米為事，衣且竭矣，米卒亡術可繼。因讀東坡《和陶乞食詩》，有「幸有餘薪米」之句，則知坡之貧，蓋不至於陶。而陶雖貧，猶有可乞食之家。僕今縱欲乞食，將安之耶？〔註 111〕

在《即事二首》之一中，他詳細地描述了自己的貧困狀況說：「問薪薪已無，問米米已空。假貸愧鄰里，奔走愁僕童。」〔註 112〕可見，趙藩窮困潦倒的生活竟然到了乞食無門的地步。如此，在世態炎涼的時代，也就難免「貧賤親戚離」的呼號了：「去年未是貧，假貸猶有

〔註 108〕〔宋〕劉宰《章泉趙先生墓表》。
〔註 109〕按，此處「己酉」（1189）年有誤，己酉應為「乙酉」（1225）年。
〔註 110〕《和陶淵明〈乞食詩〉一首》，《全宋詩》第 49 冊，第 30472 頁。
〔註 111〕同上。
〔註 112〕《全宋詩》第 49 冊，第 304445 頁。

辭。親朋戒今年，相與謝往來」〔註 113〕、「乞食陶徵君，乞米平原公。昔人有如此，吾今未爲窮」〔註 114〕。儘管如此，詩人仍然恪守儒家安貧樂道的生活理想，追求「文行如斯古亦難」〔註 115〕的完美道德人生目標。

趙蕃晚年，與弟弟趙成甫（或寫作「成父」）一起，在江西懷玉山之下、章泉之畔，過著「直鈎元不事絲緡」〔註 116〕的優遊自得生活。羅大經《鶴林玉露》說：「章泉趙昌甫兄弟，亦俱隱玉山之下，蒼顏華髮，相從於泉石之間，皆年近九十，眞人間至樂之事，亦人間希有之事也。」〔註 117〕戴復古也作有《章泉二老歌》，描述趙蕃兄弟結伴隱居的生活說：「章泉之上兩山下，有地可宮田可稼。伯也早休官，季也相約歸林泉。名動京口耕谷口，山中有詩天下傳。一生得閒兼得壽，皓首龐眉世稀有。竹隱先生八十三，定庵居士七十九。」〔註 118〕其中的竹隱先生即指趙蕃，定庵居士就是趙成甫。

五、趙蕃的性格與人格

趙蕃性格謹愼穩重，不願冒險。有一年農曆四月，適逢梅雨季節，趙蕃從贛州出發，正值大雨後「江流何湯湯，萬里勢方注」〔註 119〕。隨行的年輕人紛紛勸趙蕃一同乘船，這樣當天即可到家。但是，趙蕃考慮到水勢迅猛，乘船甚至可能有生命危險，「卒行偶相攖，取死將誰訴？」更何況早一些到家與晚點到家，「遲速均一歸」〔註 120〕，沒

〔註 113〕《和陶淵明〈乞食詩〉一首》，《全宋詩》第 49 冊，第 30472 頁。

〔註 114〕《即事二首》之一，《全宋詩》第 49 冊，第 304445 頁。

〔註 115〕《子暢雨中見過且惠以詩乃用蕃謝文顯載酒之韻，復用韻爲答並簡文顯》，《全宋詩》第 49 冊，第 30717 頁。

〔註 116〕趙蕃《小重山・寄劉叔通先生》，唐圭璋《全宋詞》，中華書局，1986 年，第 1831 頁。

〔註 117〕〔宋〕羅大經撰《鶴林玉露》，中華書局，1983 年，第 219 頁。

〔註 118〕〔宋〕戴復古《戴復古詩集・章泉二老歌》，浙江古籍出版社，1992 年，第 12 頁。

〔註 119〕《二十三日雨中發贛州》，《全宋詩》第 49 冊，第 30484 頁。

〔註 120〕同上。

有必要冒著生命危險。最終，他堅持沿著來時的陸路返回。

「百里之行半九十」〔註 121〕，因爲深感人生之路頗爲艱難，尤其是晚歲的末路之難，他年過五十把自己的居所命名爲「難齋」，認爲如果人生之路有一百里，即使走了九十里，也只能說是完成了一半而已。因此，他經常在詩中慨歎「人生七十稀，百里九十半」〔註 122〕、「百里九十戒，躊躇重躊躇」〔註 123〕，這既有趙蕃天生愛好自由的個性因素，也是當時險惡的政治形勢使然：南宋社會世風日下，官場異常黑暗，理學名師朱熹短暫在朝後被迫離開，劉清之面對「世道之衰，屈身於勢利者不怪」的現實，不禁慨歎「經師易遇，人師難遭」〔註 124〕，由此可見，即使像朱熹、劉清之這樣德行學問都堪爲時人表率的鴻儒，尙且舉步維艱，作爲後生晚輩的趙蕃，感慨人生艱難也就在所難免了。

趙蕃畢生奉儒守家，人品高尙，道德、文章均爲鄉里的楷模，「其在州里，誘掖後進，一以孝悌忠信爲本。蕃雖名在吏部，然其行誼學識，素爲鄉曲所推，不求聞達」〔註 125〕。陸游說他畢生「力學好修，杜門自守」〔註 126〕，孜孜以求地追求醇正的儒學思想，奉守理學風範；他爲人正直有氣節，「賦性寬平，與人樂易，而剛介亦不可奪」〔註 127〕。他對理學風範自覺、勤奮追求，使其成爲南宋中期士人的榜樣。當時，「諸老淪謝，文獻之家，典刑之彥，巋然獨存，猶有以繫學者之望者，章泉先生一人而已」〔註 128〕，也召喚著許多志

〔註 121〕《二十一日雨》，《全宋詩》第 49 冊，第 30511 頁。

〔註 122〕《次韻酬吳德夫去秋送行之作》，《全宋詩》第 49 冊，第 30467 頁。

〔註 123〕《次韻斯遠二十七日道中見懷二首》之二，《全宋詩》第 49 冊，第 30431 頁。

〔註 124〕〔清〕黃宗羲《宋元學案》卷五九《清江學案・靜春先生語》，中華書局，1982 年，第 1942 頁。

〔註 125〕〔宋〕眞德秀《因明堂赦薦趙監嶽（蕃）》。

〔註 126〕〔宋〕陸游《薦舉人材狀》，錢仲聯校注《劍南詩稿校注》，第 2762～2763 頁。

〔註 127〕〔宋〕劉宰《章泉趙先生墓表》。

〔註 128〕同上。

趣契合之士的關注與效法，天下士人紛紛趨之若鶩，甚至有人因為能與趙蕃詩文唱和而倍感榮幸：「故先生雖退，然不敢以師道自任，而天下學者凡有一介之善，片文隻字之長，皆裹糧負笈就正函丈。其限以地，屈於力，而不能至者，詩筒書函，左右旁午，往往以一酬酢爲榮。」〔註 129〕可見趙蕃的道德文章在當時的影響之大。

六、趙蕃的著作

趙蕃的著作已佚。其詩歌，據祝尚書《宋人別集敘錄》考證：「《明文淵閣書目》卷十著錄《章泉趙先生詩》一部十二冊，殘缺。《菉竹堂書目》冊數同。《千頃堂書目》卷二十九載《淳熙稿》四十卷。各本久佚。《永樂大典》本錄入《四庫全書》，刊入清武英殿聚珍叢書本。翰林院鈔本《淳熙稿》二十卷（四庫底本），今藏北京圖書館。另外，《叢書集成初編》本，是根據武英殿聚珍叢書本排印。」〔註 130〕據此，趙蕃詩歌的版本主要有清翰林院鈔本《淳熙稿》二十卷、《永樂大典》殘本、清武英殿聚珍叢書本、《叢書集成初編》本（據武英殿聚珍叢書本排印）和《全宋詩》本。趙蕃的詩歌，清四庫館臣據《永樂大典》輯爲《乾道稿》二卷、《淳熙稿》二十卷和《章泉稿》四卷。其中《乾道稿》分上下兩卷，上卷收錄趙蕃五言古詩 16 首和七言古詩 12 首，下卷收錄近體詩五律 40 首（含長律 1 首）、五絕 19 首、七絕 18 首，還有七律和六絕各 1 首。《章泉稿》四卷，依次收錄趙蕃五言古詩 78 首、七言古詩 29 首、五律 229 首（含長律 13 首）、七律 100 首、五絕 9 首、六絕 12 首和七絕 217 首。其餘的大部分詩歌，均收錄於二十卷《淳熙稿》中，可見，趙蕃的詩歌主要收錄於《淳熙稿》。

《全宋詩》編者輯錄趙蕃詩，即以影印文淵閣《四庫全書》本爲底本，參校清武英殿聚珍叢書本和《永樂大典》本，並從《瀛奎律髓》、《詩人玉屑》和《後村詩話》等多部詩話中，新輯集外詩二十九首，編爲第二十七卷。目前，《全宋詩》合計收錄趙蕃詩二十

〔註 129〕〔宋〕劉宰《章泉趙先生墓表》。
〔註 130〕祝尚書《宋人別集敘錄》，中華書局，2004 年，第 1117 頁。

七卷，合計三千七百三十三首，數量最多。另外，還有三首詩《全宋詩》沒有收錄。一是魏慶之《詩人玉屑》卷一《趙章泉詩法》收錄趙蕃論詩詩三首，均爲七言絕句，《全宋詩》僅從從元人編輯的《排韻增廣事類氏族大全》中收錄其中一首，題爲《詩一首》，另外兩首論詩詩沒有收錄。這兩首論詩詩分別是：「學詩渾似學參禪，識取初年與暮年。巧匠曷能雕朽木，燎原寧復死灰然」、「學詩渾似學參禪，束縛寧論句與聯。四海九州何歷歷，千秋萬歲孰傳傳」〔註 131〕。二是《玉山縣志》中收錄趙蕃七言律詩《懷玉山》一首，《全宋詩》也未收錄。該詩內容如下：「禪月詩僧古道場，山雄吳楚接華陽。疏通八礫蛟龍隱，高並雙峰虎豹藏。雲母屏寒消瘴氣，藍田壁潤吐虹光。碧桃花落仙人去，靜聽松風心自涼。」〔註 132〕因此，趙蕃目前存詩總數爲三千七百三十六首。

趙蕃各體文的成就很高，陸游就稱讚他「嗟君與斯遠，文中眞二虎」〔註 133〕。但是，從現今所能看到的史料中，趙蕃存世的文只有八篇：《四庫全書》收趙蕃文三篇：《截留綱運記》、《重修廣信郡學記》和《方是閒居士小稿序》。宋代林表民所編《赤城集》存趙蕃文一篇：《台州謝子暢義田續記》〔註 134〕。宋代裘萬頃《竹齋詩集》存趙蕃文一篇：《〈贈雲卿詩〉序》（《竹齋詩集》附錄）。宋人戴復古《石屏詩集》卷末存趙蕃題寫的跋一篇：《石屏詩集跋》。康熙《廣信府志》存趙蕃爲玉山縣一寺院題寫的銘文一篇：《澄心院銘》。此外，曾棗莊先生主編的《全宋文》既收錄了上述趙蕃的七篇文，還

〔註 131〕〔宋〕魏慶之《詩人玉屑》卷一《趙章泉詩法》，上海古籍出版社 1978 年，第 6 頁。

〔註 132〕江西省玉山縣志編纂委員會編《玉山縣志》，江西人民出版社，1985 年，第 461 頁。按，清同治十二年刻本和道光三年刻本《玉山縣志》均收錄此詩。道光三年刻本題作《三清山》。

〔註 133〕〔宋〕陸游《寄趙昌甫並簡徐斯遠》，錢仲聯校注《劍南詩稿校注》，上海古籍出版社，1985 年，第 2762 頁。

〔註 134〕趙蕃《台州謝子暢義田續記》，林表民《赤城集》卷十二，文淵閣《四庫全書》，上海古籍出版社 1987 年影印本。

從《古書畫過眼要錄》（湖南美術出版社 1987 年版）一書，收錄了趙蕃的《門下帖》一文〔註 135〕。這些散文，文筆細膩，感情淒婉，敘事力求詳贍平易。

趙蕃的詞，據宋代黃昇《花庵詞選》〔註 136〕和唐圭璋先生《全宋詞》〔註 137〕，存《小重山·寄劉叔通先生》和《菩薩蠻·送游季仙歸東陽》二闋，抒發隱逸情懷，感情眞摯，優遊不迫。

〔註 135〕曾棗莊《全宋文》卷 6350，上海辭書出版社、安徽教育出版社，2006 年，第 190 頁。

〔註 136〕〔宋〕黃昇選編《花庵詞選》，上海古籍出版社，2007 年，第 217 頁。

〔註 137〕唐圭璋《全宋詞》，中華書局，1986 年，第 2066 頁。

第二章　趙蕃交遊考述

趙蕃交遊酬唱的詩友眾多，如「中興四大家」尤袤、楊萬里、范成大、陸游，以及周日章、吳鎰、施元之等人。他們大部分是南宋知州、縣官以上或朝中各部的高官，甚至尊爲宰相，還有相當一部份是追求人格獨立、性格兀傲不群的隱逸之士，他們在人格和行動上都代表著知識分子的理想，都是儒家崇尚的理想人格的化身。透過趙蕃與這些上至高官、下至貧民隱士交遊的詩作，我們可以勾勒出一幅幅生動的南宋中期社會生活畫卷。

第一節　趙蕃與「中興四大家」的交遊唱和

一、與尤袤的交遊唱和

尤袤（1127～1194），字延之，號遂初，無錫（今江蘇無錫）人，中興四大詩人之一。趙蕃集中與尤袤的詩共九首，包括《贈尤檢正四首》、《呈尤運使袤延之五首》。從趙蕃寫給尤袤的《呈尤運使袤延之五首》之一中「往者江次對，不妄出薦口」，可知尤袤曾向朝廷推薦過趙蕃，並且推薦讚美之辭實事求是，沒有誇張不實之處，可見尤袤對趙蕃的才能與品格比較瞭解。趙蕃對尤袤也充滿敬意，讚揚他「門無雜沓賓，麟角鼊肋九」，並在見面時傾訴對尤袤的思念之情說：「幾年闕通謁，今乃獲拜手」〔註 1〕。

尤袤是一位清正廉明的官吏。在朝堂之上，他敢於直言進諫；在地方爲官，他施行仁政德治，爲民請命，革除苛捐弊政。趙蕃對尤袤勤於政事和憂國憂民的情懷充滿敬意，其《呈尤運使袤延之五首》之二云：「今時使者中，所進非一律。學術用其長，公獨名副實。……政以歲方艱，當遣德星出。」〔註 2〕淳熙中，尤袤歷任江東提舉常平、江西轉運使兼知隆興（今江西南昌），所以趙蕃說他「江左更江右，非爲循更迭」。在江東任內，適逢大旱，他率領人民抗災，並設法賑濟災民，因此，趙蕃稱讚他是百姓的「德星」。

趙蕃與尤袤曾經在廬陵（今江西吉安）相會，席間，尤袤出示了楊萬里、陸游和自己不久前寫作的詩歌，趙蕃讀後對三位詩人的詩歌歎賞不已：「季秋過廬陵，客有示新錄。尤楊兩詩翁，間以嚴州陸。澧蘭與沅茝，頓覺無芬馥。何況破囊中，欲探還自忸。」〔註 3〕趙蕃在辰州爲官時期，雖然路途遙遠，書信不便，他們仍然偶通書郵：「政以沅湘遠，無由書疏頻。」〔註 4〕

趙蕃對尤袤非常欽敬，除了讚賞尤袤德政惠民的政事，對尤袤的文學成就也讚賞不已，認爲尤袤散文頗得韓愈散文浩翰無涯的氣勢：「少年見公文，大類韓退之」、「於今到收斂，寧易窺涘涯」〔註 5〕。他還欽羨尤袤豐富的藏書，認爲尤袤的藏書可與唐朝宰相李泌相比：「多書如鄴侯，讀書如張巡。」〔註 6〕尤袤著有《遂初堂書目》，趙蕃稱其「集古一千卷，復楷歐少師」〔註 7〕，認爲《遂初堂書目》堪比

〔註 1〕《呈尤運使袤延之五首》之一，《全宋詩》第 49 冊，第 30411 頁。
〔註 2〕《呈尤運使袤延之五首》之二，同上頁。
〔註 3〕《贈尤檢正四首》之四，《全宋詩》第 49 冊，第 30431 頁。
〔註 4〕《贈尤檢正四首》之一，《全宋詩》第 49 冊，第 30430 頁。
〔註 5〕《呈尤運使袤延之五首》之三，《全宋詩》第 49 冊，第 30412 頁。
〔註 6〕《贈尤檢正四首》之一，《全宋詩》第 49 冊，第 30430 頁。
〔註 7〕《呈尤運使袤延之五首》之三，《全宋詩》第 49 冊，第 30412 頁。按，歐少師指歐陽修，歐陽修以太子少師致仕。《集古錄》是歐陽修晚年的代表著作，也是我國最早的金石學著作，共十卷，歐陽修曾

歐陽修的金石學著作《集古錄》。

二、與楊萬里的交遊唱和

楊萬里（1127～1206），南宋詩人，字廷秀，吉州吉水（今屬江西）人。淳熙七年（1180）年春，楊萬里前往廣州任職，經過太和縣（今江西省泰和），趙蕃與楊萬里相識，「白下初逢使廣軒，始披雲霧見青天」〔註 8〕，自此二人成爲相知。楊萬里在太和滯留的時間不長，在縣令李垂、主簿趙蕃等陪同下，登臨快閣賞景。據楊萬里《遠明樓記》記述云：

> 予淳熙庚子之官五羊，道西昌，泊跨牛庵，據胡床小睡，思昏昏也。縣尹李公垂、簿趙公昌父傳呼而來，予攝衣躡履出迎，坐未定，二君曰：「先生欲登乎快閣？」予謝曰：「幸甚。」即聯騎疾往。是時，春欲半，憑欄送目，一望無際，綠楊拂水，桃杏夾岸，澄江漫流，不疾不徐，遠山爭出，平野自獻。視山谷登臨之時晚晴落水之景，其麗絕過之……〔註 9〕

趙蕃把太和的官舍命名爲「思隱堂」，他棄官回鄉的願望一直縈繞心頭，他對楊萬里說：「幾爲年華歎物華，只今結束定還家。且看垂發江邊樹，未問長安一日花。」〔註 10〕趙蕃化用杜甫「江邊一樹垂垂發，朝夕催人自白頭」〔註 11〕詩意，表達自己年華流逝的失落，無意於如孟郊有朝一日「春風得意馬蹄疾，一日看遍長安花」〔註 12〕，盼望早日整治行裝回家。

自稱「吾家藏書一萬卷，集錄三代以來金石遺文一千卷」。

〔註 8〕《贈楊左司三首》之一，《全宋詩》第 49 冊，第 30675 頁。

〔註 9〕〔宋〕楊萬里《遠明樓記》，《楊萬里詩文集》中，江西人民出版社，2006 年，第 1189 頁。

〔註 10〕《次韻楊廷秀太和萬安道中所寄七首》之六，《全宋詩》第 49 冊，第 30831 頁。

〔註 11〕〔唐〕杜甫《和裴迪登蜀州東亭送客逢早梅相憶見寄》，〔清〕仇兆鼇《杜詩詳注》卷九，中華書局，1979，第 781 頁。

〔註 12〕〔唐〕孟郊《登科後》，《孟東野詩集》，人民文學出版社，1984 年，第 55 頁。

楊萬里爲趙蕃寫作了《題太和主簿趙昌父思隱堂》詩：「西昌主簿如禪僧，日餐秋菊嚼春冰。西昌官舍如佛屋，一物也無惟有竹。俸錢三月不曾支，竹陰過午未晨炊。大兒叫怒小兒啼，乃翁對竹方哦詩。詩人與竹一樣瘦，詩句與竹一樣秀。故山蒼玉搖綠雲，月梢風葉最閒身。勸渠未要先思隱，且與西昌作好春！」〔註 13〕從楊萬里的詩中，可見趙蕃在太和主簿任上的生活十分清苦，由於連續數月未能領到薪餉，趙蕃一家中午已過卻連早飯還沒有吃，孩子們因飢餓難忍，啼哭不已。在空蕩如佛屋的房舍裏，趙蕃只能對著生平摯愛的竹子吟詩，希望藉此忘掉飢餓和困苦。趙蕃對楊萬里的知遇非常感動，視其爲知音：「愛竹知人憶故山，食貧過午尚懸簞。長篇乞與小詩並，要似韓豪東野寒。」〔註 14〕甚至多年以後，趙蕃還念念不忘楊萬里途經太和時對他的稱許：「誠齋入諷詠，思隱記稱許。甘能膏齒頰，清且醒肺腑。」〔註 15〕

楊萬里離開太和後，趙蕃還追出很遠送行，可見對他的敬仰與欽佩之深：「追送寧辭遠，乖離故在茲。無嗔白頭舊，一見有深知。」〔註 16〕他與楊萬里詩歌酬贈不斷，趙蕃盛讚楊萬里不辭辛苦、遠赴廣東爲官之舉：「記得詩來半說花，不言長道苦風沙。知公不薄嶠南使，政似昔人何以家。」〔註 17〕可見，兩人確實是惺惺相惜的知音。

淳熙十一年（1184）年五月，楊萬里任吏部郎中，趙蕃作詩祝賀，「邇日使嶺表，歷論無此賢。誰歟記南海，久矣賦貪泉。已上蓬山直，還居吏部銓。省郎遲豈恨，宣室夜重前。掌制宜鴻筆，談經合細旃。

〔註 13〕〔宋〕楊萬里《題太和主簿趙昌父思隱堂》，《全宋詩》第 42 冊，第 26267 頁。

〔註 14〕《次韻楊廷秀太和萬安道中所寄七首》之二，《全宋詩》第 49 冊，第 30830 頁。

〔註 15〕《雪中讀誠齋荊溪諸集，成古詩二十韻，奉寄并呈吳仲權》，《全宋詩》第 49 冊，第 30855 頁。

〔註 16〕《追路送誠齋到灘頭驛》，《全宋詩》第 49 冊，第 30598 頁。

〔註 17〕《次韻楊廷秀太和萬安道中所寄七首》之一，《全宋詩》第 49 冊，第 30830 頁。

茲爲重儒術，何止用詩仙？」〔註 18〕對楊萬里的政事業績與道德文章給予高度評價，相信他必將成爲朝廷的重臣。

在楊萬里詩集中，有一組五言絕句題爲《題趙昌父山居八詠》，分別詠寫趙蕃章泉山居的八個齋名，具體有《竹隱》、《晏齋》、《苔竹軒》、《霞牖》、《倚雲亭》、《兩峰堂》、《已矣軒》和《青氈堂》（《誠齋集》卷第三十四）。在這組詩中，楊萬里記述了趙蕃悠然自得的隱居生活，讚揚趙蕃甘於貧賤、志操拔俗的高潔人格，如「夕借月爲燭，晨將霞作簾。猶言貧到骨，不悟取傷廉」（《霞牖》）、「青士長得瘦，翠兄工買貧」（《苔竹軒》）、「俗子令眼白，瑞峰令眼青」（《倚雲亭》）等，這組詩證明楊萬里曾經造訪過趙蕃的章泉山居，也說明楊萬里對趙蕃的人格與高節非常讚賞。

三、與范成大的交遊唱和

范成大（1126～1193），字致能，號石湖居士，吳郡（今江蘇省蘇州市）人。做過建康府（今江蘇省南京市）等地方官，並做了兩個月的參知政事（副宰相）。

趙蕃詩集中寫給范成大的詩共計十首。從中可知在淳熙八年（1181）夏，趙蕃到建康府（今江蘇省南京市）訪問范成大〔註 19〕，這是兩人的首次見面，卻一見如故。〔註 20〕從趙蕃在辰州（今湖南省沅陵縣）司理參軍任上寫的《寄范建康》詩中，可以看到在南京見面

〔註 18〕《寄誠齋先生》，《全宋詩》第 49 冊，第 30668 頁。按，在詩中「蜀道遠如天」句後，趙蕃自注：「辰故黔中郡地。」辰州秦朝時隸屬於黔中郡，可知趙蕃此時在辰州司理參軍任上。

〔註 19〕按，范成大是淳熙八年（1181）四月到建康任所，次年八月離任。又據趙蕃《寄范建康》：「去年此何緣，乃獲身造門。公蓋廊廟貴，我乃袓褐貧。」以及「一再將書託置郵，渺然殊未亦湛浮。平生願識才能見，別去於今歲又周」（《范參政自建康德資政宮祠六詩寄呈》之四），推知趙蕃到建康（今江蘇省南京市）訪問范成大應在淳熙八年（1181）下半年，也就是趙蕃從太和主簿任上返回後。

〔註 20〕趙蕃《呈陸嚴州五首》之五說：「往遊金陵都，始攀石湖仙」，據此可知這是兩人的首次見面。

時，范成大對趙蕃的熱情友好：「既以賓客見，復叨尊俎陳。談間必文字，愧我非比論。雖知愧公厚，猥誦終慚新。」〔註21〕范成大不但盛情招待趙蕃，還與他一起討論詩文創作，興之所至，還吟誦起趙蕃的詩歌。〔註22〕在范成大帥所，范成大還與趙蕃探討了救濟災荒的有關問題，趙蕃認眞傾聽，「如聞深講捄荒政」〔註23〕。告別范成大時，趙蕃作《別范建康》詩，稱賞范成大「如公久已獨步外」，又一次提到「顧我何堪猥誦中」，對范成大即席吟誦他的詩感到惶恐不安，可見范成大非常欣賞趙蕃的詩歌。

淳熙九年（1182）冬，在辰州司理參軍任上，趙蕃作《寄范建康》詩：「平生聞石湖，謂是千載人」、「公蓋廊廟貴，我乃裋褐貧」，讚揚范成大是無與倫比的傑出之士。趙蕃聞知范成大在建康任所，因救災賑濟以致積勞成疾，頭暈，後上五十章請求致仕，被授予資政殿閒學士，再領宮祠。趙蕃作《范參政自建康德資政宮祠六詩寄呈》詩，祝賀范成大「奏疏比聞頻叩闕，詔恩今見許還山」〔註24〕、「辭遜雍容得退身」〔註25〕。在詩中，趙蕃稱讚范成大竭盡職守、急流勇退的高風亮節：「出處如公亦甚都，不携西子不思鱸。三高異日當爲四，不見方嚴與范俱」〔註26〕，三高意爲三名高士，指春秋

〔註21〕《寄范建康》，《全宋詩》第49冊，第30425頁。

〔註22〕趙蕃的「雖知愧公厚，猥誦終慚新」，化用杜甫《奉贈韋左丞丈二十二韻》中「甚愧丈人厚，甚知丈人眞。每於百僚上，猥誦佳句新。」天寶七載（748），韋濟任尚書左丞前後，杜甫曾贈過他兩首詩，希望得到他的提拔。韋濟雖然很賞識杜甫的詩才，卻沒能給以實際的幫助，因此杜甫又寫了《奉贈韋左丞丈二十二韻》這首「二十二韻」，表示如果實在找不到出路，就決心要離開長安，退隱江海。杜甫自二十四歲（735）在洛陽應進士試落選，到寫詩的時候已有十三年了。特別是到長安尋求功名也已三年，結果卻是處處碰壁，素志難伸。

〔註23〕《別范建康》，《全宋詩》第49冊，第30729頁。

〔註24〕《范參政自建康德資政宮祠六詩寄呈》之二，《全宋詩》第49冊，第30767頁。

〔註25〕《范參政自建康德資政宮祠六詩寄呈》之五，《全宋詩》第49冊，第30768頁。

〔註26〕《范參政自建康德資政宮祠六詩寄呈》之三，同上頁。

時期越國的范蠡、晉代的張翰、唐代的陸龜蒙都是吳（今屬江蘇省蘇州市）人。宋朝時吳江以三人爲三高，設三高祠祭祀之。范成大是平江府吳縣人（今江蘇省蘇州市吳中區）人。趙蕃以歷史上三位品格超逸、襟懷灑脫的氣節之士比擬范成大，認爲范成大將與其比肩，「煙波甫里亦遺民」〔註 27〕，成爲吳江歷史上又一位品格超逸的傑出高士。

四、與陸游的交遊述略

趙蕃與陸游師出同門，他們都曾拜南宋前期的著名江西派詩人曾幾爲師。從現存的材料看，在中興四大詩人中，陸游對趙蕃及其詩文成就的評價最高。在趙蕃隱居信州期間，陸游曾經向朝廷舉薦過趙蕃，其《薦舉人材狀》說：「文林郎監潭州南嶽廟趙蕃，力學好修，杜門自守，入仕以來，惟就祠祿，今已數任，若將終身。或蒙朝廷稍加識拔，足以爲靜退之勸，抑躁競之風，於聖時不爲無補。如或不如，所舉甘坐責罰」〔註 28〕，可見陸游對趙蕃的節操、學識等稱賞不已。

陸游詩集中，共有五首寫給趙蕃的詩歌，其《寄趙昌甫並簡徐斯遠》詩云：「趙子乃宿士，山立誰敢侮。寓名祝融祠，蓑笠臥煙雨。高吟三千篇，一字無塵土」、「雖云忍饑瘦，得喪亦相補。嗟君與斯遠，文中眞二虎。」〔註 29〕陸游認爲趙蕃是老成博學之士，長期退隱向學，雖然沒有獲得顯耀的名祿，卻擁有拔俗的志操。趙蕃創作的大量詩歌，也反映了他高潔的襟抱，可以說是「高吟三千篇，一字無塵土」。陸游《故人趙昌甫久不相聞，寄三詩，皆傑作也，輒以長句奉酬》，該詩云：「海內文章有阿昌，數能著句寄龜堂。就令覿

〔註 27〕《范參政自建康德資政宮祠六詩寄呈》之五，同上頁。

〔註 28〕〔宋〕陸游《薦舉人材狀》，《陸游集》，中華書局，1976 年，第 2017 頁。

〔註 29〕〔宋〕陸游《寄趙昌甫並簡徐斯遠》，錢仲聯校注《劍南詩稿校注》，上海古籍出版社，1986 年，第 2762 頁。

面成三倒，未若冥心付兩忘」〔註30〕，稱讚趙蕃的發論一再令人傾服，更能泯滅俗念、清靜人心。陸游有感於辛棄疾生前虎步生風的強健身體，卻溘然長逝，勸戒趙蕃要愛護身體：「君看幼安氣如虎，一病遽已歸荒墟。吾曹雖健固難恃，相覓寧待折簡呼」〔註31〕，可見兩人關係的親密無間。

趙蕃詩集中，共有七首寫給陸游的詩歌。從趙蕃的詩中可以得知，在陸游知嚴州期間，趙蕃曾前往嚴州拜訪陸游，並且互有詩作唱酬。〔註32〕

他評價陸游及其詩歌說：「一代詩盟孰主張，試探源委見深長。家聲甫里歸嚴瀨，句法茶山出豫章」〔註33〕、「一代文翰主，百年風月懷」〔註34〕，肯定了陸游詩歌學有淵源，繼承了黃庭堅和曾幾詩歌句法的精華，堪爲詩壇盟主。同時，陸游與陸龜蒙同爲陸姓，不但傳揚了唐代名士陸龜蒙傳世的美名，還來到了東漢高士嚴子陵隱居的嚴州任知州。

趙蕃對陸游的道德文章稱賞有加。其《呈陸嚴州五首》之五說：

〔註30〕〔宋〕陸游《故人趙昌甫久不相聞，寄三詩，皆傑作也，輒以長句奉酬》，《陸游集》，中華書局，1976年11月，第1353頁。

〔註31〕〔宋〕陸游《寄趙昌甫》，《陸游集》，中華書局，1976年，第1866頁。

〔註32〕按，陸游到嚴州任職，在淳熙十三年（1186）七月初。淳熙十五年（1188）七月任滿卸職回到家鄉山陰。據《嚴州圖經》記載說云：「〔宋〕陸游，淳熙十三年七月初三日，以朝請大夫權知。淳熙十五年七月初六日滿。」又據趙蕃《呈陸嚴州二首》之二「去年犯雪到嚴州，呵筆題詩曳屨投」，「犯雪到嚴州」、「呵筆題詩」等句，可知趙蕃到嚴州與陸游見面，應在淳熙十三年（1186）冬天或淳熙十四年（1187）冬天。又據趙蕃《呈陸嚴州五首》之五：「往遊金陵都，始攀石湖仙。爲我談公詩，大雅後有焉。謂我欠公詩，勉哉成其天。此語久不理，今朝墮公前」，以及「人言公未遇，我獨以爲不。得失彼此間，於茲分薄厚。」（《呈陸嚴州五首》之三），推測趙蕃到嚴州應該是陸游到任不久，即在淳熙十三年（1186）冬天爲宜。

〔註33〕《呈陸嚴州二首》之一，《全宋詩》第49冊，第30679頁。

〔註34〕同上之四，《全宋詩》第49冊，第30413頁。

「往遊金陵都，始攀石湖仙。爲我談公詩，大雅後有焉。」〔註 35〕從趙蕃的敘述中，可知范成大對陸游詩歌的看法，他認爲陸詩具有強烈的現實主義與愛國主義精神，堪稱繼承了閎雅淳正的雅正詩風。同時，趙蕃對當時有人認爲陸游知嚴州是不遇於時的看法不以爲意，他對陸游說：「會稽岩壑林，新定山水藪。一焉喚來居，一焉煩出守。人言公未遇，我獨以爲不。得失彼此間，於茲分薄厚」〔註 36〕，勸慰陸游要想得開，不要介意地位的高低和名利的得失，可見二人堪爲知己。

第二節　趙蕃與朱熹和辛棄疾的交遊唱和

一、與朱熹的交遊唱和

據劉宰《章泉趙先生墓表》記述，趙蕃年近五十，還前去拜朱熹爲師：「至於年垂知命，自視欿然，更往受學於文公朱先生。」〔註 37〕在朱熹的文集中，朱熹給趙蕃的書信共有六篇，趙蕃詩集中與朱熹的詩作有二十餘首。《四庫全書總目提要》記述說：「《朱子文集》與蕃尺牘凡六首。蕃與朱子往還詩及他作之稱述朱子者，二十餘首。」〔註 38〕

朱熹對趙蕃堅守儒家傳統品格的精神與節操格外欣賞，他讚揚趙蕃「志操、文詞，皆非流輩所及」〔註 39〕，又說：「昌父較懇惻」〔註 40〕，對趙蕃及其詩文給予較高的肯定。

〔註 35〕同上之五，同上頁。

〔註 36〕同上之三，《全宋詩》第 49 冊，第 30413 頁。

〔註 37〕〔宋〕劉宰《章泉趙先生墓表》，《漫塘文集》第 11 冊，文物出版社，1982 年，第 20 頁。

〔註 38〕〔清〕紀昀總纂《四庫全書總目提要》卷一百六十《集部》十三《別集類》十三，河北人民出版社，2000 年，第 4115 頁。

〔註 39〕〔宋〕朱熹《晦庵先生朱文公文集》卷 54《答徐斯遠》，朱傑人、嚴佐之、劉永翔主編《朱子全書》（第 23 冊），上海古籍出版社、安徽教育出版社，2002 年，第 2579 頁。

〔註 40〕〔宋〕朱熹《朱子語類》卷一百四十，朱傑人、嚴佐之、劉永翔主趙蕃在武夷精舍侍坐時，曾向朱熹請教治學的疑惑：「昌父言：『學者工夫多間斷。』朱熹回答說：「聖賢教人，只是要救一個間斷。」〔註 41〕從這些記述中，我們也可以瞭解到趙蕃的仁政德治思想，如《朱子語類》卷一百三十五記述云：

> 問：「賈誼五餌之説如何？」
>
> 曰：「伊川嘗言：本朝正用此術，契丹分明是被金帛買住了，今日金虜亦是如此。」
>
> 昌父曰：「交鄰國，待夷狄，固自有道。五餌之説，恐非仁人之用心。」
>
> 曰：「固是。但金人分明是遭餌。但恐金帛盡則復來，不爲則已，爲則五餌須並用……」。〔註 42〕

五餌原爲漢代著名政治家賈誼提出的懷柔、軟化匈奴的五種措施，趙蕃認爲「恐非仁人之用心」，有德行的統治者不應該用心此道，可見他對儒家仁德思想的執著追求。

趙蕃對朱熹懷有崇高的敬意，其詩集中有二十餘首詩歌記述了他對朱熹的深情厚誼。其中有一詩題爲《十二月初六夜，夢客溧陽半月而未見晦庵。夢中以見遲爲愧，作詩謝之，首句云；「平生知己晦庵老，歲晚方懷見晚羞。」寤而診曰：「羈於一官，久去師門，精神之感，形見如此耶？」用其句賦詩一章寄上》。該詩云：「平生知己晦庵老，歲晚方懷見晚羞……蟠桃結實動千載，朝菌不與晦朔謀」〔註 43〕，可見他對朱熹的懷想與尊崇之深。他時時關注著朱熹

編《朱子全書》第 18 冊，上海古籍出版社、安徽教育出版社，2002 年，第 4330 頁。

〔註 41〕〔宋〕朱熹《朱子語類》卷一二一，朱傑人、嚴佐之、劉永翔主編《朱子全書》第 18 冊，上海古籍出版社、安徽教育出版社，2002 年，第 3822 頁。

〔註 42〕〔宋〕朱熹《朱子語類》卷一三五，朱傑人、嚴佐之、劉永翔主編《朱子全書》第 18 冊，第 4200 頁，上海古籍出版社、安徽教育出版社，2002 年。

〔註 43〕《全宋詩》第 49 冊，第 30734 頁。

的行蹤，在《客長沙邢園堂下，梅花一萼先開，有懷成父斯遠二首》組詩的詩題後，他自注說：「時聞朱先生辭江西憲節歸舊隱，恨不與斯遠同上謁也」，並在詩中深情懷念朱熹道：「亦到溪南否，還能念我不？」〔註 44〕他對朱熹熾熱的愛國情懷、忠直敢言的品格稱讚不已：「張膽言何壯，擎天志未摧。眞成一夔足，何有萬牛回」〔註 45〕，對朱熹身爲理學宗師的造詣和地位讚賞說：「道大誰能與，才難聖所歎。浮雲雖暫掩，寶氣不終蟠」〔註 46〕，可見趙蕃對朱熹的尊崇。

二、趙蕃與辛棄疾的交遊唱酬

辛棄疾曾長期隱居上饒，廣與當地的文人隱士交遊唱和，趙蕃就是辛棄疾當時交遊的主要名流之一。陳文蔚在其《徐天錫歸自玉山，昌甫以三詩送之。後二篇有及予與徐子融、傅岩叟之意，且託其轉寄。答其意以謝之》一詩後注釋說：「雙梅在岩叟家香月堂，清古可愛，昌甫每與稼軒同領略之，柱爲稼軒題。」(《克齋集》卷十四)，可見趙蕃與辛棄疾曾一起在傅岩叟家賞梅，辛棄疾還在傅家柱上題詞。

在稼軒詞集中，辛棄疾與趙蕃的酬唱詞共有七首，記述了他們交遊唱和的情形與相互的欽敬之情。如《清平樂・呈趙昌甫（時僕以病止酒。昌甫日作詩數篇，末章及之)》〔註 47〕、《鷓鴣天・和章泉趙昌父》、《滿庭芳・章泉趙昌父》、《行香子・博山戲呈趙昌甫、韓仲止》、《雨中花慢・登新樓，有懷趙昌父、徐斯遠、韓仲止、吳子似、楊民瞻》〔註 48〕、《哨遍・趙昌父之祖季思學士……昌父爲成父作詩，囑余賦詞，余爲賦〈哨遍〉……》〔註 49〕等。

〔註 44〕《全宋詩》第 49 冊，第 30527 頁。
〔註 45〕《寄晦庵二首》之二，《全宋詩》第 49 冊，第 30600 頁。
〔註 46〕《寄晦庵二首》之一，同上頁。
〔註 47〕〔宋〕辛棄疾撰，鄧廣銘箋注《稼軒詞編年箋注》(增訂本)，上海古籍出版社，1993 年，第 404 頁。
〔註 48〕同上，第 436～437 頁。
〔註 49〕同上，第 485 頁。

辛棄疾把趙蕃引爲知音，在《滿庭芳・和章泉趙昌父》詞中說：「君知我，從來雅興，未老已滄洲」〔註 50〕，認爲趙蕃不但知曉他素有歸隱之趣，也理解他內心希望施展才華，實現收復失地、統一國家的理想。在《鷓鴣天・和章泉趙昌父》中讚揚趙蕃「萬事紛紛一笑中，淵明把酒對東風」，又說「三賢高會古來同」〔註 51〕，把異代知己陶淵明、當代高士趙蕃和自己並稱爲「三賢」。在《水調歌頭（我志在寥闊）》一詞的題序中，辛棄疾記述了與趙蕃交遊唱和的諸多情景：「趙昌父七月望日，用東坡韻敘太白、東坡事見寄，過相褒借，且有秋水之約。八月十四日，余臥病博山寺中，因用韻爲謝兼寄吳子似。」〔註 52〕從辛詞的題序可見，趙蕃在陰曆十五，用蘇軾著名的《水調歌頭》中秋詞的韻腳，作詞寄贈辛棄疾，不但對辛棄疾「過相褒借」，稱賞備至，還相約在辛棄疾居住的瓢泉秋水堂見面。次月十四日，辛棄疾又依韻作詞答謝趙昌父，並寄好友吳紹古。該詞具體敘述說：「我志在寥闊，疇昔夢登天。摩娑素月，人世俯仰已千年。有客驂鸞並鳳，雲遇青山、赤壁，相約上高寒。酌酒援北斗，我亦虱其間。」〔註 53〕不但抒寫了辛棄疾身處江湖之遠，仍不忘國家大事的恢宏志向，還描寫了他與高賢們同上天宮的夢境，詞中的有客即指趙蕃。趙蕃驂鸞並鳳、霞舉飛昇，在雲間與先賢李太白、蘇東坡相遇，並同邀辛棄疾到天宮去遨遊，直上月宮，援北斗而飲。辛棄疾在該詞中把趙昌父、李白、蘇軾譽爲「三賢」，並以「驂鸞並鳳」來讚美趙蕃德高道深，飄逸如仙。

辛棄疾對趙蕃的詩詞稱賞備至，他在《蓦山溪》題序中說：「趙昌父賦一丘一壑，格律高古，因效其體」〔註 54〕，認爲趙蕃抒寫隱逸情懷的詞作，氣韻格調高雅古樸。在《鷓鴣天・和章泉趙昌父》詞中，

〔註 50〕同上，第 405 頁。
〔註 51〕同上，第 405 頁。
〔註 52〕同上，第 436 頁。
〔註 53〕同上，第 435～436 頁。
〔註 54〕同上，第 327 頁。

稼軒稱讚其「情味好，語言工」〔註 55〕，認爲趙蕃詞作不但情趣高雅，而且語言精緻工麗。

趙蕃詩集中寫給辛棄疾的詩現存四首，記述了他與辛棄疾的交誼，互相以詩詞祝歲的情形，其《以歸來後與斯遠倡酬詩卷寄辛卿》:「人家饋歲何所爲，紛紛酒肉相攜持。我曹饋歲復何有，酬倡之詩十餘首。緘封寄稿玄英方，從人笑癡我自狂。狂餘更欲誰送似？咫尺知音稼軒是。」〔註 56〕再如《呈辛卿二首》之一云:「詩老當年聚此州，邇來零落盡山邱。公雖暫爾淹時用，天豈特令繼夙遊。幽事倘多塵事絕，靈山孰與博山優？林棲相去無百里，窈窕崎嶇可後不？」〔註 57〕趙蕃認爲辛棄疾的流落不遇只是暫時的，其報國之志終有實踐之時，勸慰他姑且忘懷得失、暫時寄情美麗的山水，可謂一對心有靈犀的摯友。

第三節　趙蕃與其他詩友的交遊唱和

一、趙蕃與周日章的交遊唱和

周日章，字文顯，江西永豐（今江西廣豐）人。趙蕃與周日章、周日新兄弟，都曾拜著名詩人曾幾爲師。韓元吉說:「永豐周日章、日新兄弟，少力於學，嘗以師謁曾吉甫於茶山。」〔註 58〕趙蕃與周日章兄弟有密切交往，其《文顯兄弟見過》云:「東郭有二士，閉門甘一簞」〔註 59〕。趙蕃與周日章詩歌唱和很多，其詩集中，與周日章的唱和詩有二十六首，但是與周日新沒有唱和的詩歌存世。在詩中，趙蕃一般稱呼周日章的字文顯或文顯丈、周文顯。

〔註 55〕同上，第 403 頁。

〔註 56〕《全宋詩》第 49 冊，第 30499 頁。

〔註 57〕《全宋詩》第 49 冊，第 30727 頁。

〔註 58〕韓元吉《跋曾吉甫帖後》,《南澗甲乙稿・附拾遺》，中華書局，1985 年，第 318 頁。

〔註 59〕《文顯兄弟見過》,《全宋詩》第 49 冊，第 30865 頁。

趙蕃與周日章是志同道合的詩友，相交甚厚，趙蕃記述說：「憶昔追隨昏復旦，負郭雖賒足忘倦」〔註 60〕。兩人經常整天呆在一起，興致盎然地飲酒作詩、品評詩文，甚至於忘記了回家：「不惜露侵衣，俱行草徑微。論文尊有酒，竟日坐忘歸。」〔註 61〕在長期的交往中，二人結下了堅貞不渝的友誼，趙蕃曾深情地說道：「時序飛騰不貸人，相從還此賦迎春。只言世態有涼燠，須信吾曹無故新」〔註 62〕，雖然時過境遷，歷經了無數的世態炎涼，但是他們的情誼始終如初。

周日章一生安貧守道，「簞瓢保賤貧」〔註 63〕，直到年老，仍爲布衣之身，卻「自信甚篤，窮不易操」〔註 64〕，韓元吉說他「華髮蕭然，猶連蹇場屋也」〔註 65〕。他以教授生徒爲生，但是只求自給，不義之財一文不取。雖然家境很窮，經常斷糧，但是即使忍饑挨餓也不求人。洪邁說他「家至貧，常終日絕食，鄰里或以薄少致饋，時時不繼，寧與妻子忍餓，卒不以求人。」〔註 66〕當時的縣尉因爲仰慕他的風節，看到他隆冬季節只能穿著紙做的衣服，就贈送給他一身衣服，他微笑著說：「一衣與萬鍾等耳，倘無名受之，是不辨禮義也」，〔註 67〕堅決謝絕了縣尉的好意。趙蕃也讚賞周文顯以藤蘿遮屋、以圖史娛身的簡樸生活，驚歎「不謂於茲世，而能有若人。藤蘿爲遮屋，圖史漫娛身」〔註 68〕，視周日章爲知音，把他喻爲春

〔註 60〕《文顯和答旦字韻詩，再用前韻寄文顯》，《全宋詩》第 49 冊，第 30497 頁。

〔註 61〕《同文顯過山居》，《全宋詩》第 49 冊，第 30654 頁。

〔註 62〕《用老謝丈立春韻贈周文顯。蕃與文顯以癸巳歲是日相識，始有倡酬，故及之》，《全宋詩》第 49 冊，第 30684 頁。

〔註 63〕《立春日邂逅周文顯於子暢兄許，飲酒論文，歡有餘也，成二首》之一，《全宋詩》第 49 冊，第 30645 頁。

〔註 64〕《江西通志》卷八五，《四庫全書》第 515 冊，第 869 頁。

〔註 65〕韓元吉《跋曾吉甫帖後》，《南澗甲乙稿附拾遺》，中華書局，1985 年，第 318 頁。

〔註 66〕洪邁著，夏祖堯、周洪武點校《容齋隨筆》，嶽麓書社，2006 年，第 376 頁。

〔註 67〕同上。

〔註 68〕《過周文顯所居》，《全宋詩》第 49 冊，第 30563 頁。

秋時著名的隱士黔婁〔註69〕，說他是「黔婁自守貧」〔註70〕，還把他比作安貧樂道的大儒子思和唐代大詩人孟浩然，說他「眇然居陋巷，隱若臥襄陽」〔註71〕、「要師原憲安非病，敢學襄陽怨不才」〔註72〕。趙蕃對周文顯終生安貧守賤的操守尤爲稱賞，讚揚他說「先生風節昔人似，白髮簞瓢猶嗜書」〔註73〕、「文行如斯古亦難」〔註74〕，相信周文顯特立獨行的氣節將流傳史冊：「他時獨行傳，端可並麒麟」〔註75〕。

周日章不但節操高尚，而且識論超絕，詩文創作成就傑出。趙蕃說「連牆有周子，置論每超然」〔註76〕，讚揚他「文字追秦漢」〔註77〕、「詩豈孟郊寒」〔註78〕，認爲周文顯雖然生活窘困，但是詩文內容飽滿，頗有秦漢文學的充沛氣勢與充盈之美，而很少孟郊詩啼饑號寒的淒苦情調。從詩歌體裁看，趙蕃盛讚周文顯「長句能同李白好」〔註79〕，對他的七古詩尤爲稱賞。

趙蕃與周日章都很傾慕唐朝著名詩人王貞白及其詩作。王貞白，字有道，號靈溪，信州永豐（今江西廣豐）人，唐乾寧二年進士，曾任校書郎，因避世亂而退居家鄉，著書自娛，不復仕進。趙

〔註69〕黔婁，據劉向《列女傳·魯黔婁妻》載是魯國人，晉皇甫謐《高士傳·黔婁先生》則說是齊人。黔婁一生不肯出仕，家貧，死時衾不蔽體。陶淵明曾讚揚「安貧守賤者，自古有黔婁」(《詠貧士》之四)。

〔註70〕《過周文顯所居》,《全宋詩》第49冊，第30563頁。

〔註71〕《寄周文顯二首》之一,《全宋詩》第49冊，第30617頁。

〔註72〕《子暢雨中見過且惠以詩，乃用蕃謝文顯載酒之韻。復用韻爲答，並簡文顯》,《全宋詩》第49冊，第30717頁。

〔註73〕《簡周文顯借王有道集二首》之二,《全宋詩》第49冊，第30782頁。

〔註74〕《子暢雨中見過，且惠以詩，乃用蕃謝文顯載酒之韻。復用韻爲答並簡文顯》之二,《全宋詩》第49冊，第30717頁。

〔註75〕《過周文顯所居》,《全宋詩》第49冊，第30563頁。

〔註76〕《對月懷簽判丈兼簡文顯》,《全宋詩》第49冊，第30878頁。

〔註77〕《立春日邂逅周文顯於子暢兄許，飲酒論文，歡有餘也，成二首》之一,《全宋詩》第49冊，第30645頁。

〔註78〕《文顯兄弟見過》,《全宋詩》第49冊，第30865頁。

〔註79〕《用老謝丈立春韻贈周文顯。蕃與文顯以癸巳歲是日相識，始有倡酬，故及之》,《全宋詩》第49冊，第30684頁。

蕃曾向周文顯借閱王有道詩集:「家有校書詩百首,可能乞我助三餘」〔註 80〕,也因爲喜愛王有道的詩歌,趙蕃爲周日章的詩集命名爲《靈溪後集》:「(周日章)嘗慕王貞白之爲人。友人趙蕃名其詩曰《靈溪後集》,以貞白嘗有《靈溪集》也。」〔註 81〕

二、趙蕃與吳鎰的交遊酬唱

吳鎰,字仲權,生年不詳,其卒年,唐圭璋先生認爲是慶元三年(1197)〔註 82〕。崇仁(今江西省崇仁縣)人。〔註 83〕南宋卓越的文學家、政治家,是《能改齋漫錄》作者吳曾的從弟。《江西通志》說:「吳鎰字仲權,曾從弟,隆興進士」〔註 84〕,唐圭章先生也說他「登隆興元年乙科」〔註 85〕。吳鎰的仕歷豐富,先後爲龍陽縣丞、知宜章縣、知郴州、提舉湖南茶鹽、爲司封郎中、湖南轉運判官等。他知武岡軍時創社倉八十餘所,對百姓奉行仁政德治。他在南宋中期士人階層和政壇都有一定的影響力,趙蕃說他「江西名士多所識,盡道延陵有異孫」〔註 86〕,還稱讚他「諸公競推轂,天子思晚見」〔註 87〕,可見其名不虛傳。當吳鎰入朝時,趙蕃寫詩多首送別:「聞君方被薦,清廟陳璵璠」〔註 88〕、「禁省催君詠紅藥,江湖要我擷芳蓀」〔註 89〕,表達了對吳鎰政治才能的由衷欣賞和依依惜別的情意。

〔註 80〕《簡周文顯借王有道集二首》之二,《全宋詩》第 49 冊,第 30782 頁。

〔註 81〕《江西通志》卷八五,《四庫全書》第 515 冊,第 869 頁。

〔註 82〕唐圭璋《全宋詞》,中華書局,1986 年 5 月,第 1831 頁。

〔註 83〕按,今江西省崇仁縣有四賢祠,祀吳鎰、吳曾等人,清謝旻等監修《江西通志》卷一○九祠廟:「四賢祠,在崇仁縣東。宋嘉泰間士民建,祀吳沆、吳澥、吳鎰、吳曾。」見《四庫全書》第 516 冊,第 590 頁。

〔註 84〕《江西通志》卷八十《人物》十五,《四庫全書》第 515 冊,第 746 頁。

〔註 85〕唐圭璋《詞學論叢》,上海古籍出版社,1986 年,第 546 頁。

〔註 86〕《簡贈吳仲權鎰》,《全宋詩》第 49 冊,第 30710 頁。

〔註 87〕《贈別吳仲權三首》之一,《全宋詩》第 49 冊,第 30437 頁。

〔註 88〕《代書寄吳仲權》,《全宋詩》第 49 冊,第 30426 頁。

〔註 89〕《簡贈吳仲權鎰》,《全宋詩》第 49 冊,第 30710 頁。

淳熙十六（1189）年閏五月，吳鎰被授予秘書正字，在入朝輪對時，趙蕃作《賀吳仲權召試館職》贈之：「詎敢疏風義，欣聞有詔除。圖書天祿閣，文陣玉堂廬。秘記資讎校，人材務養儲。端如策晁董，不比召嚴徐」〔註 90〕，認爲吳鎰文學與政治才能非常傑出，甚至超過漢武帝時上書言事、被拜爲郎中的嚴安與徐樂二人，堪比晁錯和董仲舒。吳鎰有《敬齋集》三十二卷、《敬齋詞》一卷存世。

吳鎰文才出眾，朱熹驚歎「其文字甚清警，未知材氣如此也」〔註 91〕，楊萬里稱讚他「文辭炳蔚相輝，名動荊楚」〔註 92〕。趙蕃對吳鎰詩、文、詞評價也很高，說他「文章復何似，高處殆先秦」〔註 93〕。又稱讚他「今代風騷將，先生合冠軍」〔註 94〕，「搜羅既奇勝，落筆爲寫眞」〔註 95〕，可知其詩題材新奇、不落俗套，景物描寫非常優美，藝術表現上刻劃細膩，傳神生動。吳鎰與張栻、張孝祥等著名文學家、理學家交遊密切，元代劉塤說他「交南軒、於湖諸公」〔註 96〕，他把自己的住所命名爲「敬齋」，張栻爲其題寫了《敬齋記》。可見吳鎰在南宋「乾淳之盛」時期的文壇也有一定的地位與影響。

趙蕃與吳鎰友情深厚，趙蕃詩集中與吳鎰交遊唱酬的詩有九首。他們曾經同時在湖南湘西爲官，趙蕃爲辰州司理參軍期間，吳鎰任龍陽（今湖南省漢壽縣）丞、知武岡軍（今屬湖南省）。其間，

〔註 90〕《賀吳仲權召試館職》，《全宋詩》第 49 冊，第 30669 頁。

〔註 91〕〔宋〕朱熹《晦庵先生朱文公文集》卷 37《答尤延之袠》，朱傑人、嚴佐之、劉永翔主編《朱子全書》第 21 冊，上海古籍出版社、安徽教育出版社，2002 年，第 1632 頁。

〔註 92〕〔宋〕楊萬里《奉議郎臨川知縣劉君行狀》，《楊萬里詩文集》下冊，江西人民出版社，2006 年，第 1923 頁。

《誠齋集》卷一一九，《四庫全書》第 61 冊，第 519 頁。

〔註 93〕《贈別吳仲權三首》之二，《全宋詩》第 49 冊，第 30437 頁。

〔註 94〕《次韻吳仲權鎰見簡》，《全宋詩》第 49 冊，第 30608 頁。

〔註 95〕《贈別吳仲權三首》之二，《全宋詩》第 49 冊，第 30437 頁。

〔註 96〕〔元〕劉塤《隱居通議》卷五《古賦》二《義陵弔古》，《四庫全書》866 冊，第 58 頁。

兩人一起同遊並處兩個月：「長沙失會面，龍陽將叩門。君行黃鶴樓，我乃桃花源。裴回遂兩月，問訊非一言。時時得新作，日日思高軒」〔註97〕。趙蕃有詩記述他們一起同遊漢將祠、秦人洞等名勝：「移舟漢將祠，躡屐秦人洞」〔註98〕。吳鎰知宜章縣（今湖南省宜章縣）時，趙蕃與之遊，臨別作詩贈送：「英英延陵家，藹藹宜章縣」〔註99〕、「公今絃歌餘，乃復於此親」〔註100〕，對吳鎰高貴顯赫的身世和瀟灑自得的風範表示歎賞。

三、趙蕃與施元之的交遊酬唱

施元之，字德初，吳興（浙江省湖州市）人，張孝祥榜同進士出身，善詩文，著有《注東坡詩》四十卷。施元之入仕後，因長於文章，在朝廷先後擔任著作佐郎、起居舍人、左司諫等職。宋代陳騤《南宋館閣錄》說他「治詩，（乾道）五年六月除（著作佐郎），十月爲起居舍人」〔註101〕。

趙蕃對施元之的生平仕歷很熟悉，高度評價了施元之入仕後的顯著政績：「昔公立螭坳，秉筆罔不書」〔註102〕，讚揚施元之任職起居舍人時，認眞履行職責，忠實地記錄皇帝日常言行與國家大事；「及乎上諫坡，論議無曰虛」〔註103〕，擔任諫議大夫時忠於事實，對朝政人事的是非曲直積極發表意見。

施元之在乾道六年（1170）秋知衢州（今浙江省衢州市）。衢州與趙蕃居住的江西省玉山縣毗鄰，「我客懷玉山，有如梓與桑。地故隸江東，與衢蓋鄰疆」〔註104〕，所以二人交遊方便。趙蕃認爲衢州

〔註97〕《代書寄吳仲權》，《全宋詩》第49冊，第30426頁。
〔註98〕《贈別吳仲權三首》之三，《全宋詩》第49冊，第30437頁。
〔註99〕同上之一，同上頁。
〔註100〕同上之二，同上頁。
〔註101〕〔宋〕陳騤《南宋館閣錄》卷七，中華書局，1998年，第98頁。
〔註102〕《施衢州除浙西提刑以詩寄餞三首》之一，《全宋詩》第49冊，第30460頁。
〔註103〕同上。
〔註104〕《施衢州除浙西提刑，以詩寄餞三首》之三，同上頁。

是南宋首都臨安的京畿，地位重要，州官責任也很重大：「六飛駐吳中，地實三輔比。擇守固甚艱，況於部刺史。」〔註 105〕他對施元之在衢州知州任上施行仁政的卓越政績非常瞭解，讚不絕口：「豈惟教條清，坐見風俗美。邦幾四方本，王化所自始」，「於今盜賊清，所繫獄事爾。讞議苟以平，遺公孫若子」〔註 106〕，讚揚施元之治理衢州期間，積極宣揚天子的教化，法令分明，條章清楚，民風淳美。

乾道八年（1172）八月，施元之在知衢州任上除直秘閣、權發遣兩浙西路提點刑獄，趙蕃作《施衢州除浙西提刑，以詩寄餞三首》贈之。據《宋會要輯稿》記載：「（乾道八年八月）二十六日，詔權發遣衢州施元之除直秘閣、權發遣兩浙西路提點刑獄公事」〔註 107〕。在給施元之的酬贈詩中，趙蕃高度讚揚施元之在任期間，不但讓衢州百姓安居樂業，而且惠及毗鄰的信州玉山（今屬江西）縣民眾。乾道七年（1171），玉山縣大旱，人心惶惶，百姓面臨流離失所的命運，在災難面前，施元之派衢州民眾運糧食到玉山賑濟。在《施衢州除浙西提刑，以詩寄餞三首》詩後，趙蕃注釋說：「去年玉山大旱，賴衢粟以濟。」〔註 108〕又在詩中詳細記述說：「自公剖符來，亦既閱雨霜。非惟衢人安，我民亦小康。去年旱無收，閭里驚欲惶。匪藉衢粟輸，烏能免流亡？嗣聞被災郡，誅賞率亦當。況於惠比境，於今見何嘗。事雖欝上聞，我民不公忘」〔註 109〕，認爲玉山縣受災的群眾永遠難忘施元之的救助恩情，還希望他在浙西提刑任上「吏惡必剪刈，士良必吹噓」〔註 110〕，繼續剪除惡吏，爲民請命，揄揚正氣。

〔註 105〕同上之二，同上頁。

〔註 106〕同上。

〔註 107〕〔清〕徐松《宋會要輯稿・選舉》，中華書局，1957 年，第 4596 頁。

〔註 108〕《施衢州除浙西提刑，以詩寄餞三首》之三，《全宋詩》第 49 冊，第 30460 頁。

〔註 109〕同上。

〔註 110〕同上之一，同上頁。

第三章　趙蕃的哲學思想與政治理想

趙蕃雖然一生困頓，卻秉承儒家民胞物與、憂國憂民的情懷，非常關心國計民生，具有鮮明的入世精神，尤其是執著地追求儒家完美的道德人生境界。他的人生思想與哲學思想，與大多數宋代士人一樣，以儒家思想的影響爲主導。同時，他對莊子、陶淵明和蘇軾等超逸拔俗之士的人生思想、道德品格以及作品的讚美，對魏晉風度的肯定與欣賞，尤其是他一生主要過著隱逸的生活，都表明道、佛等出世思想也對他有深刻的影響。他的哲學思想，融合了佛、道的通脫。

第一節　「中懷松柏堅，外暴丹雘塈」〔註1〕：以道自任的哲學思想

一、孜孜以求理學的風範

趙蕃畢生孜孜以求於理學的風範，渴望不斷提昇個人的道德境界，朱熹稱讚說：「昌父志操、文詞，皆非流輩所及」〔註2〕，對趙蕃

〔註1〕《次韻潘端叔送行二首》之一，《全宋詩》第49冊，第30468頁。

〔註2〕〔宋〕朱熹《晦庵先生朱文公文集》卷54《答徐斯遠》，朱傑人、嚴佐之、劉永翔主編《朱子全書》（第23冊），上海古籍出版社、安徽

的文章德行給予充分的肯定。

（一）以道自任，奉儒守家：趙蕃對儒家之道的尊崇與追尋

趙蕃終身以道自任，奉儒守家。他畢生都在努力學道，踐行孔孟儒學的要義，注重內在修養和道德境界的提高，從未沾沾自喜過。他是這樣介紹自己作爲理學家的全家福成員的：「素仰儒先德，兼聞內助人。齊家眞有道，相敬儼如賓。女已節義著，兒仍經行醇。他年書附傳，落落眾星陳。」〔註3〕除了他本人平素一貫仰慕先儒的德行，他賢惠的妻子齊家有道，夫妻相敬如賓；他引以爲驕傲的還有兒子經術和品行醇正無雜，女兒也以良好的節操與義行被人稱道。這儼然是一個契合儒家道德禮義的家庭，也是趙蕃努力踐行理學道德倫理規範的成果，可見他奉儒守家之本分與虔敬。

他仰慕與追求的人生目標非常高，甚至高得遙不可及，他希望自己在道德上成爲大禹、后稷與顏回那樣的聖賢:「禹稷與顏同」〔註4〕，所以，他終生孜孜以求於理學的風範，其《期斯遠不至，登谿亭有懷併屬雲臺劉先生三首》之三云：「戚戚重戚戚，有抱不自釋。問余何所憂，學道不早力。悠悠復悠悠，頭禿頷須白。先聖有遺言，朝聞死可夕。矢詩道其懷，庶獲師友益。」〔註5〕這是趙蕃寫給志同道合、同樣隱居不仕的摯友徐斯遠與恩師劉清之的一首詩，他想到自己敬愛的老師和心靈相契的朋友，卻憂戚之情縈繞心頭，久久難以釋懷，就是因爲他們心靈契合的內在基礎是踐行儒家之道。在詩中，他感慨自己年輕時沒有勤力學「道」，年老時似乎只能抱憾終生了。但是，他冥冥中想起孔子「朝聞道，夕死可矣」的至理名言，覺得應該珍惜有生之年、及時抓緊現在的時光，去追尋儒道與天理的眞諦。這種對時

教育出版社，2002年，第2579頁。

〔註3〕《自作》，《全宋詩》第49冊，第30550頁。

〔註4〕《俞孝楊殖齋》，《全宋詩》第49冊，第30590頁。

〔註5〕《全宋詩》第49冊，第30477頁。

光流逝、求道不止的感慨，趙蕃在詩中經常自然流露出來，他寫給好友潘友文（字文叔）、潘友恭（字恭叔）的詩中，不僅關心他們近期的學問進展，也表達了逝者如斯夫的困惑與釋然：「斑鬢驚催老，青衿悔負初。朝聞夕可死，何敢廢居諸」〔註 6〕、「余惟素賤貧，學晚仍廢惰。念將求歲餘，要必取日課。」〔註 7〕這些言辭懇切的話語，表現了趙蕃對謙遜質樸的儒家傳統品格的不懈追求，陸游也曾說他「力學好修，杜門自守」〔註 8〕。他讚賞友人「君來見我顏色好，不但文章能合道」〔註 9〕，又說「簞瓢豈非福？天理元自均」〔註 10〕，可見他奉守的儒家之道或天理，就是儒家所尊奉的修身、齊家、治國平天下等道德修養和行爲標準，也即士人階層賴以立身處世的基本價值準則。正如其詩學和人生的雙重老師曾幾所言：「學問直須富有，文章政要深藏。玉在山中輝潤，蘭生林下芬芳。」〔註 11〕在實際生活中，他也是這樣努力踐行的。雖然已經年近五十，但是趙蕃對自己的學養並不滿足，於是前往拜訪朱熹爲師：「至於年垂知命，自視欿然，更往受學於文公朱先生。」〔註 12〕他對朱熹及其理學思想懷著虔誠與崇敬之情：「學道終期世動業，抄經暫了佛因緣。白頭下士重來拜，依舊鷗汀鷺渚邊。」〔註 13〕趙蕃畢生踐行儒家的道德人生境界，養成了安時處順的人生態度，成就了優遊不迫的從容氣質，所以劉宰讚揚他「貌恭氣和，無月下敲推之勢。神清骨聳，非

〔註 6〕《寄送潘文叔恭叔二首》之一，《全宋詩》第 49 冊，第 30891 頁。

〔註 7〕《次韻潘端叔送行二首》之一，《全宋詩》第 49 冊，第 30468 頁。

〔註 8〕〔宋〕陸游《薦舉人材狀》，《陸游集》，中華書局，1976 年，第 2017 頁。

〔註 9〕《呈審知》，《全宋詩》第 49 冊，第 30505 頁。

〔註 10〕《論詩寄碩父五首》之一，《全宋詩》第 49 冊，第 30474 頁。

〔註 11〕曾幾《李商叟秀才求齋名於王元渤以養源名之求詩》之三，《全宋詩》第 29 冊，第 18581 頁。

〔註 12〕〔宋〕劉宰《章泉趙先生墓表》，《漫塘文集》第 11 冊，文物出版社，1982 年，第 20 頁。

〔註 13〕《呈晦庵二首》之二，《全宋詩》第 49 冊，第 30721 頁。

山頭瘦苦之容。」〔註 14〕

趙蕃對儒道的堅守非常醇正而堅定。「為儒未許賈山醇」〔註 15〕，他認為士人應該做學識純正精粹的儒者，忠於儒道，不要像漢代的賈山「所言涉獵書記，不能為醇儒」〔註 16〕。在《子進昆仲俱和寄懷三詩復次韻》之二中，他引西漢開國之初的「魯二生」為同調：「古途荊棘少人行，制禮難招魯二生。世上兒曹俱覆轍，公家伯仲自爭衡。一年欲盡見松秀，眾水莫污知渭清。保此不渝真有道，更須直以所能鳴。」〔註 17〕據《史記・劉敬叔孫通列傳》記載：

> 叔孫通使徵魯諸生三十餘人。魯有兩生不肯行。曰：「公所事者且十主，皆面諛以得親貴。今天下初定，死者未葬，傷者未起，又欲起禮樂。禮樂所由起，積德百年而後可興也。吾不忍為公所為。公所為不合古，吾不行。公往矣，無污我！」叔孫通笑曰：「若真鄙儒也，不知時變。」〔註 18〕

後因以「魯二生」指代那些保持儒家節操，不與時俗同流合污的人物。叔孫通取笑魯二生不通世務，司馬遷也稱讚叔孫通因時而變、為大義而不拘小節，趙蕃卻堅定地引「魯二生」為知音，表明趙蕃堅守儒道的堅貞不渝。

在總體上思想開放、文化繁榮、學派林立的宋代，趙蕃始終尊崇程朱理學，尊崇自己的業師劉清之和朱熹，他在《寄送潘文叔、恭叔二首》之二中說：「斯文失張呂，吾道屬朱劉」〔註 19〕，又在該詩後注釋說：「恭叔書來，及朱、劉二先生動靜。」可見他對兩位老師的關注之切。他現存的詩集中，有二十餘篇寫給劉清之的詩

〔註 14〕〔宋〕劉宰《趙章泉贊》，《漫塘文集》第 9 冊，文物出版社，1982 年，第 20 頁。

〔註 15〕《用老謝文立春韻贈周文顯。蕃與文顯以癸巳歲是日相識，始有倡酬，故及之》，《全宋詩》第 49 冊，第 30684 頁。

〔註 16〕〔漢〕班固《漢書・賈山傳》，中華書局，2005 年，第 1781 頁。

〔註 17〕《子進昆仲俱和寄懷三詩復次韻》之二，《全宋詩》第 49 冊，第 30738 頁。

〔註 18〕司馬遷《史記・劉敬叔孫通列傳》，中華書局，1959 年，第 2722 頁。

〔註 19〕《全宋詩》第 49 冊，第 30891 頁。

歌，十五篇寫給朱熹的詩，足見朱、劉對他的影響之大。宋代理學自周敦頤開創，後經過張載、程顥、程頤等人的不斷髮揚，最終完成了理學的思想體系，並由朱熹集其大成，自此周敦頤、張載、程顥、程頤、朱熹正式成爲理學的宗主，濂、洛、關、閩四大儒學並稱於世，尤其是洛學與朱熹之學結合後，更被譽爲程朱理學。

實際上，作爲清江學派的兩個主要創始人之一，「甘貧力學，博極書傳」〔註 20〕的劉清之，在南宋理學史上也是一個影響很大的人物。他參加了著名的鵝湖之會，是朱熹的師友，朱、劉道學相通。趙蕃少時即受業於劉清之，沉潛恩師的身邊，耳濡目染，頗得程朱理學的要義。同時，他認爲要想透徹理解儒學的精義，辨明義理是關鍵。他對好友說：「夫豈爲異與，義理可不明」〔註 21〕、「此道得深酌」〔註 22〕，都是頗有見地的想法，足見他對理學的體悟很深。

對於程朱理學相近的流派，趙蕃取其大義，兼容並蓄，表現出一視同仁的尊崇。他對金華學派呂祖謙和湖湘學派張栻兩位理學代表人物，心懷敬意與嚮往。他對好友潘友文（字文叔）、潘友恭（字恭叔）說：「斯文呂與張，用世故落落」，「君嘗登其門，如戶發管鑰。何當傳相授，此道得深酌」〔註 23〕，讚揚呂祖謙、張栻襟懷磊落，爲世所用。可惜自己未曾有機會登門學道，希望潘友文兄弟能給自己傳授呂、張思想的精義，以擇善而行。究其原因，除了呂祖謙、張栻與朱熹、劉清之交往密切，關係融洽外，還在於他們的理學思想雖有不同之處，但是主要的學說與政治主張非常接近，如政治上都力主抗金與恢復失地，學術上都是上承二程學說，包括重視經世致用等核心思想，正如《宋元學案》記載說：「清江之學，於晦翁、南軒、東萊如

〔註 20〕〔元〕脫脫等撰《宋史》卷四三七《劉清之傳》，中華書局，1977 年，第 12953 頁。

〔註 21〕《寄答潘文叔並屬恭叔五首》之三，《全宋詩》第 49 冊，第 30428 頁。

〔註 22〕《寄答潘文叔並屬恭叔五首》之五，同上頁。

〔註 23〕同上。

水乳。」〔註24〕

趙蕃對張栻的道德文章稱賞不已，從中可見他對理學的虔敬。其詩集中有關張栻的詩歌有六首，他讚揚「南軒子張子，好學如玄成。奮然吐長句，眞覺萬戶輕」〔註25〕，還在《寄贈侯宿彥明》一詩的結尾注釋說：「張敬夫亦所厚善者」〔註26〕，可見他對張栻的道德人格非常欽賞。趙蕃以漢代的韋賢在宣帝時曾經代替蔡義爲丞相、元帝時其子韋玄成又以明經歷位至丞相的故事，把張栻比作韋玄成，期望他在仕途上也能大展宏圖。認爲南軒之學博大精深、蔚爲大觀，體派正統，地位尊崇。他讚揚友人宋伯潛學有原委、師承正宗、品節超逸，說他「學自南軒派」，「泉源端有本」〔註27〕，也流露出他對張栻學說的讚賞。他羨慕好友如願以償從學於張栻，並且有機會上窺程頤學說的門徑：「遂登南軒門，如識伊川面」〔註28〕，對張栻學說與程朱理學的天然聯繫頗有見地。在聞知張栻去世的消息後，趙蕃悲痛不已，哀歎「吾道」不存：「順寧不作南軒死，吾道傷哉鬢已華」〔註29〕，抒發了對張栻離世的無限哀傷，也表達了對其文行道德的高度讚賞。

趙蕃終身以道自任，奉儒守家，其道德人格對當時的士人產生了一定的影響。眞德秀《題黃君貧樂齋》說：「飯疏飲水復何求？道在胸中百不憂。參取章泉克齋句，底須樓上更安樓？」〔註30〕讚揚黃君安貧樂賤、積極修煉儒家道德規範的美德，認爲黃君所好尙的道德與文學的楷模，正是趙蕃和陳文蔚等人及其詩文，可見趙蕃等人的道德人格與文學成就對當時的士人階層影響之大。

〔註24〕〔清〕黃宗羲《宋元學案》，中華書局，1986年，第59頁。
〔註25〕《重賦畏知寓齋》，《全宋詩》第49冊，第30418頁。
〔註26〕《寄贈侯宿彥明》，《全宋詩》第49冊，第30736頁。
〔註27〕《呈宋伯潛》，《全宋詩》第49冊，第30553頁。
〔註28〕《用程季儀送行之韻爲別》，《全宋詩》第49冊，第30438頁。
〔註29〕《寄贈侯宿彥明》，《全宋詩》第49冊，第30736頁。
〔註30〕〔宋〕眞德秀《題黃君貧樂齋》，《全宋詩》第56冊，第34850頁。

（二）「安貧處約，泊然無營」〔註 31〕：趙蕃甘守窮困、不慕榮利的人生境界

趙蕃是不慕榮利、安於貧賤的高人隱士。

他非常崇尚顏回瓢陋巷的生活方式，崇尚陶淵明悠然自在的田園生活。在他的詩集中，詠歎簞瓢之樂和詠贊陶淵明悠然自得的詩篇俯拾即是，他說「簞瓢豈非福？天理元自均。俯仰苟不愧，此心猶昔人」〔註 32〕，還說「老來亦欲事犁鋤。儻然識得簞瓢樂，只見何妨有不如」〔註 33〕，抒發了心靈深處的「天籟之音」。眞德秀向朝廷舉薦趙蕃時，說他「年踰四十即上祠請隱居求志，垂三十載矣。安貧處約，泊然無營。」〔註 34〕事實上，趙蕃從湖南辰州司理參軍任上回鄉後，一直過著隱居的生活，對朝廷的屢次徵召堅辭不受：「黃塵倦馬久非地，野水白鷗終是鄉」〔註 35〕，在四十年的家居生活中，他以顏回、子思、陶淵明、孟浩然等古代的著名隱逸之士爲楷模，安於貧賤，守節不移：「草木荒涼門半掩，故人誰肯爲予來。要師原憲安非病，敢學襄陽怨不才。」〔註 36〕原憲，字子思，個性狷介，一生安貧樂道，不肯與世俗合流。孔子去世後，他隱居衛國，生活極爲清苦。有一次，子貢高車駟馬拜訪原憲。看到原憲衣衫襤褸，子貢問道：「夫子豈病乎？」原憲回答說：「吾聞之，無財者謂之貧，學道而不能行者謂之病。若憲，貧也，非病也。」〔註 37〕趙蕃認爲

〔註 31〕〔宋〕眞德秀《因明堂赦薦趙監嶽（蕃）》，《眞西山先生集》，中華書局，1985 年，第 4～5 頁。

〔註 32〕《論詩寄碩父五首》之一，《全宋詩》第 49 冊，第 30474 頁。

〔註 33〕《又次韻宋茂叔送行五絕兼謝修叔》之三，《全宋詩》第 49 冊，第 30840 頁。

〔註 34〕〔宋〕眞德秀《因明堂赦薦趙監嶽（蕃）》，《眞西山先生集》，中華書局，1985 年，第 4～5 頁。

〔註 35〕《留別周參政詩二首》之二，《全宋詩》第 49 冊，第 30713 頁。

〔註 36〕《子暢雨中見過，且惠以詩，乃用蕃謝文顯載酒之韻，復用韻爲答並簡文顯》之一，《全宋詩》第 49 冊，第 30717 頁。

〔註 37〕司馬遷著，盧葦、張贊煦點校《史記》，浙江古籍出版社，2000 年，第 672 頁。

固窮隱居的生活，堪比通達順利的人生：「至矣貧而樂，誰云富可求」〔註38〕、「因茲大有得，居窮亦如亨」〔註39〕。在《別約之舅》中，趙蕃稱賞舅舅沈端節（字約之，著名詩詞作家）辭官歸家後，雖然窮愁潦倒、無錢買山，但能安於貧賤、信守道義。「固窮似舅詩難敵」〔註40〕，道出了趙蕃非常欽敬沈端節卓犖不凡的道德文章。

「此山只合便終焉，底用心勞學計然？貧賤已安身外事，功名寧顧俗間緣」〔註41〕，趙蕃甘守窮困、不慕榮利的人生境界，還表現在對功名利祿的厭惡與鄙棄。

在湖南爲官時期，他身處兇險的官場，感到自己就像狂風暴雨中的一隻小船，隨時都有被吞噬的危險：「雨腳才能駐，風頭倏又高」、「丁丁幾樵斧，泛泛一漁舠」〔註42〕。事實也的確如此，朱熹被迫離朝、丞相趙汝愚蒙冤致死、劉清之以「道學自負」案被迫去職，這些相繼發生在趙蕃最親近的師友身上的不幸，以及當時南宋內憂外患的危亡形勢，使他憂心忡忡，他對自己「未成曾點服，猶衣仲由袍。斗食塵埃愧，束書燈火勞」〔註43〕的官場生活感到非常痛苦。詩中的「曾點服」指浴沂詠歸的春服，趙蕃不能過上浴沂詠歸、優遊自得的生活，卻要在官場承受案牘的勞形、目覩官場上一張張骯髒醜惡的嘴臉，其內心的煎熬可想而知。《論語》中說子路「衣敝緼袍，與衣狐貉者立，而不恥」〔註44〕，趙蕃崇尚子路雖然衣著破舊，但是遇見穿著狐貉皮袍的富貴者卻能坦蕩自然，認爲子路內心不嫉妒、不貪求，把功名富貴與貧賤看得很平淡。在趙蕃看來，

〔註38〕《寄送潘文叔、恭叔二首》之二，《全宋詩》第49冊，第30891頁。

〔註39〕《重賦畏知寓齋》，《全宋詩》第49冊，第30418頁。

〔註40〕《別約之舅》，《全宋詩》第49冊，第30693頁。

〔註41〕《子進昆仲俱和寄懷三詩復次韻》之一，《子進昆仲俱和寄懷三詩復次韻》之三，《全宋詩》第49冊，第30738頁。

〔註42〕《雨腳》，《全宋詩》第49冊，第30634頁。

〔註43〕同上。

〔註44〕〔清〕劉寶楠撰，高流水點校《論語正義》，中華書局，1990年，第355頁。

解脫精神痛苦的方式，只有遠離官場：「苦乏田園計，初非干謁資」〔註 45〕，不久，他堅決地告別官場，享受著「澆胸細酌杯中物，洗耳飽聽溪上湍」〔註 46〕的逍遙人生。他說：「世人徇利輕翻覆，我輩百年端一如」〔註 47〕、「齷齪更無微價市，鷦鷯自愛一枝深」〔註 48〕，可見他對官場一貫的鄙棄與厭倦。他認爲功名利祿是身外之事，非常鄙視那些不惜以身求利的世俗之人：「嗟哉後來者，窺踰多喪貞」〔註 49〕，「豈比世上兒，風姿矜濯濯」〔註 50〕，他在稱讚名宦潘時自覺踐履儒家安貧自守情志的同時，也描畫了那些卑賤小儒沽名釣譽，或自以爲通曉儒家的義理，或自恃保有儒家「操守」的鄉原嘴臉。

「詩人例多窮，我窮亦何因」〔註 51〕，在窮愁潦倒的生活中，趙蕃能上與古人爲友，釋放情懷，堅定志節。

他沉溺於《論語》、《春秋》等儒家經典著作，頗得儒家安時處順、樂天知命之道，非常嚮往「暮春者，春服既成，冠者五六人，童子六七人，浴乎沂，風乎舞雩，詠而歸」〔註 52〕的自在生活，經常在詩歌中神往儒聖們浴沂詠歸、安逸自得的生活境界。他曾經泛舟於湘西的山光水色，流連忘返：「幾度挐舟湘水西，風雩亭下詠而歸。歡然諸友相忘意，不叩仙壇與佛扉」〔註 53〕，但是，在他的生活中，這樣的快樂時光總是顯得很短暫，更多的時候，他只有上與

〔註 45〕《豊城送成父弟還玉山三首》之二，《全宋詩》第 49 冊，第 30871 頁。

〔註 46〕《子暢雨中見過且惠以詩，乃用蕃謝文顯載酒之韻，復用韻爲答並簡文顯》之二，《全宋詩》第 49 冊，第 30717 頁。

〔註 47〕《子進昆仲俱和寄懷三詩復次韻》之三，《全宋詩》第 49 冊，第 30738 頁。

〔註 48〕《留別周參政詩二首》之一，《全宋詩》第 49 冊，第 30713 頁。

〔註 49〕《寄答潘文叔並屬恭叔五首》之三，《全宋詩》第 49 冊，第 30428 頁。

〔註 50〕《寄答潘文叔並屬恭叔五首》之二，同上頁。

〔註 51〕《論詩寄碩父五首》之一，《全宋詩》第 49 冊，第 30474 頁。

〔註 52〕《論語・先進》，李學勤主編《十三經注疏》（標點本），北京大學出版社，1999 年，第 154 頁。

〔註 53〕《鄭仲理送行六首》之二，《全宋詩》第 49 冊，第 30840 頁。

古人爲友，從中尋找知音與慰藉，比如，他對商山四皓、嚴光等著名的隱逸之士充滿懷念與敬意，對東晉的陶淵明和北宋的潘大臨等仰慕不已：「東籬滿把菊，柯山一句詩」，「潘子夙所尙，陶翁何敢師」，「所願學淵明，歸去了不疑。松菊儻猶存，田園隨事爲。亦願如邠老，白首丘壑期。人窮與詩長，得失其在茲」〔註54〕，所謂的「東籬」、「陶翁」，即指陶淵明；「柯山」、「潘子」，則指北宋的隱士潘大臨（字邠老，曾從遊於蘇軾），都是趙蕃畢生仰慕的恬退高潔之士。他們歸隱田園，過著白首丘壑、人窮而詩長的生活，其樂融融，這正是儒家所追求的道德與文章雙馨的人生境界。北宋的謝逸、謝邁兄弟，終身過著吟詩作畫、悠然自得的生活，劉克莊稱讚「二謝乃老死布衣，其高節亦不可及」〔註55〕，趙蕃也欽慕他們「自汲清泉除硯垢，樹陰微息晚涼初。個中得意誰知我，筆下忘言我羨渠」〔註56〕自在逍遙的生活，歎賞「世人只愛高官職，孰與公家兄弟過」〔註57〕，高度讚揚二謝兄弟畢生堅守君子固窮、不慕利祿的氣節。

趙蕃退隱後，教授生徒，傳揚理學，得到鴻儒眞德秀的稱讚。眞德秀向朝廷舉薦他說：「在州里，誘掖後進，一以孝悌忠信爲本。蕃雖名在吏部，然其行誼學識，素爲鄉曲所推，不求聞達。」〔註58〕南宋的周南對趙蕃的節操傾慕不已，他在《讀信州趙昌甫詩》中說：「懷哉斯人歟，被褐止衡堵。」〔註59〕可見趙蕃的高節在當時影響之大、傳揚之遠。

〔註54〕《人愛九日，多以靖節之故。僕以邠老七字爲可以益其愛者，且連日不雨即風，尤覺此句妙處，賦詩八韻》，《全宋詩》第49冊，第30474頁。

〔註55〕〔宋〕劉克莊《江西詩派小序》，丁福保《歷代詩話續編》，中華書局，1983年，第481頁。

〔註56〕《讀謝幼盤集》之二，《全宋詩》第49冊，第30929頁。

〔註57〕同上之一，同上頁。

〔註58〕〔宋〕眞德秀《因明堂赦薦趙監嶽（蕃）》，《眞西山先生集》，中華書局，1985年，第4～5頁。

〔註59〕〔宋〕周南《讀信州趙昌甫詩》，《全宋詩》第52冊，第32267頁。

趙蕃一生敝屣功名利祿，甘守窮困，不慕榮利，他把儒家的樂天知命與道家逍遙無爲的人生觀和諧地融爲一體，反映了宋代士人一種普遍的追求和一種恒定的心態。對此，當代學者李春青論述說：

> 孔子稱讚顏回說：「賢哉，回也！一簞食，一瓢飲，在陋巷。人不堪其憂，回也不改其樂。賢哉，回也！」又「子貢曰：『貧而無諂，富而無驕，何如？』子曰：『可也，未若貧而樂，富而好禮者也。』」由此二例可知，「樂」不是一時一事之樂，不是短暫的喜悅，它是一種恒定的心態。這種心態乃是一種對於物欲的超越，因而即使處身貧困中亦能保持不變。「貧而樂」並非因「貧」而「樂」，而是說「貧」不能使人本有之「樂」失去，也就是說「貧」不能影響到人的內心世界。這種人自是非常人可比。〔註 60〕

這段論述的確精當。趙蕃的「至矣貧而樂」〔註 61〕或「簞瓢豈非福」〔註 62〕，就是他處身貧困卻能保持快樂的寫照。

（三）力學經典，直諒誠明：趙蕃對儒家文行忠信的內外兼修

趙蕃沉浸於儒家倡導的文行忠信的完美人生境界，以儒家的道德文章爲目標，主張內外兼修，持之以恒地積纍學問與教養等內在氣質，寫作出感情充沛、內容充盈的詩文，冀望達到「中懷松柏堅，外暴丹臒塈」〔註 63〕的理想境界，擁有非同尋常的充實之美。爲此，他極力倡導刻苦讀書，通過力學，養成誠明、直諒的品格修養。

誠明是儒家重要的道德修養之一，意思是至誠之心和完美的德性。《禮記・中庸》說：「自誠明，謂之性；自明誠，謂之教。誠則明矣，明則誠矣。」〔註 64〕趙蕃對此頗爲讚賞，他認爲通過努力爲學，

〔註 60〕李春青《宋學與宋代文學觀念》，北京師範大學出版社，2001 年，第 23 頁。

〔註 61〕《寄送潘文叔、恭叔二首》之二，《全宋詩》第 49 冊，第 30891 頁。

〔註 62〕《論詩寄碩父五首》之二，《全宋詩》第 49 冊，第 30474 頁。

〔註 63〕《次韻潘端叔送行二首》之一，《全宋詩》第 49 冊，第 30468 頁。

〔註 64〕〔宋〕趙順孫纂疏，黃珅整理《大學纂疏・中庸纂疏》，華東師範大

自然可以達到誠明的境界：「士患不知學，既學思有終」〔註 65〕。趙蕃少時追隨儒學大家劉清之，享受著宏富的經學文化，孜孜以求於醇正的理學思想，他說：「朝聞夕可死，何敢廢居諸。」〔註 66〕他詩集中有很多描寫自己雖然身處簞瓢陋巷，卻如饑似渴地苦讀的情形：「我昔讀書夜達晨，膏燭且盡繼以薪。年來漸知得力處，簞瓢陋巷忘其貧」〔註 67〕，他年輕時經常焚膏繼晷、夜以繼日地讀書不輟，從而養成了淵深厚實的文化和道德素養。

在趙蕃心中，楊萬里是儒家道德文章的楷模，近乎儒家的完美標準。在楊萬里到廣東履職的路上，趙蕃寫詩稱讚他說：「先生力學自誠明，忠信今知蠻貊行。憶昔韓蘇兩仙伯，海成冬市況融晴。」〔註 68〕不但把楊萬里比擬爲曾經在嶺南爲官的大文豪韓愈、蘇軾，含蘊著對楊萬里超逸不凡的文學成就的肯定，還讚賞了楊萬里通過奮發力學，養成了至誠之心，具備了完美的德性與忠誠信實的品格。「君子進德修業，忠信所以進德也」〔註 69〕，關於修養誠明之性和忠信進德，北宋歐陽修在《朋黨論》文中也有論述：「君子則不然，所守者道義，所行者忠信，所惜者名節。」〔註 70〕趙蕃在《寄誠齋先生》詩中，不吝讚美之辭，誇獎楊萬里宏博淵深的理學造詣與傑出的文學才華：「掌制宜鴻筆，談經合細旃」〔註 71〕，基於對楊萬里道德文章的充分瞭解，他引用《漢書·王吉傳》中「夫廣夏

學出版社，1992 年，第 238 頁。

〔註 65〕《俞孝楊殖齋》，《全宋詩》第 49 冊，第 30590 頁。

〔註 66〕《寄送潘文叔、恭叔二首》之一，《全宋詩》第 49 冊，第 30891 頁。

〔註 67〕《示兒》，《全宋詩》第 49 冊，第 30492 頁。

〔註 68〕《次韻楊廷秀太和萬安道中所寄七首》之五，《全宋詩》第 49 冊，第 30830 頁。

〔註 69〕李學勤主編《十三經注疏》（標點本）《周易正義》卷一，北京大學出版社，1999 年，第 15 頁。

〔註 70〕〔宋〕歐陽修著《歐陽修集》，彭詩琅主編《中國古典文學名著百部》，中國戲劇出版社，2002 年，第 196 頁。

〔註 71〕《寄誠齋先生》，《全宋詩》第 49 冊，第 30668 頁。

之下，細旃之上。明師居前，勸誦在後」〔註 72〕的典故，相信楊萬里會成爲朝廷倚重的股肱大臣。事實也正如此，楊萬里從廣東任上回京以後，先後擔任吏部郎中、尚書省左司郎中、樞密院檢詳官兼太子侍讀、秘書少監等重要官職，在與皇帝面對時，多次評論朝政，言辭犀利地提出了獨到的政治見解，一時名聲很大，可見趙蕃對楊萬里誠明之心與文學才華的信服。

力學可以達到一定的人生境界，作爲士人，既要有持之以恒的力學精神，更要明確眞正的目標，即士、農、工、商四民之業中，士獨爲重：「四業獨爲重，九經皆寓中。」〔註 73〕《漢書》說：「士農工商，四民有業。學以居位曰士，闢土殖穀曰農，作巧成器曰工，通財鬻貨曰商」〔註 74〕。趙蕃詩中的九經，可以說有雙重含義，既指儒家的九部經典著作，也指儒家追求的道德規範，《禮記・中庸》云：「凡爲天下國家有九經。曰：『修身也，尊賢也，親親也，敬大臣也，體群臣也，子庶民也，來百工也，柔遠人也，懷諸侯也。』」〔註 75〕趙蕃主張力學，其目的是踐行儒家修身、齊家、治國平天下的人生理想。

在治經方法上，趙蕃與程朱理學相近。程朱理學強調獨見與自得，重視經與道的關係，主張「知道」、「求道」。趙蕃認爲治經求道，沒有一蹴而就的捷徑，研習、踐行理學之道，要抱有自覺、主動、虔誠的學習態度，勤奮力學，但是當時的那些昏昧者，卻抱著可鄙的投機心理：「昧者不知此，輕受鄭灼唾」〔註 76〕。因此，趙蕃高度讚賞潘友端（字端叔）的父親、著名理學家與政治家潘畤年輕時雖身處困

〔註 72〕〔漢〕班固《漢書》，中華書局，1962 年，第 3060 頁。
〔註 73〕《俞孝楊殖齋》，《全宋詩》第 49 冊，第 30590 頁。
〔註 74〕〔漢〕班固《漢書・食貨志上》，中華書局，1962 年，第 1117～1118 頁。
〔註 75〕《禮記正義》卷五二，李學勤主編《十三經注疏》（標點本），北京大學出版社，1999 年，第 1442 頁。
〔註 76〕《次韻潘端叔送行二首》之一，《全宋詩》第 49 冊，第 30468 頁。

境、辛苦勞作，卻能樂於談經論道：「君公隱牛儈，文休食馬磨。身則困空乏，道爲如切磋」〔註 77〕。在緬懷潘畤力學經倫、砥礪人生的事跡時，趙蕃本人也表達了研習儒道的志向：「余惟素賤貧，學晚仍廢惰。念將求歲餘，要必取日課」〔註 78〕，可見，趙蕃不但年輕時折節苦讀，還終生向學不輟。

趙蕃非常重視儒家考量人物的重要標準：文章與德行雙馨。《論語·述而》云：「子以四教，文行忠信」〔註 79〕，文行指文章與德行。他用「兩郎玉立仍難弟」〔註 80〕，稱賞周文顯兄弟爲人堅貞挺拔，品格純潔高尚；以「文章固定價，美玉同精金」〔註 81〕、「文行如斯古亦難」〔註 82〕，稱讚周日章品格與文章俱皆卓越；以「玉立更無瑕」〔註 83〕，讚揚宋伯潛不僅學有原委，造詣淵深，而且道德高尚，可見他非常崇尚儒家文章與德行並茂的人生主張。

趙蕃爲人正直、誠信，他也以此讚賞堅守正直誠信品格的朋友。他對時任婺州（今屬江西）教授的喻良能（字叔奇）說：「如君人才誰與儔，直諒豈下西京劉」〔註 84〕。直諒意即正直誠信，《論語·季氏》云：「益者三友……友直，友諒，友多聞，益矣。」〔註 85〕

西漢時有一個聞名遐邇的鴻儒，他就是被趙蕃多次提到的「西京劉」或「劉校尉」，即西漢著名文學家劉向。劉向原名更生，字

〔註 77〕同上。

〔註 78〕同上。

〔註 79〕《論語注疏》卷七《述而》，李學勤主編《十三經注疏》（標點本），北京大學出版社，1999 年，第 93 頁。

〔註 80〕《子暢雨中見過且惠以詩，乃用蕃謝文顯載酒之韻，復用韻爲答並簡文顯》，《全宋詩》第 49 冊，第 30717 頁。

〔註 81〕《沖谷道章少隱還自上饒，不見過而遂歸懷玉，作詩十二韻奉寄並煩送似寓齋也》，《全宋詩》第 49 冊，第 30439 頁。

〔註 82〕《子暢雨中見過且惠以詩，乃用蕃謝文顯載酒之韻，復用韻爲答並簡文顯》，《全宋詩》第 49 冊，第 30717 頁。

〔註 83〕《呈宋伯潛》，《全宋詩》第 49 冊，第 30553 頁。

〔註 84〕《寄婺州喻良能叔奇》，《全宋詩》第 49 冊，第 30498 頁。

〔註 85〕〔清〕劉寶楠撰，高流水點校《論語正義》，中華書局，1990 年，第 657 頁。

子政，曾官至中壘校尉〔註 86〕，元帝初即位時，劉向雖然比當時的太傅蕭望之、少傅周堪二人年少，但是蕭、周二人很看重他，向皇帝舉薦他說：「宗室忠直，明經有行」〔註 87〕。劉向文章卓著，品格更高，性格忠直誠信：「向傾吐肝膽，誠懇悱惻」〔註 88〕，《漢書．劉向傳》說「向爲人簡易，無威儀，廉靖樂道，不交接世俗，專積思於經術，晝誦書傳」〔註 89〕。劉向治經有成，其直諒有聞的品格對後人也有很大的影響，曾國藩曾動情地說：「余尤好劉子政。忠愛之忱，若有所甚不得已於中者，足以貫三光而通神明。是故識精而不炫，氣盛而不矜」、「吾輩欲師其文章，先師其心術。根本固，則枝葉自茂矣」〔註 90〕，所言確當。趙蕃對劉向的道德文章非常欣賞，念念不忘，多次在詩中歎賞不已：「西京劉校尉，上疏引春秋」〔註 91〕、「謂繼更生校中秘，卻追子驥問桃源」〔註 92〕、「君行不到武昌下，別駕西京劉更生」〔註 93〕，可見，他對儒家的文行忠信、直諒立身等處事之道，虔誠至極，誠如他自己所說的那樣：「立身行己須自欽」〔註 94〕。

不過，在南宋世風日下的社會，尤其在污濁不堪的官場上，趙蕃直諒誠信的品格，往往四處碰壁，迭遭打擊，只能借助詩歌聊以自慰。在太和主簿任上，他向好友陳明叔傾訴說：「我生本寒士，

〔註 86〕按，西漢有中壘校尉，掌北軍營壘之事，劉向曾任此職，後世因以「中壘」稱之，其地位略次於將軍。

〔註 87〕《漢書．楚元王劉交傳．附劉向傳》，中華書局，1962 年，第 1963 頁。

〔註 88〕劉熙載《藝概》，上海古籍出版社，1978 年，第 14 頁。

〔註 89〕《漢書．楚元王劉交傳．附劉向傳》，中華書局，1962 年，第 1963 頁。

〔註 90〕〔清〕曾國藩著，陳書良整理《曾國藩全集．讀書錄》，嶽麓書社，1989 年，第 95 頁。

〔註 91〕《寄秋懷》之五，《全宋詩》第 49 冊，第 30883 頁。

〔註 92〕《劉通判》，《全宋詩》第 49 冊，第 30715 頁。

〔註 93〕《在伯教授爲考試之行，不知其地，漫成五詩送之》之三，《全宋詩》第 49 冊，第 30923 頁。

〔註 94〕《用前韻呈碩父昆仲》，《全宋詩》第 49 冊，第 30505 頁。

犁鋤起窮谷。顧惟疏野姿，動輒當忤俗」〔註 95〕；後來，在辰州爲官時，他同樣對好友梁仁伯說：「直道誠忤人，枉道還喪我。直道多不容，枉道夫豈可」〔註 96〕，遵行直道，會違逆別人；行違背正道之事，他又不願意，總是感到進退維谷，不能遂志，難怪他要規勸梁仁伯「如君直有餘，爲計亦多左」，歎惋「而我枉未能，若爲逃坎坷」〔註 97〕。踐行直道實爲失策之舉，這不過是趙蕃對世情的深切體會而已，事實上，他自己卻從未違背良心，行不合儒家道義的事情。

二、沉醉道、佛的通脫

「宋代士人常常同時存有多種價值取向，完全恪守某家某說的人物，在宋代是不多見的」，李春青先生對宋代士人思想的多重價值取向和生存智慧論析透闢，他進一步解釋說：「宋代士人不僅在學術上繼承了子學、漢學、玄學及佛學的精華，並融會貫通，創造出一代新的學術，而且他們在生存智慧方面也充分吸收了往代士人之經驗，從而達到一個空前的水平。這種生存智慧集儒家之陽剛、進取、入世與二氏的陰柔、潛退、出世於一體，在保全性命並保持精神愉悅和樂的前提下關心天下之事，可以說這是一種老到練達、爐火純青的處世之道」〔註 98〕。趙蕃的處世之道雖然沒有達到這種老到練達、爐火純青的地步，但是卻與大部分宋代士人一樣，深受釋、道思想的影響。他一生主要過著隱逸的生活，有極深厚的隱逸情結，劉克莊說他「此翁白首不彈冠」、「一生官職監南嶽」〔註 99〕。

趙蕃對莊子、陶淵明和蘇軾等人及其作品讚美有加，對魏晉風度欣賞備至，都表明道家與佛教的出世思想，對他有相當的影響。

〔註 95〕《招明叔》，《全宋詩》第 49 冊，第 30453 頁。

〔註 96〕《送梁仁伯赴江陵丞三首》之二，《全宋詩》第 49 冊，第 30417 頁。

〔註 97〕同上。

〔註 98〕李春青《宋學與宋代文學觀念》，北京師範大學出版社，2001 年，第 29 頁。

〔註 99〕〔宋〕劉克莊《寄趙昌父》，《全宋詩》第 58 冊，第 36145 頁。

他把儒家的樂天知命，佛教的前世今生、命運前定，道家的逍遙無爲、物我齊一等思想兼容並濟，參悟人生的眞諦。

（一）道家思想中的生存智慧

趙蕃參悟道家和道教神仙的生存智慧，表現出他看透進退榮辱後灑脫的一面。

1、「其生若浮，其死若休」〔註 100〕：生命的幻滅與虛無

宦海浮沉，煩惱不斷，楊萬里曾感慨「髮絲渾爲催科白，塵埃灑胸獨遑惜」〔註 101〕，范成大則說「官路驅驅易折肱，官曹隨處是愁城」〔註 102〕。在不到十年的宦遊生涯裏，趙蕃常常感到極度的痛苦與萬般無奈，悲歎「三年食官倉，塵土塡腹胸」〔註 103〕，嚮往閒雲野鶴的生活，渴盼儘快回到家鄉，並最終如願以償。南宋的陳起形容他辭官後的隱逸生活是：「清響蟬噓露，高閒鶴臥雲。但知耕野水，不暇問朝紳。」〔註 104〕其實，即使居住鄉野，趙蕃也經常發出逝者如斯的感慨，一種生命的幻滅與虛無感彌漫心頭：「窮通固定分，往者悲接輿。百年等夢間，壽夭誰贏餘」〔註 105〕，春秋時楚隱士接輿佯狂不仕的背後，含蘊著道家的無爲與萬物齊一思想，趙蕃藉此抒發了人生如夢的虛無思想，以及對現實境遇失望至極的心情。

在趙蕃現存詩中，《莊子》「浮生」一詞在十二首詩中出現，可見趙蕃對莊子的人生觀非常沉醉。有時候，他借酒澆愁，夢見自己變成了莊子筆下翩翩飛舞的蝴蝶：「醉狀初如春水船，夢成蝴蝶更翩翩。

〔註 100〕《莊子・刻意》，王世舜《莊子注譯》，齊魯書社，1998 年，第 203 頁。

〔註 101〕〔宋〕楊萬里《過西山》，周汝昌選注《楊萬里選集》，上海古籍出版社，1979 年，第 57 頁。

〔註 102〕范成大《次韻溫伯謀歸》，《石湖詩集》卷六，《全宋詩》第 41 冊，第 25792 頁。

〔註 103〕《聞春》，《全宋詩》第 49 冊，第 30845 頁。

〔註 104〕〔宋〕陳起《江湖後集》卷二四《答趙章泉》，《全宋詩》第 58 冊，第 36774 頁。

〔註 105〕《夜讀子肅詩再用前韻》，《全宋詩》第 49 冊，第 30442 頁。

覺來已是情無奈，那更急風吹雨顛」〔註 106〕，一覺醒來，發現周圍風雨依舊。此時，他想到莊子「其生若浮，其死若休」〔註 107〕的至理名言，感到自己的人生早已被莊子參透，人生在世，果眞虛浮不定，一個懵懵懂懂又眞眞切切的漂泊的「浮生」：「浮生眞泛泛，吾道莽悠悠」〔註 108〕、「浮生任變滅，二者互出沒」〔註 109〕。

2、清虛無欲，道心自生：純淨無欲的人生

《莊子》認爲，人如果能做到清虛無欲，則道心自生：「瞻彼闋者，虛室生白，吉祥止止。」司馬彪注解說：「室比喻心，心能空虛，則純白獨生也。」〔註 110〕意思是只有虛其心，才能憑以滋生道，道的本性是清虛無欲。所以說，爲人應該心中純淨無欲。

趙蕃很欣賞莊子的清虛無欲、純淨人生之道。他有一個姓陳的朋友，擇取莊子「虛室生白，吉祥止止」的清虛內含，把自己的齋舍命名爲「虛白」。趙蕃非常賞識友人的做法，把他與莊子和蘇東坡相併列，譽爲「三益」，並欣然題詩：

陳君作齋舍，諡之以虛白。惟虛白故生，此義無二說。
人言莊周愚，我愛莊周達。東坡老仙翁，出語世津栰。
亦嘗爲虛白，是乃道所集。莊蘇一等人，夫子蓋三益。
惟虛定何虛？而室又何室？是取此蘧廬，而謂無一物。
鑒明塵垢去，水靜鬚眉出。是中可觀妙，無但充遊息。
何當過夫君，相與以終日？賓主兩嗒焉，不言而目擊。
〔註 111〕

陳姓友人喜好莊子清虛無欲的人生之道，以「虛白名齋」，希望自

〔註 106〕《社日醉起》，《全宋詩》第 49 冊，第 30788 頁。

〔註 107〕《莊子・刻意》，王世舜《莊子注譯》，齊魯書社，1998 年，第 203 頁。

〔註 108〕《閏月二十日離玉山，八月到餘干易舟，又二日抵鄱陽城。追集途中所作，得詩十又二首》之五，《全宋詩》第 49 冊，第 30400 頁。

〔註 109〕《晚立有作》，《全宋詩》第 49 冊，第 30443 頁。

〔註 110〕〔戰國〕莊子《莊子・人間世》，郭慶藩《莊子集釋》，中華書局，1961 年，第 150 頁。

〔註 111〕《虛白》，《全宋詩》第 49 冊，第 30463～30464 頁。

己的廬舍成為虛空澄淨的所在，有如平靜的水面或鏡子，能映照出一切塵垢，成為身體與純淨心靈的載體。趙蕃非常欣賞友人的虛白齋舍，希望能早日前往做客，在「虛白」裏相與終日，遊息觀妙，身心俱遣，體悟莊子大言無言、物我兩忘的意境。可見趙蕃非常喜愛莊子清虛無欲、道心自生的人生之道。

3、不拘形役，逍遙自適：參悟人生的智慧

趙蕃對莊子人生貴在逍遙自適的思想頗有共鳴，他說：「人言莊周愚，我愛莊周達」〔註 112〕，「韓悲沮洳居，賈歎尋常瀆。何似老莊周，逍遙一篇足」〔註 113〕，韓愈被貶嶺南而傷感於居所低濕，賈誼慨歎溝渠狹窄難以容納吞舟巨魚，都是沒有參透人生的本質，比不上逍遙自在的莊子。「莊蘇一等人」〔註 114〕，在趙蕃看來，或許只有樂觀曠達的蘇東坡，才能眞正配得上逍遙自適的莊子。趙蕃理解莊子逍遙自適的人生，更欣賞莊子通達天道、參悟人生的智慧，其《釣磯》之二云：「樂是煙波好，寧須竿線勞。功高殊釣渭，意適似遊濠。」〔註 115〕就像姜子牙垂釣於渭水河畔，其意不在魚，所以根本不需要竿線。懂得享受人生眞諦的人，當然知曉垂釣的眞趣在於欣賞眼前煙波萬頃、碧波蕩漾的美景，又何必一定要借助竿線。

逍遙人生的眞諦在於不受形役之累，因此，趙蕃付諸行動了：「幾欲罷官歸去，未應形役能拘。」〔註 116〕在辰州（今湖南沅陵縣）司理參軍任上，他多次請求奉祠家居，迫切盼望批准文書即刻到達：「豈是拘形役，眞成畏簡書。祠官請已再，郵傳報何疏」、「何心事刀筆，但覺愧樵漁。觀水知除滿，看雲見卷舒」〔註 117〕，他

〔註 112〕同上。
〔註 113〕《濠樂》，《全宋詩》第 49 冊，第 30755 頁。
〔註 114〕《虛白》，《全宋詩》第 49 冊，第 30464 頁。
〔註 115〕《全宋詩》第 49 冊，第 30754 頁。
〔註 116〕《次韻斯遠見夢有作六言二首》之二，《全宋詩》第 49 冊，第 30761 頁。
〔註 117〕《呈李和卿法曹》，《全宋詩》第 49 冊，第 30667 頁。

眼中所見，是自在逍遙的雲卷雲舒；心之所繫，只有漁樵之樂。奉祠回家後，直到去世前，在長達四十年的時間裏，朝廷屢次徵召，他屢次辭謝：「詔恩雖與官，辭避猶卻掃。不應吏部門，皇皇踏泥潦」〔註 118〕，每天沉浸於「筆下煙雲供點綴，胸中丘壑寄婆娑。清譚不負玉麈尾，白酒未孤金叵羅」〔註 119〕的閒散自得中，可謂深受道家逍遙人生、及時行樂思想的影響。

4、風神瀟灑，任性不羈：魏晉風度的虛靈胸襟與玄學意味

趙蕃正直穩重性格的背後，是不合流俗的狷介與高潔。他自己經常自稱爲畸人，「嗟我信畸人，逐食無定向」〔註 120〕、「況我乃畸人，嗚呼得無悲」〔註 121〕、「夫子自爲德，畸人何足憂」〔註 122〕。畸人指有獨特志行、不同流俗的人，《莊子・大宗師》說：「畸人者，畸於人而侔於天。」〔註 123〕趙蕃不同流俗的品格，使他經常陷入困難的境地，甚至「舉足逢溝坑」〔註 124〕，此時，他也會到魏晉時代那些狷狂的名士身上尋求心靈的安慰。其詩集中，有不少涉及魏晉風度的詩篇，含蘊著道家虛靈的胸襟與玄學的意味。阮瞻（字千里）是阮咸的兒子，曾以「將無同」三字說明玄學與儒學宗旨相同，爲時論所讚賞。他善弱琴，很多人前去求聽，他不問貴賤長幼從不拒絕，對此，趙蕃稱讚不已：「通脫不累物，賢哉阮瞻琴」〔註 125〕，對阮瞻的眞性情與仁愛精神，倍加讚賞。

對於「此君」一詞的發明人王子猷，趙蕃更是心嚮往之。王徽之

〔註 118〕《旅中雜興五首》之五，《全宋詩》第 49 冊，第 30446 頁。
〔註 119〕《題堪隱》，《全宋詩》第 49 冊，第 30701 頁。
〔註 120〕《次韻審知遣興》，《全宋詩》第 49 冊，第 30431 頁。
〔註 121〕《留別成父弟以貧賤親戚離爲韻五首》之五，《全宋詩》第 49 冊，第 30471 頁。
〔註 122〕《贈張次律司理三首》之二，《全宋詩》第 49 冊，第 30547 頁。
〔註 123〕郭慶藩《莊子集釋》，中華書局，1961 年，第 273 頁。
〔註 124〕《重賦畏知寓齋》，《全宋詩》第 49 冊，第 30418 頁。
〔註 125〕《沖谷道章少隱還自上饒，不見過而遂歸懷玉，作詩十二韻奉寄並煩送似寓齋也》，《全宋詩》第 49 冊，第 30439 頁。

是王羲之的兒子，字子猷，天性愛竹，曾指著竹子說：「何可一日無此君！」在會稽（今屬浙江）居住時，曾雪夜乘舟前往剡溪訪問戴逵（字安道），及至到達戴逵家門口時，卻不入而返，有人問其原因，他說：「本乘興而行，興盡而返，何必見戴！」〔註 126〕趙蕃非常喜愛王子猷風神瀟灑、不滯於物的自由心靈。在詩中，他有時直稱子猷或王子猷：「爲米愧元亮，乘舟思子猷」〔註 127〕、「興懷王子猷，匪但一朝夕」〔註 128〕、「定有王子猷，造門不輿籃」〔註 129〕；有時，也用「訪戴」指代王子猷：「犯雪渠乘訪戴舟，不逢安道便歸休」〔註 130〕、「出門有愧登山屐，尋友空回訪戴船」〔註 131〕，等等。自從王子猷指稱竹子爲「此君」，「此君」即成爲竹子的代稱。趙蕃對王子猷愛竹也饒有興趣：「子猷調固疏，竹可一日無」〔註 132〕、「愛竹舊時王子猷，造門忘主見風流」〔註 133〕。王子猷以傲然獨得、任性不羈和眞性情體會自然，其赤子之心一片空明，讓趙蕃感受到了最純美的意境！

對魏晉時代的另一個著名人物阮籍，趙蕃至少有六篇詩歌述及，如「鄭虔歸繫馬，阮籍倒乘驢」〔註 134〕、「慟曾憐阮籍，泣豈效楊朱」〔註 135〕等。還有一篇詠歎阮籍借醉酒逃避司馬氏向其家求取兒女婚姻的詩，題爲《讀阮嗣宗傳，見其醉六十日，免求昏之言，與醒忘作勸進辭，據案便書，何乃異同耶！作阮嗣宗詩》：「善觀阮

〔註 126〕劉義慶《世說新語・王子猷居山陰》，徐震堮《世說新語校箋》，中華書局，1984 年，第 408 頁。

〔註 127〕《次畢叔文見貽二首》之一，《全宋詩》第 49 冊，第 30605 頁。

〔註 128〕《次韻斯遠投宿招賢道店對竹再用前韻見懷二首》之一，《全宋詩》第 49 冊，第 30455 頁。

〔註 129〕《徐提幹爲沈運使種竹於上饒新居，昭禮有詩，蕃同作》，《全宋詩》第 49 冊，第 30456 頁。

〔註 130〕《呈潘潭州十首》之六，《全宋詩》第 49 冊，第 30765 頁。

〔註 131〕《簡徐季益》之二，《全宋詩》第 49 冊，第 30782 頁。

〔註 132〕《次韻斯遠三十日見寄》，《全宋詩》第 49 冊，第 30465 頁。

〔註 133〕《曬簑亭》，《全宋詩》第 49 冊，第 30820 頁。

〔註 134〕《送唐德輿》，《全宋詩》第 49 冊，第 30901 頁。

〔註 135〕《覓應氏庵》，《全宋詩》第 49 冊，第 30591 頁。

嗣宗，醒醉俱托狂。廣武歎已絕，蘇門嘯何長！昏既以醉免，辭寧不終忘？又疑殺青上，闕文今或亡。不然竹林遊，何獨棄山王？」〔註 136〕阮籍不惜拿自己的生命反抗鄉原的社會，以狷狂來反抗桎梏性靈的虛僞禮教與道德，表現了眞血性與眞性情，也觸發了趙蕃心靈深處對虛僞道德和醜惡勢力的憎恨。

王子猷、阮籍等人的任性不羈和眞性情，是對那個時代的虛僞道德、禮法和世情的反抗。趙蕃所處的時代與社會環境，也是世風日下，目覩「世方疏直道，身亦墮危機」〔註 137〕、「紛紛閱投刺，往往盡冠儒」〔註 138〕等官場盛行的競奔求謁之風，感到正直之道日趨衰落，與魏晉時代充斥虛僞和鄉原賤儒的社會情形何其相類。對此，趙蕃非常厭惡，卻很無奈感傷，他時常對著竹子、松柏等傾訴高潔的情志：「歲晚見松柏，火炎知碔砆。寒廳憐我獨，玉趾賴君迂。政爾如修竹，何能一日無」〔註 139〕，松柏、修竹等意象，體現了他上與魏晉時王子猷、阮籍等眞性情、眞血性名士爲友的貞剛操守。

5、神仙非吾學，可以置度外：虛無縹緲的神仙世界

在詩中，趙蕃也經常談到有關道教傳奇中的神仙故事，以此映像對現實生活的體悟，他把自己多年的官曹生活，比喻爲唐代道教傳奇小說《南柯太守傳》裏描寫的南柯一夢，表達了人生如夢的感慨和對官場生活的極度厭倦：「無聞眞已矣，曷不遂歸哉？試問惠文治，何如開三徑？人嗤曹是馬，夢覺蟻安槐。得喪吾知己，詎須呼去來？」〔註 140〕該詩作於辰州司理參軍任上，抒發了身爲州之屬官，地位低下，被人喝來呼去的痛苦，以及內心對田園生活的嚮往。其《桃川山中用陳蘇舊韻示周遊》一詩，有感於陶淵明《桃花源記》中眾人尋找桃花源無果而終的故事，他評論傳說中徐福受秦始皇派

〔註 136〕《全宋詩》第 49 冊，第 30474 頁。
〔註 137〕《偶作二首》之二，《全宋詩》第 49 冊，第 30567 頁。
〔註 138〕《懷明叔三首》之二，《全宋詩》第 49 冊，第 30886 頁。
〔註 139〕同上。
〔註 140〕《感懷二首》之一，《全宋詩》第 49 冊，第 30597 頁。

遣，數度出海尋仙，最終滯留海外的故事說：「仙人之爲仙，終古莫盡世。頗笑區中人，沄沄逐川逝」〔註 141〕，表達了神仙世界虛無縹緲的看法。

（二）沉醉佛理的通達

趙蕃對佛寺有深厚的感情，從他詩中，可知他曾長期借居寺廟。他的詩集中有二十六首直接描寫或從側面描寫遊覽佛寺的詩作，如《題東臺寺》、《遊太平寺》、《遊吉祥寺》、《遊茶山廣教寺》、《覓應氏庵》等。他還曾長期借住於祖印寺和智門寺，作有《五月二十一日徙寓智門二首》、《徙居祖印寺》等詩。他對佛寺的香火興衰很關心，認爲「香火得勤修」〔註 142〕。還經常與僧徒一起遊覽名山勝水：「甚厭窮居陋，聊爲佛界邀」、「追隨有逢掖，應對屬方袍」〔註 143〕，並與僧丈詩文酬唱，這些詩歌禪味濃郁。章少隱，號沖谷道人，是趙蕃的佛門詩友，趙蕃詩中有多篇詩歌述及與章少隱的交遊唱和情況。一天雪後，趙蕃與友人公擇唱和時，借用章少隱詩句，聯成一首絕句，頗有情致，詩題爲《章少隱嘗有逸句云「片片梅花隨雨脫，渾疑春雪墮林梢。」今日雪後，梅已有落者，偶與公擇清坐，舉似此詩，欣然聯成一絕》：「片片梅花脫雨輕，半飛欲墜更多情（蕃）。渾疑春雪林梢墮，輸與詩翁照眼明（公擇）。」〔註 144〕這首集合章少隱、趙蕃與友人公擇三人智慧的詩，含蘊雋永，靜寂的環境與瀟瀟灑灑、無聲無息飄落的梅花，構成了一幅靜謐的梅雪圖，意境優美，尤其是其中充盈的禪意，令人神清氣爽。此外，趙蕃還寫作了一些以禪喻詩的論詩詩，融禪意與詩歌理論於一體，如「學詩渾似學參禪，要保心傳與耳傳。秋菊春蘭寧易地，清風明月本同天」〔註 145〕，使用禪家的術語和意

〔註 141〕《桃川山中用陳蘇舊韻示周遊》，《全宋詩》第 49 冊，第 30484 頁。

〔註 142〕《五月二十一日徙寓智門二首》之二，《全宋詩》第 49 冊，第 30638 頁。

〔註 143〕《端峰往還三首》之二，《全宋詩》第 49 冊，第 30399 頁。

〔註 144〕《全宋詩》第 49 冊，第 30786 頁。

〔註 145〕〔宋〕魏慶之《詩人玉屑》卷一《趙章泉學詩》，上海古籍出版社，

境，闡述作詩如同禪悟，要自然體悟的道理。

長期沉潛於佛寺和佛家教義，對趙蕃的人生思想與詩歌創作，都產生了一定的影響。因爲身體多病，他不再苦思冥想地尋求佳句：「夢裏春歸去，榴花晚欲然。窗晴書味熟，竹密鳥聲圓。多病妨搜句，逢人懶問禪。澹然無可語，危坐了爐煙。」〔註 146〕他沉默的靜坐著，漫不經心地觀看著香爐裏嫋嫋昇起的縷縷青煙，沉浸在禪的靜謐、恬淡氣氛中，就連吟出的詩，也有如僧禪坐跏，充溢著禪境的幽寂。趙蕃的一些詩歌，融合了佛教的教義與禪理的機趣：「乃愧學道晚，何時悟眞如」〔註 147〕，眞如在佛教語中指永恒存在的實體或實性，也就是宇宙萬有的本體，「同眞如而無盡，與日月而俱懸。」〔註 148〕佛教經典《成唯識論》進一步解釋說：「眞謂眞實，顯非虛妄；如謂如常，表無變易。謂此眞實，於一切位，常如其性，故曰眞如」〔註 149〕，可見眞如是佛教中與實相、法界等同義的概念。趙蕃對禪理的機趣也有獨到的體味，認爲得財的緣分如冷熱變化、手掌翻覆一樣迅速：「炎冷財分覆手間，化機於爾見深慳」〔註 150〕，對變化的樞機乖舛易逝的體悟，說明趙蕃興味濃厚地沉浸於佛教與禪理的意境。

當然，儒、道、佛等思想在趙蕃詩中的表現，有時並非界線分明，甚至三者合流，水乳交融。如《二十七日既浴於乾明庵，負暄久之詩示住庵》一詩，敘述詩人到寺廟洗澡、吃飯、在太陽下曬日光浴等情節，語言生動流暢且詼諧幽默，情節感人：

1978 年，第 8 頁。

〔註 146〕《沖谷過予晏齋》，《全宋詩》第 49 冊，第 30642 頁。

〔註 147〕《子肅以古風見還詩軸，頗述歸田之樂，次韻答之》，《全宋詩》第 49 冊，第 30441 頁。

〔註 148〕〔南朝梁〕蕭統《謝敕賚制旨大集經講疏啓》，《全上古三代秦漢三國六朝文》第七冊，河北教育出版社，1997 年，第 207 頁。

〔註 149〕〔唐〕玄奘譯《成唯識論》卷九，韓廷傑校釋《成唯識論校釋》，中華書局，1998 年。

〔註 150〕《次韻子肅秋日感興兼懷公擇二首》之一，《全宋詩》第 49 冊，第 30404 頁。

天公於人元不負，書生何用深追咎？無衣還可卒歲無？
我有大裘聽汝覆。吾家縛屋依山址，晏齋之前僅盈咫。
霜飆卷席不畏渠，義馭停車吾事已。有時携書喚兒曹，
坐來和氣生髮毛。眼眵豈待金篦刮，背癢不借麻姑搔。
今年誰令落湖尾，塞向墐户殊未止？移床也擬傍晨光，
蓬勃如煙紛欲眯。今我懷抱不自聊，歸熱生薪翻緼袍。
人間萬事固絕望，天賜一暖誰相要。茲晨歸悶忽念浴，
試覓僧廬渡喬木。道人見客如昔遊，爲煮清泉注萬斛。
須臾一洗垢且空，漸覺表裏俱沖融。清虛日來滓穢去，
吾貌可瘠神當豐。起尋冠服風動腋，卻向茅簷親野日。
恍然墮我晏齋前，鳥語不聞山四寂。道人領客殊忘倦，
茗盌薰爐共閒燕。爲言炙背頗樂否，此味可須天子獻？

〔註 151〕

詩中有不少詼諧有趣的典故，大多易於理解，如道教神仙故事「眼眵豈待金篦刮，背癢不借麻姑搔」，表現詩人對仙人的尊崇。麻姑是神話傳說中的仙女，傳說東漢桓帝時曾應仙人王遠（字方平）召喚，降臨於蔡經家，其手纖長似鳥爪。蔡經見之，心中默念：「背大癢時，得此爪以爬背，當佳。」王遠知曉蔡經心中所念之事，於是讓人鞭打他，並且訓斥他說：「麻姑，神人也，汝何思謂爪可以爬背耶？」〔註 152〕對這神奇的道教神仙故事，詩人信手拈來，充滿想像的靈感。此詩所敘之事發生在寺廟，人物除了趙蕃，還有那個誠懇、熱情、善良的和尚，即「道人」（詩中的道人指佛教徒），「道人領客殊忘倦，茗碗熏爐共閒燕。」寺廟、和尚、熏爐等代表佛門，詩人與冠服則是儒家的象徵，加之麻姑神人、金篦等道教神仙與器物，組織成一篇蘊含儒家、佛家和道教神仙思想的詩歌，渾然無痕。

綜上所述，魏晉風度、玄學思想和道教神仙的實質，是道家的無

〔註 151〕《二十七日既浴於乾明庵，負暄久之詩示住庵》，《全宋詩》第 49 冊，第 30525 頁。

〔註 152〕〔東晉〕葛洪《神仙傳》，上海古籍出版社，1990 年，第 18 頁。

爲、萬物齊一等思想。趙蕃詩中述及的佛教、道家和道教神仙等意象及其內涵，表明他的人生和哲學思想，是以儒家的入世思想爲主導，而道家與道教崇尚無爲、逍遙自由的思想，對趙蕃也有深刻的影響。

第二節　「政本拙催科，德乃足民食」〔註153〕：仁政德治的政治理想

趙蕃生活於南宋中期動蕩不安的時代，南宋朝始終處於內憂外患、積重難返的困境中，外有異族入侵，內部民生凋敝，奸臣當道，官場黑暗。「九州期大庇，寧獨愛吾廬」〔註154〕，作爲自幼深受儒家思想浸潤的詩人，他雖然一生困頓，卻秉承儒家民胞物與的情懷，懷著仁政德治和民惟邦本的政治理想，心憂天下蒼生社稷：「耕道十年無九秋，無田長抱老農愁」〔註155〕；忠誠於南宋小朝廷：「平生憂國願，敢廢野人芹」〔註156〕。他在前往舒州（今屬安徽）的途中，目覩「淮地只凋疏」的民生凋敝的蕭疏景象，想到處於水深火熱中的黎民百姓和災難深重的國家，感慨靠近長江的地區尚且如此，而荒遠邊境地區百姓的生活境況則可想而知：「近江猶若此，窮徼復何如」〔註157〕。他痛恨暴政和黑暗的官場，讚賞萬安縣令莫升之爲民請命、停止了百姓向王公貴人進獻橘子和梨等水果的厲民行爲，減輕了當地農民由來已久的負擔：「天生尤物爲民瘵」、「嗟哉萬安十室邑，橘比江陵梨號蜜。嘗聞舊日事包苴，千數私家公百十。」〔註158〕他熱情讚揚施行德政、勤於政事的官吏，當劉清之以常州太守身份被召入對，他非常高興地寫作了《常州先生以太守入對五首》

〔註153〕《呈趙常德四首》之三，《全宋詩》第49冊，第30469頁。
〔註154〕《送趙一叔江西漕赴召三首》之三，《全宋詩》第49冊，第30596頁。
〔註155〕《次韻秉文初九日過先壟》之二，《全宋詩》第49冊，第30777頁。
〔註156〕《連雨》，《全宋詩》第49冊，第30631頁。
〔註157〕《初到舒州》，《全宋詩》第49冊，第30573頁。
〔註158〕《寄莫萬安》，《全宋詩》第49冊，第30499頁。

殷勤送別，期望恩師進京後「上能格君心，次可裨國體」〔註159〕，能竭誠開導君心，進獻治國良策，幫助君王解除國難：可見儒家憂國憂民的思想正是趙蕃忠於國家與君主的基礎。正如南宋鴻儒眞德秀所稱讚的那樣：「身雖閒退，而愛君憂國之念未嘗少忘。」〔註160〕

一、抒寫對「明主」的敬仰與神往

儘管一生中的絕大部分時光，趙蕃過著避世隱居的生活，不過，無論是出任州、縣的屬官，還是身在官場之外，他的思想與言行，都以維護南宋朝的封建統治和國家利益爲出發點，始終忠於南宋小朝廷、忠於當朝君主。他稱呼建都中原時的北宋爲「中朝」，讚揚北宋朝選賢任能、人儘其才的統治政策，嚮往「聖朝」的清明政治：「中朝當極治，人物近臯夔。」〔註161〕同時，基於維護南宋小朝廷統治的目的，書寫了不少反映現實生活的詩篇，同時抒發了自己憂國憂民的情懷：「聖朝無闕政，賤子有私憂」〔註162〕，認爲南宋朝皇帝政治英明，爲其歌功頌德。每逢與趙蕃認識的地方官被皇帝召見進京時，趙蕃都要在賀詩中勸告要全心全力輔佐君王。劉清之入對時，趙蕃認爲「一州固匪輕，四海豈不重」〔註163〕，作詩殷勤送別，冀望恩師成就「偉哉底柱功，障彼百川洶」〔註164〕的大業，成爲國之柱石，可見趙蕃對君王與國家的赤膽忠心。

趙蕃熱情歌頌當朝帝王施行德政、勤於政事等功業。對於孝宗朝治下的江西農村一派和樂昇平的繁榮景象，趙蕃由衷謳歌道：「國

〔註159〕《常州先生以太守入對五首》之一，《全宋詩》第49冊，第30412頁。

〔註160〕〔宋〕眞德秀《因明堂赦薦趙監嶽（蕃）》，《眞西山先生集》，中華書局，1985年，第4～5頁。

〔註161〕《季蕭兄三貺詩，且辱出示陵陽墨帖，敢次韻一首爲謝》，《全宋詩》第49冊，第30662頁。

〔註162〕《送趙一叔江西漕赴召三首》之二，《全宋詩》第49冊，第30596頁。

〔註163〕《常州先生以太守入對五首》之三，同上頁。

〔註164〕《常州先生以太守入對五首》之三，同上頁。

因肆赦新改元」、「雍熙淳化太宗年，治道度越唐漢前」、「詔書屢下憂勤意」〔註 165〕。憂勤，指帝王或朝廷爲國事而憂慮勤勞，在趙蕃看來，淳熙聖政可以與宋太宗淳化年間相媲美，甚至超過封建社會最爲鼎盛的漢唐時期。因爲宋孝宗施行愛民如子的仁政，屢次降詔省察民情，因此，趙蕃還以歷史上著名的「明主」比擬之：「吾君德盛過文景，詔書屢下民惟省」〔註 166〕、「春日每頒寬大詔，天公意與聖人同」〔註 167〕，認爲正是當朝皇帝施行德政，在春天頒佈了厚待黎民百姓的詔書，才使得蒼天爲之感動，「故於半載焦枯後，一雨聊資土脈通」〔註 168〕，普降甘霖紓解了旱情。他讚美宋孝宗渴望人才、選賢任能的美德：「淳熙聖人歎才難，得人之路無不殫」〔註 169〕、「豈惟人士想風采？聞說天心正渴賢」〔註 170〕；他讚美「聖明」的君主，在日暮時分，仍然端坐在延英殿思念賢者，造福國民：「吾君日旰坐延英，寤寐得人成太平」、「常恐珍才在空谷」〔註 171〕。在災荒年頭，他還以詩勸慰黎民百姓不要抱怨君王：「陛下故勤理，爾民無怨咨」〔註 172〕，可見趙蕃對南宋小朝廷和宋孝宗等皇帝的忠貞不渝。

趙蕃忠誠於南宋朝與君主，還表現在對待農民起義軍的態度上。他仇視農民或茶民起義軍，在《書事》〔註 173〕一詩中，輕蔑地稱呼起義軍爲賊：「賊犯連英郴，江右聲已宣。往年縛李金，此邦蓋晏然」、「政坐茶賊時，曾窺此邦藩」、「茶賊異此賊，本皆商販民」。因此，他深惡痛絕起義軍隊伍，積極爲剿殺起義軍獻計獻策：「此賊

〔註 165〕《永豐令括蒼章君、尉上蔡謝君，以淳熙改元二月晦日，勸農於負郭祖印院》，《全宋詩》第 49 冊，第 30489 頁。
〔註 166〕《郡檄子肅檢視旱田以詩寄之》，《全宋詩》第 49 冊，第 30396 頁。
〔註 167〕《立春》之三，《全宋詩》第 49 冊，第 30788 頁。
〔註 168〕同上。
〔註 169〕《送周守二首》之一，《全宋詩》第 49 冊，第 30499 頁。
〔註 170〕《送潘湖南二首》之一，《全宋詩》第 49 冊，第 30716 頁。
〔註 171〕《送王饒州赴召》，《全宋詩》第 49 冊，第 30677 頁。
〔註 172〕《連雨書事》，《全宋詩》第 49 冊，第 30631 頁。
〔註 173〕《書事》，《全宋詩》第 49 冊，第 30444 頁。

據巢穴，其徒況是繁。萌芽手可拔，不拔生惡根。雖云巢穴深，豈離率土濱？彼猶蜂蟻聚，我軍貔虎群。彼積鼠壤餘，我粟多腐陳。彼乃冠攘爾，我蓋仁義云。邊庭尚思犁，此又何足言？何當快除掃，聽民樂耕耘。」趙蕃相信，起義軍隊伍雖然人數很多，又紮營於深山老林等險要處，但是比起威武勇猛、糧草豐厚的官軍，起義軍遠離故土，缺少充足的糧草儲備，只能是一群烏合之眾，必將失敗。他不但主張堅決鎮壓，而且要把義軍扼殺在起義的初期，「萌芽手可拔，不拔生惡根」。這正是趙蕃的歷史局限性所在，雖然他深知百姓揭竿而起的原因，在於統治階級和官府的殘酷剝削與壓迫，「忽當法今變，州縣復少恩。求生既無路，冒此圖或存」，義軍是被逼上梁山的，卻仍然聲稱鎮壓的是「賊」不是民，「何當快除掃？聽民樂耕耘」，認爲迅速鎮壓義軍，是爲了其他百姓的安居樂業。

二、堅決支持抗金與恢復失地

有宋一代，內憂外患，異族入侵，生靈塗炭。尤其是南宋朝，舉國上下，始終屈辱地生活在異族的陰影之下，有識之士對此更是倍感屈辱。思念北方被侵佔的土地和家鄉的父老，呼喊反抗異族入侵、恢復失地，成爲很多文學家和文學作品的重要內容之一，比如與趙蕃同時代的陸游、楊萬里、范成大等我們熟知的文學名家。又如，與趙蕃同時代又稍後的愛國詩人劉宰，就在其寫給趙蕃的《丁亥冬感懷寄趙章泉〔蕃〕三首》詩中表達了對國勢的擔憂：「國勢時輕重」、「楚塞仍多事」〔註174〕、「淮山雲慘淡，鍾阜石嵯峨」〔註175〕，以及對金國奸詐狡猾、伺隙出兵侵略南宋領土的貪婪狠毒之心的清醒認識：「北敵心豺虎，南蠻勢蟻蜂」〔註176〕、「由來使狙詐，何意啓狼心？」〔註177〕。作爲劉宰的良師益友，趙蕃在詩中也多次

〔註174〕〔宋〕劉宰《丁亥冬感懷寄趙章泉〔蕃〕三首》之一，《漫塘文集》第1冊，文物出版社，1982年，第60頁。

〔註175〕〔宋〕劉宰《丁亥冬感懷寄趙章泉〔蕃〕三首》之二，同上頁。

〔註176〕《送趙成都五首》之一，《全宋詩》第49冊，第30598頁。

〔註177〕〔宋〕劉宰《丁亥冬感懷寄趙章泉〔蕃〕三首》之一，《漫塘文集》

表達了對國運衰弱的擔憂、對北方領土與家鄉的深情思念：「腥羶尚京洛，羈旅久江湖。豈曰有安宅，絕然忘故都」〔註 178〕，憤慨於舊都仍然被入侵的敵人佔領；「盜賊何多報，邊防益弛謀」〔註 179〕，流露出對危機四伏的時勢憂心忡忡的心情；「憶昔中原全盛日，猶推巴蜀多人物。況今王氣在東南，北望中原渺蕭瑟」〔註 180〕，則抒發了對恢復失地的渴望與失望交織的情感，對人才的渴望。他在屈原投水的沅湘流域爲官六年，對歷史上的著名愛國詩人屈原懷有崇高的敬意，許多詩歌流露出對屈原的崇敬與同情：「湘山峻刻湘流深，中有騷人憤世音」〔註 181〕、「忠言不用竟沉死，留得文章星斗羅」〔註 182〕、「年年端午風兼雨，似爲屈原陳昔冤」〔註 183〕、「況說瀟湘去，仍懷屈賈吟」〔註 184〕，句句飽含深情的語言，傾訴了對屈原無盡的哀思，不但因爲屈原的冤屈，更爲屈原不屈的節操和忠貞不渝的愛國情懷。

對當朝的抗戰派力量，趙蕃在言論上給予大力聲援和支持，對抗戰派人士懷有崇高的敬意。趙蕃的許多詩歌，記錄了他與抗戰派力量的代表人物，如趙彥端、韓元吉、朱熹、陸游、辛棄疾、楊萬里等人的密切交往，以及對他們的高度評價與崇敬。即使是交往不多的抗戰派人物，如著名的抗戰派人物胡銓、張孝祥等，趙蕃也在諸多詩作中表達了深深的敬意：「三年期掃門，竟欠今生識」〔註 185〕。胡銓一生始終反對和議：「不與檜等共戴天」、「願斬三人頭，竿之槁街」，「不然，臣有赴東海而死耳，寧能處小朝廷求活耶」〔註 186〕。趙蕃稱呼

第 1 冊，第 60 頁。

〔註 178〕《題三徑圖》，《全宋詩》第 49 冊，第 30568 頁。

〔註 179〕《送趙一叔江西漕赴召三首》之二，《全宋詩》第 49 冊，第 30596 頁。

〔註 180〕《贈唐德輿通判》，《全宋詩》第 49 冊，第 30516 頁。

〔註 181〕《寄懷畏知二首》之一，《全宋詩》第 49 冊，第 30731 頁。

〔註 182〕《端午三首》之三，《全宋詩》第 49 冊，第 30789 頁。

〔註 183〕同上之二，同上頁。

〔註 184〕《放舟始作》，《全宋詩》第 49 冊，第 30572 頁。

〔註 185〕《挽胡澹庵二首》之二，《全宋詩》第 49 冊，第 30464 頁。

〔註 186〕〔宋〕胡銓《戊午上高宗封事》，〔清〕莊仲方編《南宋文範》，任

胡銓「堂堂胡澹庵」〔註 187〕，對他的英雄壯舉稱賞不已：「澹庵夫何如？書有斬檜草。顧豈無他歟，言大可略小」〔註 188〕，欽佩胡銓與投降派勢力勇敢鬥爭的凜然正氣：「千年廉藺凜猶寒，豈似乞人誇豆簞」〔註 189〕，豪壯的語言與對英雄的崇敬之情渾融無隙。

雖然未曾與張孝祥會面過，趙蕃卻非常仰慕張孝祥，盛讚張孝祥奇偉的人品與詩文。他欽敬張孝祥「忠憤氣填膺」的愛國情懷，「肝肺皆冰雪」的高潔胸次，及其雄奇壯麗的詩文：「天上張公子，詩輕萬戶侯」〔註 190〕、「九州四海張安國，翰墨文章自出奇」、「流風善政未云遠，家世斯文當屬誰」〔註 191〕。也因爲愛屋及烏，他在湖南辰州（今湖南沅陵縣）司理參軍任上，與張孝祥的弟弟張王臣交往密切，交情深厚。張孝祥去世後，詩文散落，趙蕃感慨張孝祥人與詩文的不幸：「化鶴鶩何遠，藏山散莫收。可人秋浦掾，著力爲冥搜」〔註 192〕，稱賞當時的秋浦（今屬安徽）縣屬官收集、整理張孝祥詩文集的行爲。其後，趙蕃在旅途中看見張孝祥的書跡，總是情不自己地緬懷其人其事。他曾先後兩次經過江西分界鋪的愛直驛，覩物思人，作詩懷念張孝祥：「慨念題詩人，深爲九泉客。泥深兀羸馬，苔老迷舊刻」〔註 193〕，慨歎「要是百年物，曾經幾客來」〔註 194〕，沉雄頓挫的詩句，飽含對英雄離世後留下的漫滅舊跡與淒

繼愈主編《中華傳世文選》，吉林人民出版社，1998 年，第 224～225 頁。

〔註 187〕《仲威復枉粥字韻詩見屬，甚厚，不可不答》，《全宋詩》第 49 冊，第 30441 頁。

〔註 188〕《挽胡澹庵二首》之一，《全宋詩》第 49 冊，第 30464 頁。

〔註 189〕《伏讀時中胡公墓誌，輒用澹庵、省齋銘詩之韻，從昆仲求本》，《全宋詩》第 49 冊，第 30672 頁。

〔註 190〕《書管掾所抄張安國詩》，《全宋詩》第 49 冊，第 30567 頁。

〔註 191〕《送張王臣還峽州兼屬峽守郭郎中季勇》二首之一，《全宋詩》第 49 冊，第 30909 頁。

〔註 192〕《書管掾所抄張安國詩》，《全宋詩》第 49 冊，第 30567 頁。

〔註 193〕《過愛直驛次張安國韻》，《全宋詩》第 49 冊，第 30485 頁。

〔註 194〕《分界鋪愛直驛，張安國因杉製名。而驛之前有老梅一株，不知安國何爲捨彼而取此也？》，《全宋詩》第 49 冊，第 30881 頁。

涼故地的扼腕痛惜之情，含蘊著對歷史的深沉思索。

趙蕃反抗外敵入侵的思想，還表現在他對反抗異族入侵、保家衛國的英雄懷著崇高的敬意。鄭季奕是趙蕃志同道合的好友，其先輩曾爲馮翊太守，率眾抗擊外敵入侵：「往年敵來如破竹，九州泛若浮海粟。鄭公仗節守馮翊，毅然可殺不可辱」〔註 195〕，鄭公表現出的士可殺不可辱的英雄氣概，使得趙蕃肅然起敬，他每次經過英雄的墓地時，都要下馬祭拜，緬懷其壯烈事跡：「飄流南浮適茲里，平生行事耳目熟。幾回下馬過其墳，溪水洄洄抱山足。」〔註 196〕對英勇作戰的普通士兵，趙蕃不但深懷敬意，而且勉勵他們奮勇殺敵，建功立業：「兵甲未休須壯士，閭閻乃敢問封侯。」〔註 197〕他也殷切希望那些帶兵打仗的將領們能深諳用兵之道，以史爲鑒，不要盲目草率用兵，避免唐朝安史之亂中「血作陳陶澤中水」、「四萬義軍同日死」〔註 198〕的慘劇重現。

三、反對黨爭，痛恨奸臣誤國

「往事誰能論牛李？」〔註 199〕朋黨之爭，對國家政治、經濟的危害很大。唐代著名的牛李黨爭，持續時間將近 40 年，不但彼此消耗很大，更嚴重危害了唐王朝的統治與發展。貫穿宋代始終的朋黨勢力，無情地打壓、消弱改革派與抗戰派力量，危害國家政治、經濟與軍事秩序，危害南宋抗戰派收復失地、恢復國家統一的行動。

對唐代的牛李黨爭，趙蕃有著清醒的認識。他同情唐代兩度爲相的李德裕，其原因眾人皆知：牛黨執政期間，可謂無所作爲，國

〔註 195〕《季奕杜詩送行，借審知韻奉別，并呈伯元》，《全宋詩》第 49 冊，第 30495 頁。

〔註 196〕同上。

〔註 197〕《張涪州出詩數軸，皆紀用兵以來時事，有感借其韻》，《全宋詩》第 49 冊，第 30912 頁。

〔註 198〕〔唐〕杜甫《悲陳陶》，〔清〕仇兆鼇《杜詩詳注》卷四，中華書局，1979 年，第 314 頁。

〔註 199〕《以〈孟夏唱酬陳子高詩〉寄季承，並借〈窮愁志〉及其兄〈興化集〉四首》之三，《全宋詩》第 49 冊，第 30731 頁。

勢日弱。而李德裕兩度爲相期間，重視邊防，收復失地，削弱藩鎮，鞏固中央集權，使唐朝內憂外患的局面得到暫時的安定。對此，趙蕃坦率地表達了對李德裕的欽敬，曾經向朋友賈季承借閱李德裕的《窮愁志》，感歎「熏蕕政自難同器，涇渭懸知卒異流」〔註 200〕，認爲正像香草和臭草難以放在同一個器皿中、涇渭終將異流一樣，現實生活中，善惡、賢愚、好壞難以和睦相處，更不會同流合污。「何事古今朋黨禍？力爭終似殺身酬」〔註 201〕，流露出趙蕃對奸臣當道和國家前途命運的擔憂。這讓我們想起南宋朋黨勢力對改革派和抗戰派的無情打擊，以及慶元黨禁前後劍拔弩張的政治氣氛、朝中激烈的政治鬥爭和殘酷的結局。

慶元二年（1196），韓侂胄當政，凡和他意見不合的都稱爲道學之人，後又斥道學爲僞學，禁燬理學家的語錄等書籍，科舉考試稍涉義理之學的考生，一律不予錄取。慶元三年，將趙汝愚、朱熹一派及其同情者定爲「逆黨」，開列「僞學逆黨」黨籍凡五十九人。可以說，朱熹的被迫離朝出走、丞相趙汝愚被貶途中暴死衡州（今湖南衡陽）、慶元黨禁事件的發生，等等，都與趙蕃的憂慮不謀而合，難怪趙蕃對朋黨深惡痛絕，以涇渭終異流、熏蕕難同器來比喻與其誓不兩立。韓侂胄不僅好大喜功，輕率冒進，導致北伐失敗，而且是慶元黨禁和「僞學逆黨」的始作俑者，讒害丞相趙汝愚和朱熹等忠臣義士，最終落得身首異處的可恥下場。韓侂胄死後，趙蕃的好友、詩人劉淮（字叔通，號溪翁）寫作了《題韓府》詩。劉淮有感於韓府「寶蓮山下韓家府，鬱鬱沉沉深幾許」的蕭索冷清，以及主人韓侂胄身首異處的可悲結局，發出「主人飛頭去和虜，綠戶玄牆鎖風雨。九世卿家一朝覆，太師之誅魏公辱」深沉慨歎。趙蕃讀了《題韓府》詩，也是感慨萬千，隨即爲劉淮詩稿題詩二首，高度評價了劉淮詩歌表現出的風雅精神與深刻內涵：「是爲聞以戒，斯可謂

〔註 200〕同上。
〔註 201〕同上。

之風」〔註 202〕，以及堪與唐代樂府詩比肩的高超藝術：「盡道唐人工樂府，罕能褒貶似渠工」〔註 203〕。韓侂胄是北宋名臣魏國公韓琦的曾孫，所以趙蕃和劉淮都爲韓魏公感到悲哀，劉淮的「九世卿家一朝覆，太師之誅魏公辱」，歎息誅殺韓侂胄辱沒了韓琦的一世英名；趙蕃的「妄矣彼侂冑，哀哉吾魏公」〔註 204〕，不但直斥韓侂冑狂妄自大，更爲韓琦扼腕歎息，兩位詩人都表現出對政治和現實生活的高度關注。

趙蕃痛恨奸臣誤國，對被韓侂冑讒害暴死的趙汝愚、遠徙他鄉抑鬱而亡的蔡元定等所謂的「僞學逆黨」人士的去世悲痛萬分，分別寫作《挽趙丞相汝愚》、《哭蔡西山》兩首詩，抒發對他們蒙冤去世的深悲巨痛。前者云：「吾王不解去三思，石顯端能殺望之。未到浯溪讀唐頌，已留衡嶽伴湘累。生前免見焚書禍，死後重刊黨籍碑。滿地蒺藜誰敢哭？漫留楚些作哀辭。」〔註 205〕趙汝愚是孝宗朝一位德才兼備的治國良才，他制置四川兼知成都府時，「諸羌蠻相挻爲邊患，汝愚至，悉以計分其勢。孝宗謂其有文武威風」〔註 206〕。紹熙五年（1194）六月，宋孝宗死，宋光宗稱病，不理朝政，也不操持喪事。一時國中無主，人心浮動，政局不穩。趙汝愚挺身而出，和外戚韓侂冑定議，奏請孝宗之母慈聖皇太后主持大計，立光宗二子嘉王趙擴（宋寧宗）爲帝。《宋史·趙汝愚傳》說：「汝愚獨能奮不慮身，定大計於頃刻，收召明德之士，以輔寧宗之新政，天下翕然望治，其功可謂盛矣。」〔註 207〕趙汝愚很有才能膽略，爲官清正，「然不幾時，卒爲韓侂冑所構，一斥而遂不復返，天下聞而冤之。」

〔註 202〕〔宋〕魏慶之《詩人玉屑》卷十九《跋劉溪翁〈韓府〉詩後》之二，上海古籍出版社，1978 年，第 435 頁。
〔註 203〕《跋劉溪翁〈韓府〉詩後》之一，同上頁。
〔註 204〕同上之二，同上頁。
〔註 205〕《挽趙丞相汝愚》，《全宋詩》第 49 冊，第 30918 頁。
〔註 206〕《宋史·趙汝愚傳》，中華書局，1977 年，第 11983 頁。
〔註 207〕同上。

〔註 208〕韓侂冑遍植黨羽，壟斷言路，排斥賢良，以趙汝愚「同姓居相位，將不利社稷」爲由上奏，罷其相，繼又誣其謀反，貶爲寧遠軍節度副使。慶元二年（1196 年）正月，在赴任途中，爲韓侂冑黨羽衡州守臣錢鍪所窘，暴死衡州（今湖南衡陽）。趙汝愚是趙蕃的族叔，趙蕃詩集中與趙汝愚的酬唱詩有三十餘篇。從這些詩中，可見他們互爲知音、關係非常親近。趙蕃非常瞭解趙汝愚正直高潔的品格和卓越的政治才能，所以對趙汝愚的冤死悲憤不已。在挽趙汝愚詩中，以歷史上被奸臣迫害、蒙冤投水而死的屈原，以及西漢元帝時被奸臣石顯等人迫害、蒙冤而死的股肱大臣蕭望之比擬趙汝愚，以謀害蕭望之的奸臣比擬韓侂冑，的確切當。「滿地蒺藜誰敢哭？漫留楚些作哀辭」，哀婉感人，含蘊著詩人內心的深悲巨痛，以及對當時高壓恐怖的政治氣氛和奸臣的憤慨。

趙蕃對蔡元定被捲入政治鬥爭罹禍，以處士謫貶道州（今湖南道縣），並在任上抑鬱而亡極其悲慟，其《哭蔡西山》詩云：「鵑叫春林復遞詩，鴈回霜月忽傳悲。蘭枯蕙死迷三楚，雨暗雲昏礙九嶷。早歲力辭公府檄，暮年名與黨人碑。嗚呼季子延陵墓，不待鑱辭行可知！」〔註 209〕蔡元定字季通，學者稱西山先生，與朱熹生長同邑，年齡相仿，在長達四十年的交往中，一起辯難解惑，教授生徒，砥礪人生，互爲師友，是朱熹主要著作的講論、撰寫和修訂者。《宋史·蔡元定傳》載：「熹疏釋《四書》及爲《易》、《詩》、《傳》、《通鑒綱目》，皆與元定往復參訂。《啓蒙》一書，則屬元定起稿。……其平生學問，多寓於熹書集中」〔註 210〕。蔡元定是朱熹龐大精深的理學體系創造者之一，趙蕃對其被奸臣迫害冤屈而死異常悲憤，在詩中，他回憶與蔡元定唱和傳詩時鵑叫春林的美好情景，對比噩耗傳來時

〔註 208〕同上。

〔註 209〕《哭蔡西山》，《全宋詩》第 49 冊，第 30919 頁。

〔註 210〕〔元〕脫脫等撰《宋史·蔡元定傳》，中華書局，1985 年，第 12876 頁。

鴈回霜月的悲苦淒涼，更以「蘭枯蕙死迷三楚，雨暗雲昏礙九嶷」的驚天地、泣鬼神的天昏地暗的情景，表達內心的無限悲傷，以及對蔡元定無端「暮年名與黨人碑」的憤慨。《詩人玉屑》云：「當時哭詩，推此篇爲冠」〔註 211〕，可見趙蕃此詩影響之大。

四、推崇仁政德治與反對殘暴統治

趙蕃生活在一個內憂外患的時代，一切不合理的現狀，都進入了他憂患的視野，其中就包括對南宋政治弊端的揭露。他揭露主管選拔官員的部門，考覈任用人才不力，導致官場冗員眾多：「員多闕少銓曹病，陛下用人多擇令。」〔註 212〕趙蕃認爲，殘暴的秦王嬴政，自命爲始皇帝，希冀自己的後代能永遠統治中國，但是卻施行比周幽王和厲王更爲暴虐的統治，導致很快滅亡：「嗟哉彼嬴秦，其虐甚幽厲。不知喪無日，萬欲從始歲」〔註 213〕，他建言封建統治者要有憂患意識，要有德行與智慧，謀慮要深遠：「商山被褐者，疢疾由德慧」〔註 214〕，認爲秦末漢初著名的四大隱士商山四皓，就是這樣的通達之士。在實際生活中，有德行智慧的人，常常是因爲他生活在患難之中，對世事懷著警懼不安的心理，所以能通達事理，考慮憂患很深遠，誠如孟子所言：「人之有德慧術知者，恒存乎疢疾。」〔註 215〕

雖然趙蕃忠誠於當朝帝王，但是對於帝王的閉目塞聽、賢愚不分等失誤，趙蕃還是直言不諱的用詩歌表達出來，體現了一個正直知識分子的社會良知和憂國憂民的情懷。在辰州爲官時期，趙蕃有一個「學而聞道莫比蹤」〔註 216〕的吳姓好友，時任敘浦縣令，「一

〔註 211〕《趙章泉》，〔宋〕魏慶之《詩人玉屑》卷十九，上海古籍出版社，1978 年，第 422 頁。

〔註 212〕《莫萬安生日》，《全宋詩》第 49 冊，第 30507 頁。

〔註 213〕《桃川山中用陳蘇舊韻示周遊》，《全宋詩》第 49 冊，第 30484 頁。

〔註 214〕同上。

〔註 215〕〔清〕焦循撰，沈文倬點校《孟子正義》，中華書局，1987 年，第 902 頁。

〔註 216〕《送吳敘浦》，《全宋詩》第 49 冊，第 30858 頁。

官俯首蠻貊中」〔註 217〕，不但儒學底蘊豐厚，而且爲官勤於政事，愛民如子，清正廉明，「去奸植善扶疲癃，我所目見非聞風。」〔註 218〕可是如此優秀的一位好官，卻遭到被黜置的命運，「孰持黃詔來自東，謂君違天合君沖。天家誤聽州家謬，歷計月日曾未充。使家熟視州家惜，萬里君門誰爲通？」〔註 219〕雖然政績出眾，卻因君王誤信州官的讒言而被以違抗聖意的理由免職。賢者不能無功，反而因之得罪，「學而聞道胡不庸，咎且不免寧論功」、「學而聞道要有用，達豈吾泰窮何窮！」〔註 220〕難怪趙蕃要爲朋友鳴不平，情不自禁地連發呼號。實際上，在封建社會，忠良賢能之士，屢遭不平或不公正的待遇，甚至被迫害乃至丟掉性命的，不計其數，比如趙蕃的老師太常寺主簿知衡州劉清之、丞相趙汝愚等。所以，趙蕃的忠君是愚忠，是階級和時代的局限使然，我們不能太過苛求他。

對於君王以下的各級官吏，趙蕃一直秉承憂國憂民的情懷，勸誡他們要施行仁政，不可殘害人民。遺憾的是，當時的官吏，趨炎附勢、爾虞我詐之徒很多，官場也烏煙瘴氣，異常黑暗。趙蕃任江西太和主簿期滿返鄉後，總結自己的仕途生涯說：「三年食官倉，塵土填腹胸」〔註 221〕，他以塵土喻指庸俗肮髒的官場，可見他痛恨官場之深。趙蕃生平交遊廣泛，遊歷頗多，他耳聞目覩當時長江中下游一帶眾多的縣官，絕大部份都是貪婪懦弱之徒：「西江十一州，我所歷者半。紛紛墨綬徒，十有九頑懦。」〔註 222〕在《送莫萬安》詩中，趙蕃讚賞萬安（今屬江西）縣令莫升之是一位觀納風謠、廣求民瘼的好官，在任上「動靜惟以誠」、「民氣得和樂」，政績卓著。與之相反的是，眾多榨取民脂民膏的縣官，不顧百姓死活，只追求所

〔註 217〕同上。
〔註 218〕同上。
〔註 219〕同上。
〔註 220〕同上。
〔註 221〕《聞春》，《全宋詩》第 49 冊，第 30845 頁。
〔註 222〕《送莫萬安》，《全宋詩》第 49 冊，第 30848 頁。

謂的考覈政績。同時，趙蕃還激烈抨擊了州官，身爲朝廷的高級官吏，他們非但自己不關心民生疾苦，還對關心民瘼的縣官頻繁發怒、嚴詞斥責。

德政是有仁德的政治措施或政績，也即仁政、惠政、拙政或德治，德政思想的本質是民爲邦本。趙蕃主張行德政，「循良宜擇守，德政合交修。」〔註 223〕他認爲，國家用人要選拔循良的官吏，政治上要奉行仁德之政。總的來說，爲政之道在於爲民，在於爲百姓生存排憂解難，用趙蕃的話說就是：「爲政本憂民，民憂政何德？」〔註 224〕具體來說，德政的最高境界是「獄訟無冤、催科不擾爲治事之最」〔註 225〕。對此，趙蕃經常以詩歌詮釋施行德政的要義。他勸誡常德（今湖南常德市）知州云：「豐年易爲政，凶年易爲德。政本拙催科，德乃足民食。蠻貊忠信行，田裏愁歎息。德政只如斯，何用求赫赫」〔註 226〕，又對安豐（今屬江西）知州胡達孝說：「問訊安豐守，開藩且半年。秋收多少麥，春闢幾何田？但使民能足，端知化已宣。譽毋求赫赫，腹肯愧便便？」〔註 227〕讓百姓豐衣足食，就是行德政，誠如陸游所言：「雖誠心未格於豐穰，然拙政每存於撫字。」〔註 228〕當然，趙蕃也沒有忘記作爲地方官，還負有傳佈君命、教化百姓的使命。

在趙蕃的視野中，雖然當時的大部分官吏，沒有奉行仁政德治，但是施行惠政、造福一方的好官也有不少。他們中，有的是州官、提舉、運使等統治一方的高官，這些人大多都曾在朝廷擔任要職，比如周必大、趙汝愚、楊萬里、范成大、陸游、辛棄疾等。有的僅僅擔任

〔註 223〕《送趙一叔江西漕赴召三首》之二，《全宋詩》第 49 冊，第 30596 頁。

〔註 224〕《書事》之七，《全宋詩》第 49 冊，第 30444 頁。

〔註 225〕《宋史·職官志三》，中華書局，1977 年，第 3839 頁。

〔註 226〕《呈趙常德四首》之三，《全宋詩》第 49 冊，第 30469 頁。

〔註 227〕《寄胡達孝二首》之二，《全宋詩》第 49 冊，第 30619 頁。

〔註 228〕〔宋〕陸游《戊申嚴州勸農文》，孫乃沅《注譯析評古代短文選》，中共中央黨校出版社，1986 年，第 267 頁。

過縣令等地方上的「七品芝麻官」，前文所述的萬安縣令莫升之對百姓「勞心撫字催科拙」〔註 229〕，對農民安撫體恤有加。但是，不管官位高低，他們在任都能盡心盡職、惠澤百姓。趙蕃對這些施行仁政的賢能官吏總是充滿熱情，不吝稱羨讚美之詞。他自江西太和（今江西泰和縣）主簿任滿歸來的途中，遇見同樣任滿回京的袁州（今江西宜春縣）知州周必達，對周必達在任期間實施的仁政德治與卓著政績熱情讚揚：

昔我移官皇恐灘，緘詩送公因阿連。轉頭梅事兩飄忽，
我亦解秩當返轅。豈期邂逅客歸舍，逢公政成朝日邊。
可無一語道離闊？顧待別後空闌干。我聞袁人道路言，
往者頗病吏道煩。袁人徯公以爲治，如赤子待父母安。
問公治袁竟何如？寬不至弛嚴不殘。不惟民絕催科瘢，
吏亦不急惠文冠。太平官府見今日，珥筆舊俗略不存。
簿書期會足閒暇，江山風月忘遊般。作堂圃中視所尚，
我所尊者房李韓。東西日月雙跳丸，後人思公面孱顏。
人言循吏治無跡，有如春風被田園。試看一一發生意，
從千百數何繇論。淳熙聖人歎才難，得人之路無不殫。
而於守令最注意，往往六察并郎官。少公邇日與幾政，
仲氏力請得皖灊。公雖遲登玉筍班，持節其惠寡與鰥。
未知除書落何地，我家懷玉江東山。勿言形跡暫云遠，
在處孰非千萬間？〔註 230〕

從詩中可以看到周必達奉行「寬不至弛嚴不殘」的仁政舉措，對百姓「如赤子待父母」、「持節其惠寡與鰥」，本著民胞物與的仁愛精神恩澤遍及鰥寡孤獨，可謂關懷備至、厚愛有加。其施政方法，與以往知州的苛政擾民相反，「有如春風被田園」，官吏守法循理，百姓「珥筆舊俗略不存」，其樂融融。其政績卓著，「不惟民絕催科瘢，吏亦不急惠文冠」，民無催繳賦稅之擾，官吏不再鑽營於政績考覈以陞官發財，官府習俗風尚也耳目一新。這與周必達的悉心治理是

〔註 229〕《莫萬安生日》，《全宋詩》第 49 冊，第 30507 頁。
〔註 230〕《送周守二首》之一，《全宋詩》第 49 冊，第 30499 頁。

分不開的，趙蕃詩中「作堂圃中視所尙，我所尊者房李韓」，即指周必達知袁州期間，爲了推行仁政德治、尊崇慈愛清明的吏道和弘揚良好的社會風尙，建設了尊德堂，奉祀袁州歷史上三位賢能的州官房琯、李德裕和韓愈：「正直慈愛，宏才碩德，吾尊房公。詆排異端，扶植聖道，吾尊韓公。文謀武略，外定內理，吾尊李公。」〔註 231〕在尊德堂落成時，趙蕃曾作詩祝賀：「堂堂房公暨李、韓，文章事業兩不刊」，讚揚周必達「渺然獨繼三公後」〔註 232〕，奉行德治仁政。

趙蕃認爲，施行德政的官吏肯定是賢能之士。所謂賢能，就是有德行、多才能，這是順利實現德治的利器：「所任賢，則趨捨省而功施普；器用利，則用力少而就效眾」〔註 233〕，這方面，趙蕃與他的老師劉清之的觀點一脈相承。劉清之在朝堂入對時，提出「用人四事」〔註 234〕原則，其首要一條就是「辨賢否」，就是說要注意辨別官吏的賢否優劣。劉清之也確實做到了，趙蕃稱他「勤力漢疏傅，遺安龐德公」〔註 235〕，以西漢宣帝時曾分別擔任太子太傅和太子少傅的疏廣與疏受叔侄比擬恩師，認爲劉清之的勤政與業績，堪比著名的「二疏」。對行德政的賢能官吏，趙蕃總是不吝讚美之辭，心有所向，因爲他們是國家的柱石，百姓的福音。在《呈趙常德四首》中，他讚揚賢能的常德（今湖南常德）知州：「朝廷不忘遠，徒欲得公重。不然如公賢，久合居侍從」〔註 236〕，相信他一定會成爲國家的重臣。

賢能的官吏品格高潔、爲官清正，勤於政事、治理有方。清正

〔註 231〕〔南宋〕周必正《袁州尊德堂記》，《江西通志》卷一一五，清光緒七年刻本，第 9488 頁。

〔註 232〕《題周袁州尊德堂》，《全宋詩》第 49 冊，第 30857 頁。

〔註 233〕〔漢〕王褒《聖主得賢臣頌》，〔南朝梁〕蕭統《文選》，上海古籍出版社，1986 年，第 2090 頁。

〔註 234〕丁守和等主編《中國歷代奏議大典》三，哈爾濱出版社，1994 年，第 540 頁。

〔註 235〕《劉子澄墨莊》，《全宋詩》第 49 冊，第 30920 頁。

〔註 236〕《呈趙常德四首》之二，《全宋詩》第 49 冊，第 30469 頁。

高潔者，如時任永豐（今屬江西）縣尉的謝敷經（字子暢）：「謝君爲吏清如水，神吐祠前不鄂花。我欲將詩道其事，卻防流詠入京華」〔註237〕；又如曾幾之子、知秀州（今屬浙江）曾逢，「清名不與官稱等，頗解天公用意不？」〔註238〕以及前文所述「譽毋求赫赫，腹肯愧便便」〔註239〕的安豐（今屬江西）知州胡達孝等，他們品格超逸，不同流俗，不追求浮華的名利，專注於爲民解憂，造福一方。賢能的官吏自然勤於政事，如「試問公來若爲政？皆言吏瘠與民肥」〔註240〕的饒州太守，還有「臨民不作子桑簡，好善咸推樂正優」〔註241〕的著名政治家潘畤。饒州太守辛苦爲民，而潘畤不但治理政事居心恭敬嚴肅，還善於聽取好的意見，可謂勤力政事的典型。賢能的官吏剛介果敢，治理有方，如漢代的賢臣于公和卜式：「于公明孝婦，卜式訟弘羊」〔註242〕，治獄勤謹、善於決獄、爲東海孝婦申冤的于公，以及勇敢揭露桑弘羊搜刮民財的卜式，都是賢能之士，是忠臣良將們取法的楷模。

賢能的官吏以民爲本，與民同樂。德政思想的本質是「民爲邦本」，趙蕃繼承了杜甫憂國憂民、民胞物與的情懷，秉承「民惟邦本，本固邦寧」〔註243〕的精神，認爲百姓是國家的根本。他盛讚施行仁政、愛民如子的官吏，如知衢州（今浙江衢州）施元之，爲政一方，「非惟衢人安，我民亦小康」〔註244〕，不僅當地的百姓安

〔註237〕《永豐尉治神祠前梅已成陰，忽著花七，出而無鄂，色又正白，眾咸異之。尉上蔡謝君子暢有詩，蕃次韻》，《全宋詩》第49冊，第30785頁。

〔註238〕《投曾秀州逢四首》之二，《全宋詩》第49冊，第30769頁。

〔註239〕《寄胡達孝二首》之二，《全宋詩》第49冊，第30619頁。

〔註240〕《投王饒州日勤四首》之一，《全宋詩》第49冊，第30769頁。

〔註241〕《送潘湖南二首》之二，《全宋詩》第49冊，第30716頁。

〔註242〕《初五日呈潘提舉，時禱雨應而未洽》，《全宋詩》第49冊，第30662頁。

〔註243〕《尚書正義》卷七，李學勤主編《十三經注疏》（標點本），北京大學出版社，1999年，第177頁。

〔註244〕《施衢州除浙西提刑，以詩寄餞三首》之三，《全宋詩》第49冊，

居樂業，而且惠及鄰縣百姓；潘提舉「潦退旱隨至，吏憂民足傷」〔註 245〕，為農民遭受乾旱或雨澇災害痛心疾首；莫升之「憂樂與民同」〔註 246〕，為久旱逢雨或久雨放晴欣喜若狂。永豐縣（今屬江西）章縣令、謝敷經縣尉也是以民為本、與民同樂的賢吏。在淳熙元年（1174）二月底，他們一起到農村勸農，趙蕃在場親覩了那與民同樂的熱鬧情景，備受鼓舞：「前村後村桃李空，牡丹酴醾當春風。令君無暇問許事，親率僚吏行劭農。清晨小隊東郊出，宿雨初開泥尚濕。白頭扶杖稚子旁，不待符移自相集」，「令君盛服臨致言」，「爾曹何幸生此世，身不知兵無橫稅。去秋小歉未足云，詔書屢下憂勤意。吏令奉行敢不躬？爾無自惰忽爾功。」〔註 247〕農民扶老攜幼地迎接縣令一行，縣令等人也無暇欣賞美麗的春景，忙著諄諄告誡百姓，言辭與態度非常誠懇。詩人也被這盛況深深感動了，情不自禁地萌生買牛租田的想法，希望到美麗的田野裏快樂地勞作，加入這治道空前的時代生活中。當然，從詩中我們還隱約看到那個改元淳熙、肆赦天下的主角 —— 孝宗皇帝。這種虛實結合的方法，強化了與民同樂的主題，也讓我們領悟了「民惟邦本，本固邦寧」的內涵。

自然，賢能的官吏絕不搜刮民財、厲民奉己，他們不以催收租稅虐民擾民，不追求虛浮的名聲或考績，一心澤被萬民。「華燈能得幾時新，明日當為芻狗陳。我識令君敦厚意，不能奉己厲吾民」〔註 248〕，詩人認為，元宵節的花燈雖然鮮豔奪目、華麗無比，但是節日一過，就像祭祀時用草紮成的芻狗一樣，變成了微賤無用的

第 30460 頁。

〔註 245〕《初五日呈潘提舉，時禱雨應而未洽》，《全宋詩》第 49 冊，第 30662 頁。

〔註 246〕《上元口號呈莫令三首》之一，《全宋詩》第 49 冊，第 30788 頁。

〔註 247〕《永豐令括蒼章君、尉上蔡謝君，以淳熙改元二月晦日，勸農於負郭祖印院。事已，率蕃為泛舟之役》，《全宋詩》第 49 冊，第 30489 頁。

〔註 248〕《上元口號呈莫令三首》之三，《全宋詩》第 49 冊，第 30788 頁。

東西。詩中的芻狗，有崇尚節儉、反對奢華浪費的意思，也喻指黎民百姓。《老子》云：「天地不仁，以萬物爲芻狗；聖人不仁，以百姓爲芻狗」〔註 249〕，魏源《老子本義》進一步解釋說：「結芻爲狗，用之祭祀，既畢事則棄而踐之。」〔註 250〕趙蕃也認爲，官吏要有誠樸寬厚的胸襟，珍惜、保護民生，不要養護己身，無所作爲，更不能虐害人民，其《玉山久旱，七月一日雨作，望者雲從常山來時，趙吏部赴福州，適入境，已聞境上大雨。取書邦人歡喜之詞，爲口號二首呈之》之二說：「父老爭迎舊使君，使君何以爲吾民？要須一舉爲霖手，快瀉天瓢洗旱塵」〔註 251〕，詩中的趙吏部即趙汝愚，是一位用心爲民、深受百姓愛戴的父母官，給老百姓帶來了甘霖，帶來了幸運，這固然有巧合的成分，也是對他爲政澤被蒼生的最好回報。在趙蕃的詩歌中，施行仁政、感動上天以至舉手爲霖的神奇地方官還有不少，有「關心厘漢節，用意格穹蒼」〔註 252〕、爲百姓殷勤禱雨的湖南提舉潘畤，有「忽逢旗鼓去翩翩，道上行人喜欲顛。爲說吾州新得雨，使君惠政實關天」〔註 253〕的李衢州，還有「使君自是爲霖手，要雨雨來何旱憂」〔註 254〕、「開藩甫及四十日，籍甚治聲過所聞」〔註 255〕的詹信州等。從趙蕃對賢能官吏稱賞不已的詩句中，可見趙蕃惠政澤民、王化達於百姓的仁政思想，正如范仲淹所言：「聖人之道也，無幽不通，一則致霖雨於天下，一則宣教化於區中。」〔註 256〕

〔註 249〕徐梵澄《老子臆解》，中華書局，1988 年，第 7 頁。

〔註 250〕〔清〕魏源《老子本義》，〔清〕《魏源全集》編輯委員會編校《魏源全集》第二冊，嶽麓書社，2004 年，第 677 頁。

〔註 251〕《全宋詩》第 49 冊，第 30801 頁。

〔註 252〕《初五日呈潘提舉，時禱雨應而未洽》，《全宋詩》第 49 冊，第 30662 頁。

〔註 253〕《與李衢州嶧四首》之一，《全宋詩》第 49 冊，第 30770 頁。

〔註 254〕《喜雨投詹信州口號六首》之二，《全宋詩》第 49 冊，第 30769 頁。

〔註 255〕《喜雨投詹信州口號六首》之三，同上頁。

〔註 256〕范仲淹《老子猶龍賦》，許結《老子講讀・附錄・老子猶龍賦》，華東師範大學出版社，2008 年，第 187 頁。

自然，賢能的官吏肯定治聲頗佳。治聲或曰正聲，就是為政有成績而獲得的聲譽，也即施行德治的必然成就，趙蕃讚賞治聲出色的官吏很多，如「名世公今第一流，百年端見幾人不」〔註257〕的著名政治家潘畤，他爲官所到之處，「治聲往往遂無前」〔註258〕；還有堅守正道、體恤民情，「直道正聲誰可擬？百年文正故堂堂」〔註259〕的王饒州，爲了當地的疲困之民，他效法古人，日勤三省、夜惕四知，勤力於政事，終獲直道正聲之讚譽。

〔註257〕《送潘湖南二首》之二，《全宋詩》第49冊，第30716頁。
〔註258〕《送潘湖南二首》之一，同上頁。
〔註259〕《投王饒州日勤四首》之四，《全宋詩》第49冊，第30769頁。

第四章　趙蕃的詩學理論

第一節　趙蕃的詩歌本體論

在中國古代哲學中，本體論是指探究天地萬物產生、存在、發展變化的根本原因和根本依據的學說。中國古代哲學家一般都把天地萬物的根本歸結爲無形無象的與天地萬物根本不同的東西，如沒有固定形體的物質「氣」、抽象的「理」或主觀的「心」等。

一、氣是詩歌的本體：詩歌是儒家的道或程朱理學所謂的理或氣的外化

趙蕃認爲，氣是詩歌的本體，作詩與學習儒家之道一樣，詩人首先要養氣，氣是作詩的本源。他說：「學詩如學道，先須養其氣。」〔註 1〕這個觀點，與南宋前期的江西詩派代表人物呂本中、曾幾等的養氣觀一脈相承，曾幾早在乾道二年（1166）爲呂本中的詩集作序時，就深情地回憶了呂本中的讀書與作詩主張。他說，呂本中在三十六年前曾諄諄教誨他：「詩卷熟讀，治擇工夫已勝，而波瀾尚未闊。欲波瀾之闊，須令規模宏放，以涵養吾氣而後可。規模既大、波瀾自闊，少加治擇，功已倍於古矣。幾受而書諸紳，今三十有六

〔註 1〕《論詩寄碩父五首》之二，《全宋詩》第 49 冊，第 30474 頁。

年。」〔註 2〕曾幾把呂本中的話敬若神明，書寫在腰帶上，謹記於心。魏慶之《詩人玉屑》記述說：當趙蕃在詩壇聲名遠播時，眾多的求教者紛紛向他討教作詩的方法。趙蕃苦於反覆回答頗費口舌之勞，於是就把呂本中教誨曾幾的這番話，寫成一首論詩詩。當有人前來求教時，即出示該詩：「若欲波瀾闊，規模須放弘。端由吾氣養，匪自歷階陞。勿漫二夫覓，況於治擇能。斯言誰語汝，呂昔告於曾。」〔註 3〕這段記述，說明趙蕃非常贊同呂本中養氣以壯大詩歌規模的主張。

趙蕃主張的氣究竟是什麼？我們先看他的《論詩寄碩父五首》之二：「學詩如學道，先須養其氣。植苗無它術，務在除荒穢。滔滔江漢流，源從濫觴至。要作千里行，無爲半途滯。」〔註 4〕他認爲養氣，一是不可越級前進，急功近利，要從幼小的事物開始，要通過循序漸進的學習，積小成大，培育內在修養；二是要驅除心中的蕪雜，養成浩然正氣。也就是說，趙蕃主張的氣就是儒家的理想人格與道德規範。他讚揚潘友端其人其詩說：「君言不爲詩，乃有如許味。詩亦何與人？政恐傷吾氣。中懷松柏堅，外暴丹雘塈」、「君言固鄒魯，君筆猶漢魏」、「勝私與致果，曰克仍曰毅」〔註 5〕，潘友端懷抱松柏一樣堅貞不渝的節操，具有文化禮義之邦的氣度，發而爲詩，語言優美、富於藻飾。趙蕃還對虔誠於詩的表弟沈碩父說：「欲收一日功，要出文字外」〔註 6〕，其含義也是要培養內在的氣質修養。可見，趙蕃主張的氣，就是指儒家的道或程朱理學所謂的理或氣，詩歌是道、理或氣的外在表現。

〔註 2〕〔宋〕曾幾《東萊先生詩集後序》，王琦珍著《黃庭堅與江西詩派》，江西高校出版社，2006 年，第 229 頁。

〔註 3〕〔宋〕魏慶之《詩人玉屑》卷一《趙章泉謂規模既大波瀾自闊》，上海古籍出版社，1978 年，第 6～7 頁。

〔註 4〕《論詩寄碩父五首》之二，《全宋詩》第 49 冊，第 30474 頁。

〔註 5〕《次韻潘端叔送行二首》之二，《全宋詩》第 49 冊，第 30468 頁。

〔註 6〕《論詩寄碩父五首》之四，《全宋詩》第 49 冊，第 30475 頁。

二、窮而後工與江山之助：詩歌是現實生活的反映

傳統儒家的文學觀點重事功教化，強調文學的社會功能，趙蕃曾說：「詩老作詩窮欲死，序詩乃得歐陽氏。序言人窮詩乃工，此語不疑如信史。」〔註 7〕與宋代的許多文學家一樣，他也非常讚賞歐陽修詩窮而後工的觀點：「既將取詩名，先應曆詩窮。不見杜陵老，飄轉一世中」〔註 8〕，而且認爲詩人的「窮」，既有政治境遇的不順，更有生活的窘困潦倒。詩歌是道、理或氣的外在表達形式，所以，詩歌要反映現實生活，表達儒家憂國憂民的仁政德治之道。他強調《詩經》是現實主義的源頭和高峰，「六義極淵源，一貫相授受」〔註 9〕，它立足於反映現實生活，表達了源於生活的眞實感受。在《叔文再用韻賦詩，亦復用韻答叔文，兼呈伯玉昆仲》一詩中，他對充分踐行儒家之道的杜甫及其詩歌非常尊崇，對杜詩充分反映時代生活的雅正精神稱賞不已，也爲杜甫顚沛流離的生活歎息不已：

> 杜陵心喜歸茅宇，無復長安歎今雨。
> 事雖聊向朱阮論，身蓋自與稷契許。
> 胡爲流落不稱意，長鋏貂裘遍南土。
> 我嘗細把遺詩讀，大半悲傷聞戰鼓……
> 詩窮如是僅得名，欲作詩人寧易語？〔註 10〕

趙蕃對黃庭堅等人能發揚《詩經》和杜詩的風雅精神，表示由衷的欽敬：「少陵在大曆，涪翁在元祐。相去幾百載，合若出一手！流傳到徐洪，繼起鳴江右。遂令風雅作，千載亡遺究。」〔註 11〕在詩歌實踐上，趙蕃寫作了大量反映民生疾苦的田園詩，以及許多高度讚揚施行

〔註 7〕《近乏筆，託二張求之于市，殊不堪也。作長句以資一笑》，《全宋詩》第 49 冊，第 30395 頁。

〔註 8〕《枕傍有杜集看其行役諸詩有感復書》，《全宋詩》第 49 冊，第 30842 頁。

〔註 9〕《重陽近矣，風雨驟至，誦邠老「滿城風雨近重陽」之句，輒爲一章，書呈教授沅陵》，《全宋詩》第 49 冊，第 30418 頁。

〔註 10〕《全宋詩》第 49 冊，第 30524 頁。

〔註 11〕《挽宋柳州綬》，《全宋詩》第 49 冊，第 30417 頁。

德政官吏的詩作（詳見《趙蕃的政治思想》部分）。可見，趙蕃非常認可詩歌是現實生活的反映。

「作詩政欲江山助，老矣東西南北人」〔註12〕，與宋代的諸多詩人一樣，趙蕃認爲，社會閱歷固然是詩人創作的主要源泉，但是，通過遊歷自然山水、獲取創作題材與靈感，即得到「江山之助」，也是詩人不可或缺的「取材之道」。宋代詩人關於江山之助的議論很多，黃庭堅曾說：「江山爲助筆縱橫」〔註13〕；楊萬里說：「山中物物是詩題」、「卷舒江山在懷袖」〔註14〕；陸游也說：「君詩妙處吾能識，盡在山程水驛中。」（《題廬陵蕭彥毓秀才詩卷後》）趙蕃對此感同深受，認爲江山之助的作用與學習前代名師的作品同樣重要，他說：「萬里江山助，千年蘇李師」〔註15〕，他「平生嗜江山，到處須著語」〔註16〕，其大量的紀行詩、山水詩與田園詩等，就產生於遊覽自然的旅途中：「頻歲崎嶇道路勞，江山妙處屬吾曹」〔註17〕、「詩情本自無多子，深謝江山稍見存」〔註18〕、「多少詩情渾漫興，煙雲不隔四山秋」〔註19〕，可見，他認爲描摹自然山水、紀錄行役見聞、抒發羈旅情懷，也是詩歌的重要內容。

三、詩歌是眞性情的流露

作爲同時受到儒、道、釋等多家哲學思想影響的詩人，趙蕃也

〔註12〕《題沈弟所作短軸》，《全宋詩》第49冊，第30774頁。

〔註13〕〔宋〕黃庭堅《黃庭堅全集》（第一冊）《憶邢惇夫》，四川大學出版社，2001年，第255頁。

〔註14〕〔宋〕楊萬里《寒食雨中同舍人約遊天竺得十六絕句呈陸務觀》之九、《題金山妙高臺》，吳之振等編選《宋詩鈔·宋詩鈔補》，上海三聯書店1988年影印本，第401頁、409頁。

〔註15〕《和折子明丈閒居雜興十首》之六，《全宋詩》第49冊，第30628頁。

〔註16〕《寄謝新安豐守胡達孝見遺近詩一軸，便呈甘叔異章夢與》，《全宋詩》第49冊，第30426頁。

〔註17〕《舟中二首》之一，《全宋詩》第49冊，第30810頁。

〔註18〕《舟中二首》之二，同上頁。

〔註19〕《江山道中》，《全宋詩》第49冊，第30811頁。

提倡詩歌要表達眞性情，包括對佛、道意境的沉醉。他說：「淵明工五言，亦有歸來辭。乃知意到處，百發無一虧」〔註20〕，讚賞陶淵明陶醉於老莊倡導的無爲自在的生活境界，「此中有眞意，欲辨已妄言」〔註21〕，心融意適，悠然自得。趙蕃畢生非常仰慕陶淵明的人生境界，「並想東籬人，瞻前忽焉後」〔註22〕，因此他傚仿陶淵明，隱居不仕四十年，過著「直鈎元不事絲緡」〔註23〕的自由自在生活。他對黎道華、釋惠嚴兩位道、釋友人「風生佛屋朝談處，月滿仙壇夜步時」〔註24〕的逍遙生活，也讚不絕口。

綜上所述，趙蕃的詩學本體論主張養氣爲主，認爲詩歌是儒家或理學之道、理或氣的外在表達形式，詩歌要反映現實生活，也提倡吟詠詩人的情志。

第二節　趙蕃的詩歌創作論

趙蕃作詩主張渾然天成，反對作詩過度的雕章琢句與苦吟，他標榜「平生作詩忌大巧」〔註25〕，稱讚宋綬「作詩匪雕琢」〔註26〕。既然作詩不要苦吟與過度雕琢，那麼究竟如何學詩、作詩呢？趙蕃認爲，要把握詩人與詩歌的內在精神，要有自得、悟入的精神，還要抓住創作的靈感，描繪出生活物象的主體特徵與神韻。

〔註20〕《有懷子肅，讀其詩卷，因成數語》，《全宋詩》第49冊，第30419頁。

〔註21〕〔東晉〕陶淵明《飲酒二十首》之五，《古詩海》上，上海古籍出版社，1992年，第280頁。

〔註22〕《重陽近矣，風雨驟至，誦邠老「滿城風雨近重陽」之句，輒爲一章，書呈教授沅陵》，《全宋詩》第49冊，第30418頁。

〔註23〕趙蕃《小重山．寄劉叔通先生》，〔宋〕黃昇選編《花庵詞選》，上海古籍出版社，2007年，第217頁。

〔註24〕《寄道正、闍黎二老師，並帖季蕭兄》，《全宋詩》第49冊，第30735頁。

〔註25〕《宿合龍山達觀寺，用張澄達明壁間韻》，《全宋詩》第49冊，第30502頁。

〔註26〕《挽宋柳州綬》，《全宋詩》第49冊，第30417頁。

一、準確把握詩人與詩歌的內在精神

王安石曾說：「糟粕所傳非粹美，丹青難寫是精神」〔註 27〕，對於詩歌創作，趙蕃有一個宏觀、總體的觀點，他認爲向名家學詩，不要著力於外在形式格律的因襲模仿，而是要把握詩人的內在精神，把握詩歌的精微所在。他與愛好黃庭堅詩歌的友人折子明談論自己的學習體會時說：「詩有江西派，首書江夏黃。精神如有得，形似直堪忘。拱把至合抱，江流由濫觴。屹然成巨室，勇若泛飛艎」〔註 28〕，把握了黃庭堅詩歌的內在精神氣韻，再經過長期不斷的體悟與實踐，終究會取得長足的進步，甚至成爲一流的大詩人。

對詩歌創作的具體過程和方法，趙蕃主張在大量閱讀與學習的基礎上，要有自己的體驗，進入自得的境界。他說：「作畫與作詩，妙處元同科。苟無自得處，當復奈渠何？」〔註 29〕趙蕃的自得，既包括對詩歌創作規律的體會，也含蘊詩人要涵養情性，對生活實踐與自然萬物，要有眞情實感的體悟，把握其本質規律。他總結自己的學詩方法說：

> 問詩端合如何作，待欲學耶毋用學？
> 今一禿翁曾總角，學竟無方作無略。
> 欲從鄙律恐坐縛，力若不加還病弱。
> 眼前草樹聊渠若，子結成陰花自落〔註 30〕。

認爲學詩沒有特別的方法，只要涵泳於讀書與寫詩的生活，自然會有體會，就像自然界的花草樹木一樣，自由地生長、開花、結果。相反，如果一味地因襲模仿外在的形式，只能被束縛而難以自拔。

〔註 27〕〔宋〕王安石《讀史》，《全宋詩》第 10 冊，第 6672 頁。

〔註 28〕《和折子明丈閒居雜興十首》之五，《全宋詩》第 49 冊，第 30628 頁。

〔註 29〕《觀吳興俞君新之作畫於瑞竹，俞君索詩，漫興四絕句》之三，《全宋詩》第 49 冊，第 30751 頁。

〔註 30〕《趙章泉詩法》，〔宋〕魏慶之《詩人玉屑》卷一，上海古籍出版社，1978 年，第 6 頁。

二、要悟入並善於捕捉靈感妙悟

與宋代的蘇軾、吳可（字思道）、惠洪等人同氣相求，趙蕃也曾以禪喻詩，表達了作詩要悟入、反對雕琢的觀點。「學詩渾似學參禪，識取初年與暮年。巧匠曷能雕朽木，燎原寧復死灰然」、「學詩渾似學參禪，要保心傳與耳傳。秋菊春蘭寧易地？清風明月本同天」、「學詩渾似學參禪，束縛寧論句與聯。四海九州何歷歷，千秋萬歲孰傳傳」〔註 31〕，心傳是佛教禪宗以心傳心的意思，他們依靠師徒之間的心心相印、悟解契合，遞相授受佛經，而不靠文字與經卷。禪宗認爲人自身本來具有心性，能徹見心性即可成佛，不需要繁瑣的經典。趙蕃認爲，作詩如同禪宗，要用聽和感受去悟入，要以心傳心，而不用語言口口相傳。經過一個長期修養的過程，下了足夠的功夫，就有可能達到頓悟成佛、超然自如的境地。不過，與吳可的原詩相比，雖然都是主張悟入，趙蕃的主張卻又有不同。吳可的原詩云：「學詩渾似學參禪，竹榻蒲團不計年。直待自家都了得，等閒拈出便超然」、「學詩渾似學參禪，頭上安頭不足傳。跳出少陵窠臼外，丈夫志氣本衝天」〔註 32〕。吳可強調作詩要漸修悟入，不拘於形式，不堆砌、雕琢詞藻，趙蕃強調悟入要立足於生活，體味事物發展變化的本質特點，並注重詩歌意象與生活邏輯相吻合。

趙蕃認爲體味事物發展變化的本質時，要及時捕捉妙悟的靈感。宋代惠洪《冷齋夜話》記載：

> 黃州潘大臨，工詩，多佳句，然甚貧。東坡、山谷尤喜之。臨川謝無逸，以書問有新作否？潘答書曰：「秋來景對件件是佳句，恨爲俗氛所蔽翳。昨日閒臥，聞攪林風雨聲，欣然起題其壁曰：『滿城風雨近重陽。』忽催租人至，遂敗意。止此一句奉寄。」聞者笑其迂闊。〔註 33〕

〔註 31〕《趙章泉學詩》之三，同上頁。

〔註 32〕《吳思道學詩》，〔宋〕魏慶之《詩人玉屑》卷一，上海古籍出版社，1978 年，第 13 頁。

〔註 33〕〔宋〕惠洪撰，陳新點校《冷齋夜話》卷四《滿城風雨近重陽》，中潘大臨，字君孚，一字邠老，黃州（今屬湖北）人，北宋著名詩人，蘇東坡貶黃州時，大臨與其弟潘大觀一起從遊於蘇軾。趙蕃特別喜歡潘大臨「滿城風雨近重陽」這句詩，其詩集中有六首詩提及，如《人愛九日，多以靖節之故，僕以邠老七字爲可以益其愛者。且連日不雨即風，尤覺此句妙處，賦詩八韻》，又如「茲時潘處士，詩敗爲催租」〔註 34〕。其中，《重陽近矣，風雨驟至，誦邠老「滿城風雨近重陽」之句，輒爲一章，書呈教授沅陵》一詩，闡述了他對「滿城風雨近重陽」的意境的體悟以及由此對詩歌創作的感想，是一篇聲情並茂、觀點深刻的論詩詩。他說「秋風有奇思，簞瓢忘巷陋」〔註 35〕，認爲詩歌是靈感與現實情景相融合的結晶。「簞瓢忘巷陋」強調了生活經驗、思想追求的積纍與沉澱，正是經過長期的悟入，潘大臨才能在秋風秋雨時節，在重陽節即將到來的前夕，靈感乍現，迸發出這寓意深遠的佳句，正如陸游所言：「文章本天成，妙手偶得之」〔註 36〕。可見，悟入對詩歌創作的重要意義，一旦靈感湧現要及時抓住，以免「奈何催租人，敗之不使就」〔註 37〕的遺憾。

三、要描繪出生活物象的特徵與神韻

好的詩句，總是逼眞描繪出生活物象的特徵與神韻。在趙蕃的詩集中，他對謝靈運的「池塘生春草」〔註 38〕、杜甫的「江東日暮雲」(《春日憶李白》)、潘大臨的「滿城風雨近重陽」等詩句，都多次予以由衷地稱賞。其主要原因在於，這些詩句描繪出了生活物象的重要特徵與神韻，準確傳達了詩人的內在情感與審美情致，意境

華書局，1986 年，第 35 頁。

〔註 34〕《催租人至作》，《全宋詩》第 49 冊，第 30399 頁。

〔註 35〕《全宋詩》第 49 冊，第 30418 頁。

〔註 36〕〔宋〕陸游《文章》，《全宋詩》第 41 冊，第 25698 頁。

〔註 37〕《重陽近矣，風雨驟至，誦邠老「滿城風雨近重陽」之句，輒爲一章，書呈教授沅陵》，《全宋詩》第 49 冊，第 30418 頁。

〔註 38〕〔南朝宋〕謝靈運《登池上樓》，逯欽立《先秦漢魏晉南北朝詩》，中華書局，1983 年，第 1161 頁。

渾然天成。他對杜甫的「暮雲」詩句念念不忘，在《贛縣道中有懷晦庵，用「江東日暮雲」爲韻作五詩寄之》〔註 39〕組詩中，他以「江東日暮雲」句中的五個字分別作爲韻腳，寫作了五首詩給恩師李處全；在另外一些詩中，他也多次化用這句詩，如「未傳春興衡陽紙，長憶江東日暮雲」〔註 40〕、「夢回始覺死生分，愁詠江東日暮雲」〔註 41〕、「梅花玉立知何許，回首江東日暮雲」〔註 42〕等。在《重陽近矣，風雨驟至，誦邠老「滿城風雨近重陽」之句，輒爲一章，書呈教授沅陵》詩中，趙蕃強調詩歌創作要描繪出生活物象的主要特徵與神韻，他說：「好詩不在多，自足傳不朽。池塘生春草，餘句世無取」、「我謂此七字，已敵三千首。政使無敗者，意盡終難又。縱令葺成章，未免加飣餖。衣錦欲尙絅，何嘗炫文繡。一洗凡馬空，浪說充天廄」〔註 43〕，他認爲正如謝靈運被人廣爲傳誦的「池塘生春草」這句世上無雙的好詩一樣，「滿城風雨近重陽」也足以流傳後世。趙蕃還認爲，該詩沒有完成全篇並無遺憾。如果勉強成篇，反而有狗尾續貂、堆砌雜湊之嫌，衣錦尙絅，不需誇飾炫耀，所以他說此七字可敵三千首詩。最重要的是，「滿城風雨近重陽」充分描摹出重陽節來臨前遍及全城的淒涼氣氛，氣象闊大，就像謝靈運「池塘生春草」〔註 44〕描摹出春天的生機勃勃，杜甫的「渭北春天樹，江東日

〔註 39〕《全宋詩》第 49 冊，第 30459 頁。

〔註 40〕《久不領衡州舅氏書以長句問動靜，樞密舅鎮京口，户曹兄官宣城，聞安輿往來之，故見於辭》，《全宋詩》第 49 冊，第 30705 頁。

〔註 41〕《七月十有五夜一再夢故舒州使君侍御公，宛如平生，且於其案間得若紙若繒者一沓，皆公所書或印者。翻之，有如幟者三，有曰苛政，曰贓吏，忘其一焉。問傍立者以何所用，云始朝議欲遣公爲某使，故建此云。覺而賦詩四絕》之四，《全宋詩》第 49 冊，第 30801 頁。

〔註 42〕《亭午欲過，意復淒然，偶引杯酒，而沅陵丈送詩適至。因走筆成兩絕并呈教授兄》之一，《全宋詩》第 49 冊，第 30812 頁。

〔註 43〕《重陽近矣，風雨驟至，誦邠老「滿城風雨近重陽」之句，輒爲一章，書呈教授沅陵》，《全宋詩》第 49 冊，第 30418 頁。

〔註 44〕〔南朝宋〕謝靈運《登池上樓》，逯欽立《先秦漢魏晉南北朝詩》，中華書局，1983 年，第 1161 頁。

暮雲」描繪了渭北樹木繁茂的春天和江東煙雲籠罩的日暮景色一樣，他們都抓住了生活物象的主要特徵與神韻。

可見，趙蕃提倡作詩要以簡練傳神的筆墨，刻畫出物象的獨特風采，反對堆砌誇飾的描繪，他說：「辭好曾聞喻色絲，那知妙處本天姿」〔註 45〕，色絲指絕妙好辭，猶言妙文〔註 46〕，他認爲絕妙好辭來自於自然美。儒家認爲衣錦尚絅，崇尚簡約、中庸的審美觀。趙蕃主張作詩要以簡練的筆墨刻畫物象、反對誇飾的觀點，與儒家的審美觀相一致，也與其詩歌創作的領路人曾幾倡導的清新自然詩論一脈相承。

第三節　趙蕃的詩歌風格論

一、主張詩句天成

作爲南宋中期江西詩派的代表詩人，趙蕃繼承了呂本中等人的活法理論。有人說，在南宋當時的詩人裏，「講『活法』最多的非趙蕃莫屬。」〔註 47〕的確，趙蕃對呂本中的活法理論推崇備至，經常在詩中大加讚賞：「東萊老先生，曾作江西派。平生論活法，到底無窒礙。微言雖可想，恨不床下拜。欲收一日功，要出文字外」〔註 48〕，認爲好詩應該圓熟無窒礙，是衡量詩歌藝術境界高低的關鍵。因此，他稱賞韓伯修的詩歌說：「詩篇圓熟無凝滯」〔註 49〕，

〔註 45〕《見梁檢法書懷八絕句於廣文尉曹處次韻》之六，《全宋詩》第 49 冊，第 30833 頁。

〔註 46〕劉義慶《世說新語·捷悟》記述說：「魏武嘗過曹娥碑下，楊脩從。碑背上見題作『黃絹幼婦外孫齏臼』八字。魏武謂修曰：『解不？』……修曰：『黃絹，色絲也，於字爲絕；幼婦，少女也，於字爲妙；外孫，女子也，於字爲好；齏臼，受辛也，於字爲辭：所謂絕妙好辭也。』」見徐震堮《世說新語校箋》卷中，中華書局，1984 年，第 318 頁。

〔註 47〕張毅《宋代文學思想史》，中華書局，2006 年，第 181 頁。

〔註 48〕《論詩寄碩父五首》之四，《全宋詩》第 49 冊，第 30475 頁。

〔註 49〕《閱韓伯修集示其子二首》之二，《全宋詩》第 49 冊，第 30772 頁。

這裏的「窒礙」、「凝滯」含有困阻的意思。

呂本中說：「學詩當識活法。所謂活法者，規矩備具而能出於規矩之外，變化不測而亦不背於規矩也。是道也，蓋有定法而無定法，無定法而有定法，知是者則可以與語活法矣。謝元暉有言，好詩流轉圓美如彈丸，此眞活法也。」〔註 50〕認爲作詩既要按照詩體的規矩，又不受規矩的限制；能有出奇的變化，而又不違反規矩，以爲好詩「如彈丸」正是眞活法，只有眞正理解其中含義的人，才可以與他談論活法。趙蕃對呂本中的活法說非常敬佩，推崇南齊著名詩人謝眺的詩歌：「玄暉彈丸句，固足名壞穹」〔註 51〕，認爲謝詩圓熟而沒有窒礙。趙蕃在渴慕友人折子明「曷日仙能至」的同時，更渴盼自己的詩歌創作「何時彈比圓」〔註 52〕，「新詩自作彈丸羨」，「難迷美玉及精金」〔註 53〕。趙蕃認爲詩歌創作與繪畫相似，應該追求興象自然的高妙意境，他說：「畫圖非意匠，詩句亦天成」，並且信筆吟出「落木千山迥，空江一帶橫」〔註 54〕這樣詩畫天成的詩句。

二、稱賞和諧自然、情思婉轉的活法詩

所謂圓潤如彈丸的「眞活法」詩，應該是表達流暢自然、情思曲折、聲律和諧、風格柔美的詩。《詩人玉屑》記載了趙蕃對符合「眞活法」詩句的體悟：

> 王摩詰云：「行到水窮處，坐看雲起時。」少陵云：「水流心不競，雲在意俱遲。」介甫云：「細數落花因坐久，緩尋芳草得歸遲。」徐師川云：「細落李花那可數，偶行芳草步

〔註 50〕呂本中《夏均父集序》，《四庫全書》第 1180 冊，第 256～257 頁。

〔註 51〕《十二日登列岫亭有設空幄者去之薦福酌淺沙泉》，《全宋詩》第 49 冊，第 30478～30479 頁。

〔註 52〕《和折子明丈閒居雜興十首》之八，《全宋詩》第 49 冊，第 30629 頁。

〔註 53〕《次韻李商叟見示》，《全宋詩》第 49 冊，第 30744 頁。

〔註 54〕《贛丞曾幼度相邀過明叔買江天閣，幼度有詩，明叔與成父弟皆和之，亦次韻》，《全宋詩》第 49 冊，第 30611 頁。

因遲。」〔註55〕

上述詩句，趙蕃認爲「知詩者於此，不可以無語。」〔註56〕這些詩句，形式上對仗工整、聲律和諧，內在的情韻曲折雋永、活潑優美，切合圓熟、雍容、無窒礙的「活法」標準。與此相反，對於淺俗直白的詩句，趙蕃是不屑的，甚至斥爲淺薄粗疏。他評論唐代柳宗元與鄭谷的詩說：「超絕柳州句，粗疏鄭谷詩。扁舟釣臺下，曾見雪初時」〔註57〕，他讚揚柳宗元的詩歌含蓄蘊藉、空靈超絕，認爲鄭谷的詩畫面淺俗、缺乏新意。這與蘇東坡的觀點一脈相承，蘇軾曾把鄭谷與柳宗元的詩作比較，他的《書鄭谷詩》說：「鄭谷詩云：『江上晚來堪畫處，漁人披得一蓑歸。』此村學中詩也。柳子厚云：『千山鳥飛絕，萬徑人蹤滅。孤舟蓑笠翁，獨釣寒江雪。』人性有隔也哉，殆天所賦，不可及也已！」〔註58〕鄭谷詩所描繪的畫面淺俗、意境粗疏，柳宗元的江雪意境絕俗清逸，含蘊著詩人孤傲清高的襟懷，讀之給人耳目一新的感受。可見，趙蕃對鄭谷詩粗疏淺薄的評價，明顯受到了蘇軾的影響。

呂本中流動圓美的活法詩論，發展到曾幾那兒又更進了一步，形成了一種清新活潑的新風格。趙蕃對曾幾詩歌讚賞有加：「詩到江西得正宗，後來曾呂出群雄」〔註59〕，把呂本中與曾幾的詩歌成就，置於極高的宗主地位。對呂、曾的詩歌理論與藝術追求，趙蕃心有靈犀，他評價詩歌藝術的標準，也與之呼應。他的好朋友陳擇之《送行詩》中有一聯：「金沙銀鑠巴中路，綠水紅蓮幕下賓」，趙蕃認爲「尤爲親切」〔註60〕。的確，這兩句詩形象鮮明生動，聲調委婉和

〔註55〕《章泉謂可與言詩》，〔宋〕魏慶之《詩人玉屑》卷一，上海古籍出版社，1978年，第8頁。

〔註56〕同上。

〔註57〕《江天暮雪》，《全宋詩》第49冊，第30921頁。

〔註58〕〔宋〕蘇軾《書鄭谷詩》，孔凡禮點校《蘇軾文集》，中華書局，1986年，第2119頁。

〔註59〕《投曾秀州逢四首》之四，《全宋詩》第49冊，第30769頁。

〔註60〕按，詳見趙蕃《呈楊謹仲二首》注釋，《全宋詩》第49冊，第30768

諧，頗有輕快流動之感，更含蘊著對友人離別的綿綿情意。趙蕃基於對活法理論的讚賞，在詩歌創作中更是努力實踐，寫作了很多清新活潑、圓潤流暢的好詩，如「芙蓉山上芙蓉尖，向人咫尺分毫纖。或如冠劍或鳥獸，令我左右煩窺覘」〔註 61〕、「日之夕矣下羊牛，想見吾廬樹掩幽。兒自閒行牛自去，溪頭熟路不須求」〔註 62〕。前一首山水詩，對芙蓉山的描畫形象逼真，語言活潑靈動；後一首田園詩，描寫山村農家悠然自得的生活，顯得輕快流動、情韻宛然。

趙蕃對呂本中圓潤如彈丸的「眞活法」理論有深刻的體悟，尤其在「規矩備具而能出於規矩之外，變化不測而亦不背於規矩」〔註 63〕尺度的準確把握方面，他不是一味簡單地追求流暢清新，還同時要求字句工穩。他稱讚好友徐審知「新詩忽來墮我側，句法沈穩字亦工」〔註 64〕；又對友人琛卿說：「活法端知自結融，可須琢刻見玲瓏」〔註 65〕，認爲作詩既要有出奇靈動的變化，而又不能違反活法的規矩。具體來說，就是詩歌的句法要安穩不輕浮，文辭要有精巧的修飾，用字要工巧，不能丟失含蓄蘊藉的詩味。

三、崇尚雄奇壯美

趙蕃不僅欣賞呂本中流動圓美的活法理論和曾幾清新活潑的詩歌，他對韓愈的詩歌也非常稱賞。韓愈不獨散文創作古今罕見，而且長於以文爲詩。對於韓愈的詩歌成就，趙蕃充分肯定，他說：「退之以文鳴，餘事尤長詩。名家賈孟流，未必踰於斯」〔註 66〕。韓詩筆調縱橫，雄健奔放，形成了壯奇的風格，被後人廣泛關注，

頁。

〔註 61〕《芙蓉道間二首》之一，《全宋詩》第 49 冊，第 30502 頁。

〔註 62〕《八月八日發潭州後得絕句四十首》之三十七，《全宋詩》第 49 冊，第 30806～30808 頁。

〔註 63〕呂本中《夏均父集序》，《四庫全書》第 1180 冊，第 256～257 頁。

〔註 64〕《次韻徐審知寄贈古句》，《全宋詩》第 49 冊，第 30504 頁。

〔註 65〕《琛卿論詩用前韻示之》，《全宋詩》第 49 冊，第 30783 頁。

〔註 66〕《有懷子肅讀其詩卷因成數語》，《全宋詩》第 49 冊，第 30419 頁。

其中不乏對他過分追求詩歌險怪趨向的非議。趙蕃對韓愈詩歌雄奇壯美的風格頗爲欣賞，曾經向好友沈沅陵求借《潮州韓文公廟碑》，並說「筆力怪來韓與蘇」〔註 67〕，還說「平生退之南山句，爲渠特騁筆力嚴」〔註 68〕，讚揚韓愈的《南山詩》馳騁筆力，盡情描畫了南山的奇景、奇情、奇境。在《二十七日復雪，用東坡聚星堂雪韻禁物體作詩，約諸友同賦》詩中，趙蕃認爲人豈有被神魂役使的道理，讚賞韓愈用壯奇的語言和雄奇的意境，釋放了心中的不平與鬱悶，實現了文學的抒情功能，很有借鑒意義。他驚歎「韓公留句偉，侯喜漫名掀。韻險言無麗，搜窮筆殆髡。直將攄鬱悶，底用役神魂」〔註 69〕，對韓愈詩歌大量使用險韻，並搜羅天下奇字，驅遣萬物，創造了雄奇壯美的語言與意境，表示深刻的理解。

出於對韓愈詩歌的讚賞，趙蕃經常以韓詩的雄奇勁健特質，來評點一些詩人與詩歌。他讚揚北宋著名的江西詩派詩人徐俯其人其詩說：「世競江西派，人吟老杜詩。五言眞有律，徐稚是吾師。不但時相似，還能猛出奇」〔註 70〕，還說徐俯詩中的奇險之句，可以「萊爾破孤悶」〔註 71〕，一掃心中的鬱悶。對當時的詩詞名家李處全，趙蕃極力稱其「筆力韓之敵」〔註 72〕，又形容他「新詩明勝錦，健筆快於錐。工部深陶冶，昌黎雜怪奇」〔註 73〕，認爲李處全的詩歌兼得杜詩與韓詩之長，筆力勁健，瑰麗怪奇。

對於那些官位不高、詩名不顯的好朋友，趙蕃充滿同情，同時，

〔註 67〕《簡沈沅陵求潮州韓文公廟碑，並抄山谷碑詩二首》之一，《全宋詩》第 49 冊，第 30787 頁。
〔註 68〕《芙蓉道間二首》之一，《全宋詩》第 49 冊，第 30502 頁。
〔註 69〕《二十七日復雪，用東坡聚星堂雪韻禁物體作詩，約諸友同賦》，《全宋詩》第 49 冊，第 30862 頁。
〔註 70〕《讀〈東湖集〉二首》之一，《全宋詩》第 49 冊，第 30586 頁。
〔註 71〕同上。
〔註 72〕《送王亢宗赴劍浦丞》之二，《全宋詩》第 49 冊，第 30493 頁。
〔註 73〕《玉汝從溧陽來，辱李晦庵以詩問訊，次韻寄答二首》之一，《全宋詩》第 49 冊，第 30640 頁。

盡力發掘其人其詩的長處，安慰對方。於革（字去非）就是這樣的一位詩人，「一官黃綬不嫌卑」〔註 74〕，儘管官位低微，卻沒有像孟郊那樣慨歎窮愁潦倒，而是「要爲賓主壺觴地，因著胸中水竹期」，其詩「怪底不同東野耄，政由深得退之奇」〔註 75〕，讚揚於革詩頗有韓愈雄奇的風格特質。韓愈雄奇勁健的風格，也表現出想像豐富大膽、筆力縱橫恣肆。對詩友們如此風格的作品，趙蕃雖然沒有用類似「退之奇」等詞語標榜，其實卻在讚賞詩人雄奇恣肆的風格特質，他讚賞詩友「文力縱橫昔未窺」〔註 76〕，對在太和（今江西泰和縣）爲官時期的好友陳明叔說：「人皆言君酒腸寬，我亦畏君詩膽大。有時長吸百川空，放意獨掃千軍敗」〔註 77〕，其中的長吸百川空、獨掃千軍敗、騎鯨背等情景或意象，都可以從韓詩中溯見源頭。當然，對於韓愈詩歌的缺點，趙蕃也有清楚的看法。他對韓愈過分的鋪張取喻就有不同的看法，他說：「昌黎詠雪故雄健，取喻未免收瑣屑」〔註 78〕，認爲韓詩取喻過於繁瑣。對於書畫等藝術作品，趙蕃也非常欣賞雄健奇崛的風格特質，他讚賞北宋潘閬的書法「字字騰拏更倔奇」〔註 79〕，認爲潘閬的書跡筆墨新奇剛健，獨特不凡。

值得注意的是，儘管趙蕃對韓詩和詩友們壯奇縱肆的風格特質稱賞不已，但是，他自己的詩歌創作卻鮮有呈現如此風格特質的詩篇。也就是說，這正是趙蕃詩歌的缺點所在，因爲他的詩歌缺少奇

〔註 74〕《去非尉曹於廨舍之側鑿池種竹，爲亭其上，名曰有竹。取文公詩云也》，《全宋詩》第 49 冊，第 30711 頁。

〔註 75〕同上。

〔註 76〕《見梁檢法書懷八絕句於廣文尉曹處次韻》之一，《全宋詩》第 49 冊，第 30833 頁。

〔註 77〕《明叔用大字韻作詩見寄，復用韻作七言一首答之》，《全宋詩》第 49 冊，第 30524 頁。

〔註 78〕《二十七日復雪用東坡聚星堂雪韻禁物體作詩，約諸友同賦》，《全宋詩》第 49 冊，第 30862 頁。

〔註 79〕《觀徐復州家書畫七首》之一，《全宋詩》第 49 冊，第 30781 頁。

壯的特質，所以他對韓詩與詩友們壯奇的詩風讚賞並傾慕不已。事實上，趙蕃對自己的詩歌缺乏豪縱之氣，也是頗有自知之明的，他對詩友說:「人謂先生老，詩壇近一昂。共知文力健，何有鬢毛霜。自料才非敵，從今氣減狂」〔註 80〕。他還直言不諱地自我解剖道:「意雖能浩蕩，筆乃欠縱横」〔註 81〕，對此，筆者以爲，趙蕃詩歌缺少雄奇豪縱之氣的原因是多方面的，既有社會動蕩、時局衰落的原因，也有對江西詩派文學傳統承傳的因素，更是詩人自覺追求儒家倫理道德規範和個性氣質修養使然。

〔註 80〕《貴丈用昂字韻作詩，中有見及，復用韻奉呈並簡徐謝二丈》，《全宋詩》第 49 冊，第 30545 頁。

〔註 81〕《二十日同官相約過水鄉蕃雨中先至偶成二詩》之一，《全宋詩》第 49 冊，第 30548 頁。

第五章　趙蕃詩歌的題材內容

趙蕃的詩歌題材廣泛，內容豐富，可以分爲酬贈詩、感懷詩、行役詩、田園詩、山水詩、詠物詩、論詩詩和狹義範圍的敘事詩等。這些詩歌，有的抒發了他對儒家人格的獨守與追求，有的反映了他仁政德治的政治理想，有的記述了發生在詩人周圍的重要社會生活事件。

趙蕃的田園詩數量眾多，眞實地描繪了南宋中期農村與農民的生活狀況，富於濃郁的生活氣息和鮮明的地域特點：既描寫了農村優美的景物和農民快樂的勞動生活，也描寫了農民勞動的艱辛、嚴重的雨澇，如「萬室望霓願，千村車水歌。民勞已至此，天意定如何」〔註 1〕、「高田卷蒼埃，似訴車戽苦」〔註 2〕，內容精警動人。從所描寫災情的地域範圍看，除了反映江西、浙江等江南地區的嚴重災情，還描寫了湖南、湖北等盛產稻米地區的旱澇災情。此外，趙蕃的田園詩還具體描寫了災害面前，人們渴盼神靈降福而舉行的各種各樣的祈雨儀式。

趙蕃的詠物詩，從廣義來看，所詠之物很多，涉及人文意象和

〔註 1〕《六月十五日時閔雨甚矣三首》之二，《全宋詩》第 49 冊，第 30639 頁。

〔註 2〕《趣章永豐祈雨》，《全宋詩》第 49 冊，第 30450 頁。

自然意象兩大類。從狹義範圍來看，所詠有梅花、菊花、蘭花、楊花、水仙、蕙、芷、蘭、酴醾、桃花、櫻桃花、淩霄花、含笑、芙蓉、木犀、山櫻、白蓮、海棠和萱草等二十多種花草，樹木有竹子、松、柏等。其中，吟詠最多的是竹子、梅花、菊花和松柏等幾種植物，因爲，它們最能映照出詩人超逸高潔的人格追求，代表了他的隱逸情懷和高潔襟抱。

從廣義的範疇來看，趙蕃的大部分詩歌，都可以劃入酬贈詩的範疇，主要原因有三：一是他的許多詩歌的題目，往往是在酬贈對象姓名（或字、號、官職）的前面，冠以「呈」、「簡」、「送」、「別」、「寄」、「贈」、「賀」等表明作詩的目的與功用的動詞；二是趙蕃的次韻詩很多，他有二百多首詩歌的題目包含「次韻」等字樣；三是趙蕃交遊的詩友很多，且與之酬贈的詩友的身份、地位也有很大的差別，他們既有南宋縣令、知州和朝廷各部的高官，也有州、縣的普通官吏，更有許多追求人格獨立的隱逸之士。從狹義的範疇看，趙蕃上述詩歌可以歸入酬贈詩的，只能是其中的一部分。本書主要從狹義的範疇，論述趙蕃在日常生活中與親友之間索求或贈送有關物品時寫作的酬贈詩，包括交流詩、書、畫作品，文房四寶，茶和酒，山珍、水果等食品，以及象徵著士人高潔品格的各種植物等。這些酬贈詩，反映了南宋士人非常活躍的文化生活和深廣豐厚的精神世界。

行役詩主要是離鄉遠行的遊子紀錄漂泊異鄉的生活與感受的詩歌，廣義的行役詩可以包含宦遊生活與感受。本書把趙蕃宦遊中抒發厭倦官場生活、嚮往田園生活的詩歌歸入感懷詩，所以，本書研究的行役詩，主要指詩人羈旅行役途中記述旅途生活與感受的詩歌，以及抒發思鄉之愁苦的宦遊詩歌。趙蕃的行役詩，不但忠實地紀錄了旅程中的見聞、詩人的行蹤，更充分抒發了羈旅行役中遭遇的艱難困苦，其中，尤以對時光流逝、世事變遷、衰老貧病的感慨更爲深沉，並表達了詩人對隱逸生活的強烈期盼，典型地反映了南宋中期的社會現狀與詩人生活。

趙蕃的山水詩，多姿多彩，具有形象生動的繪畫美特徵，呈現清逸雅致、遼闊綿遠、奇麗壯美等不同的審美特徵。同時，還寄託了詩人的胸襟人格，含蘊著詩人濃郁的憂世或憂生之情，反映了宋人寄意山水、啓迪智慧、尋求人生與文學創作的「江山之助」的特定內涵，帶有典型的宋型文化特徵。

除了上述題材，趙蕃的詩歌還有四十三首挽悼詩，以及狹義範疇的記述南宋此起彼伏的農民起義情勢的敘事詩。

第一節　含蘊深廣的感懷詩

不可否認，趙蕃在年輕時，也曾有過懷才不遇、期望得到賞識的苦悶：「家居百金貨，富可千金敵。持行鬻於市，曾微一錢直。人或不汝知，汝售無固急。邂逅識眞者，百金還復得」〔註 3〕；在年華老大時也曾有過功業無成的歎息：「百年公幾見，五十我無聞」；〔註 4〕他甚至也曾產生過人生如夢的絕望：「百年等夢幻，一笑有成敗。」〔註 5〕但是，這些都不是他人生的主要思想，也不是他感遇詩的主要內容。

作爲一位對理學奉若神明的飽學之士，趙蕃一生孜孜以求於儒家的理想人格境界，堅貞不渝地追求儒家崇尚的高潔品格與操守，加之他性格耿直狷介，因此，與當時社會上趨炎附勢、追名逐利的世俗風氣格格不入，他說：「我姿甚不敏，與俗仍倍殊」〔註 6〕。他經常慨歎人生之路異常艱難，他說：「嗟我失腳墮棘榛，寸步有若千里行」〔註 7〕，在他的思想中，即使到了年齡老大之時，對人生仍

〔註 3〕《雜興四首》之一，《全宋詩》第 49 冊，第 30445 頁。

〔註 4〕《呈林子方運使四首》之二，《全宋詩》第 49 冊，第 30537 頁。

〔註 5〕《中秋以山居不得與周文顯對飲，況子暢在數百里外也，悵然有懷》，《全宋詩》第 49 冊，第 30447 頁。

〔註 6〕《次韻斯遠二十七日道中見懷二首》之二，《全宋詩》第 49 冊，第 30431 頁。

〔註 7〕《用前韻呈碩父昆仲》，《全宋詩》第 49 冊，第 30505 頁。

感漫長而艱難，如何完美地度過余生，並不是一個簡單的問題。他認爲人生之路，就像一個人要行走百里，即使走了九十里，也只能相當於一半，也即所謂的「行百里者半九十」，他在詩中反覆強調：「九十半百古語之」〔註 8〕、「百里半途過九十」〔註 9〕。事實上，這種人生艱難的感慨，在他三十多歲時就已經產生了，他曾說：「人生七十稀，我今半已餘。百里九十戒，躊躇重躊躇。」〔註 10〕與此相關的是，他時有年華流逝的感慨，如其《白髮三首》等詩對白髮與衰老的感歎；再如《春日雜言十一首》之六：「舊時曾詠木蘭幽，舊稿飄零莫自收。老境不妨花固發，人今白盡十分頭」〔註 11〕，舊稿飄零、老境白髮流露出明顯的衰老之情。他內心深處激烈的矛盾衝突非常容易觸發，進而訴諸於詩，這也是構成他感懷詩的主要內容。

他對人生艱難的慨歎，既因爲他作爲理學之士對儒家道德倫理規範的堅持，也與當時內憂外患的政治形勢和日趨衰落的社會風氣密切關聯。在他看來，當時的社會風氣日趨低俗紛亂，世人爭相塗脂抹粉，社會上充斥著附庸風雅的虛僞，陰暗的角落裏隱藏著無恥的「結盟」與交易：「世紛往往競趨奇，半額眞同慕廣眉」〔註 12〕。身處直道不通、枉道盛行的社會，趙蕃飽嘗經濟困窘、世態炎涼的心酸，他慨歎人生步履維艱：「世方疏直道，身亦墮危機」〔註 13〕、「強道詩工能泣鬼，未如錢夥可通神」〔註 14〕，由此產生了強烈的

〔註 8〕《簡子崧時丞建德》,《全宋詩》第 49 冊，第 30517 頁。

〔註 9〕《寄周內翰》,《全宋詩》第 49 冊，第 30720 頁。

〔註 10〕《次韻斯遠二十七日道中見懷二首》之二,《全宋詩》第 49 冊，第 30431 頁。

〔註 11〕《全宋詩》第 49 冊，第 30804 頁。

〔註 12〕《次韻魏饒州用蕃唱酬詩卷最後一篇韻見贈之作》,《全宋詩》第 49 冊，第 30745 頁。按,「半額」、「廣眉」典故源自《後漢書・馬廖傳》:「城中好高髻，四方高一尺；城中好廣眉，四方且半額。」

〔註 13〕《偶作二首》之二,《全宋詩》第 49 冊，第 30567 頁。

〔註 14〕《讀公擇篋中徐季益、孫子進昆仲詩，有懷其人，因以題贈四首》之四,《全宋詩》第 49 冊，第 30829 頁。

隱逸思想：「未仕思從仕，言歸盍賦歸？淵明覺今是，伯玉悟前非。」〔註 15〕

趙蕃的感懷詩，飽含對人生艱難困窘生活的慨歎，充溢著對當時虛僞醜陋的世風，尤其是對官場讒言洶洶和仕途險惡的隱憂與憤怒。

一、「胡不返故步？無為學邯鄲」〔註 16〕：抒寫身處官場的苦悶

趙蕃在詩中經常發抒對官場生活的厭倦之情，他說自己為官是因為生活所迫，是為了得到維持生活的微薄俸祿：「微官本欲救飢寒，欲逭啼號政爾難」〔註 17〕。但是，他很瞭解自己酷愛自由的個性，知道自己很難適應官場的生活，更瞭解自古以來官場的種種黑暗，在他的心目中，官場比「難於上青天」的蜀道還要難：「曾聞蜀道難，難於上青天。蜀道難何以，嵯峨劍門關。未抵鄱陽湖，無風浪掀船。脫身其早歸，無污蛟鱷涎。」〔註 28〕所以，從入仕開始，他就對自己能否適應官場的拘束懷著深深的憂慮。在赴任太和主簿前，他就預見自己未來的仕途坎坷不平：「今年誰令起作官？此路向來非所熟。……少時已無鞍馬志，老矣豈堪消髀肉？但令詩與故人期，此外聲名甘碌碌」〔註 19〕，眞實地抒發了內心的矛盾之情。這種心理，在宋代士人身上有著一定的代表意義。蘇軾在剛剛進入仕途時，也曾慨歎「塵勞世方病，局促我何堪。盡解林泉好，多為富貴酣。試看飛鳥樂，高遁此心甘」〔註 20〕，擔心自己被世俗誘惑而拋棄山林之樂。

〔註 15〕《偶作二首》之二，《全宋詩》第 49 冊，第 30567 頁。
〔註 16〕《連日昏霧感懷》，《全宋詩》第 49 冊，第 30852 頁。
〔註 17〕《呈潘潭州十首》之五，《全宋詩》第 49 冊，第 30765 頁。
〔註 28〕《古意二首》之二，《全宋詩》第 49 冊，第 30411 頁。
〔註 19〕《審知以詩送行借韻留別》，《全宋詩》第 49 冊，第 30495 頁。
〔註 20〕〔宋〕蘇軾《入峽》，〔清〕王文誥輯注，孔凡禮點校《蘇軾詩集》卷一，中華書局，1982 年，第 33 頁。

爲官時，他經常掛在嘴上的話題，就是對官場生活的厭倦，對退隱後自由生活的嚮往。他遠離家鄉，身處遙遠的湖南湘西地區，在嚴冬季節，一眼望去，舉目皆是濃霧籠罩的荒山，寒氣逼人：「窮山逼窮冬，苦霧作苦寒。舉頭不見日，況乃見長安。朝聽譙鼓微，午聽庭雀歡。占晴復畏雨，有抱那得寬？少日謬學詩，中年癡覓官。擇術不自審，終焉墮艱難。」〔註 21〕生活的艱難，官場的黑暗，無望的未來，使他對當地惡劣的氣候特別敏感，連續兩個「窮」字、兩個「苦」字，描摹出湘西窮山、窮冬與苦霧、苦寒的惡劣氣象，抒發了淒涼、痛悔的心情：他後悔沒有及早選擇安貧樂道的生活，反而誤入歧途，並把自己出仕比作邯鄲學步，連本來的面目都丟掉了。從他的詩中，可知他在辰州司理參軍任上，內心始終處在激烈的矛盾中，是爲了生計繼續爲官，還是及早辭官歸隱？這兩種念頭使他備受煎熬。有時候，他甚至萌生了呈遞彈劾自己的狀文而棄官的想法：「一官羈我端何爲？投劾歸來亦未遲」〔註 22〕；有時候，他爲自己的猶豫不決自責不已：「兩載沅湘役，雖勞何所爲？蝦行仍蛭渡，猶豫復狐疑」〔註 23〕、「幾欲罷官歸去，未應形役能拘」〔註 24〕。在即將任滿回家的時候，他借用《論語》中「吾豈匏瓜也哉，焉能係而不食」〔註 25〕的名句，感歎「四海歎浮梗，三年嗟繫匏」〔註 26〕，以浮梗比喻自己離鄉背井、飄流不定的生活，以匏瓜喻指對棄置閒散的隱居生活的嚮往。可見，令人厭倦的官場生活終於要結束了，他的心情有多麼激動啊。

歷史上，對於官場生活與自由人性之間的矛盾，有些人能夠盡

〔註 21〕《連日昏霧感懷》，《全宋詩》第 49 冊，第 30852 頁。
〔註 22〕《呈審知》，《全宋詩》第 49 冊，第 30505 頁。
〔註 23〕《寄秋懷》之十，《全宋詩》第 49 冊，第 30884 頁。
〔註 24〕《次韻斯遠見夢有作六言二首》之二，《全宋詩》第 49 冊，第 30761 頁。
〔註 25〕〔清〕劉寶楠撰，高流水點校《論語正義》，中華書局，1990 年，第 686 頁。
〔註 26〕《別近呈明叔》，《全宋詩》第 49 冊，第 30559 頁。

力做到心態的平衡。比如蘇軾，被貶時就能以豁達樂觀的心態面對現實的打擊，不過，他也曾流露「歸去，也無風雨也無晴」（蘇軾《定風波》）的退隱念頭。白居易在經歷貶謫江州的打擊後，把儒家的樂天安命、道家的知足不辱和佛家的「四大皆空」等思想雜糅起來，兼收並蓄，作爲明哲保身的法寶，從此獨善其身，甚至做到了「面上滅除憂喜色，胸中消盡是非心」〔註 27〕、「世事從今不開口」〔註 28〕，過起了亦官亦隱的生活。他說：「大隱住朝市，小隱入丘樊。樊丘太冷落，朝市太囂喧，不如作中隱，隱在留司官。似出復似處，非忙亦非閒。唯此中隱士，致身吉且安」〔註 29〕。白居易的中隱生活境界，既堅持了士大夫積極入世、恪守信念的人格理想，又保持了士大夫超越世俗的人生與心靈境界，巧妙地解決了入世與出世、進取與退隱的矛盾。可是，趙蕃因爲個性剛直，無法忍受官場的束縛和黑暗。從他的感懷詩中，可以尋找到一些他厭惡官場生活的原因，除了他酷愛自由的天性，還有三個主要原因：一是上級官吏專橫兇殘，仗勢欺人，以大壓小；二是官場言路不暢，姦佞之徒讒言害人；三是官場形勢瞬息萬變，時時有風險、甚至生命之憂。這些，都與趙蕃守正不阿的品格，發生了激烈的衝突。

（一）「五斗未及飽，已遭窮鬼嗔」〔註 30〕：憤慨於職業官僚專橫兇殘的嘴臉

南宋朝政治黑暗、世風日趨淪落，廣大有識之士紛紛被排擠出朝，朱熹、辛棄疾、陸游、楊萬里、范成大等很多賢明剛正的士人只能長期賦閒隱居，最終在壯志未酬時悲壯離世。趙蕃也是一介性格剛直不屈的士人，正如他自己所說：「直道多不容，枉道夫豈可。直道

〔註 27〕〔唐〕白居易《詠懷》，《全唐詩》，中華書局，1960 年，第 4889 頁。
〔註 28〕〔唐〕白居易《重題》，《全唐詩》，中華書局，1960 年，第 4891 頁。
〔註 29〕〔唐〕白居易《中隱》，《全唐詩》，中華書局，1960 年，第 4991 頁。
〔註 30〕《寄李晦庵》，《全宋詩》第 49 冊，第 30423～30424 頁。

誠忤人，枉道還喪我」、「而我枉未能，若為逃坎坷」〔註31〕，他不願做有違儒家道德規範的任何事情，他痛恨當時奉行邪曲枉道又霸佔著一定政治地位的賤儒和職業官僚，怒視他們鄉原的作為。在《寄李晦庵》詩中，他傾訴了任職辰州期間的憤怒心情，也揭露了他遇到的一個職業政客卑劣的嘴臉：

一官胡為哉，鴻毛等千鈞。野馬窘受駕，白鷗悲就馴。
五斗未及飽，已遭窮鬼嗔。劍津駭騰變，牛衣泣酸辛。
〔註32〕

從他把自己喻為被迫駕車的野馬和被強行馴服的白鷗來看，其內心異常激動而憤怒。《宋史・趙蕃傳》說趙蕃「調辰州司理參軍，與郡守爭獄罷。人以蕃為直」〔註33〕，結合這首詩來看，估計他因為地位低下，人微言輕，所以在與郡守的據理力爭中，雖秉公判案卻受到郡守與同僚的打壓甚至怒罵。「窮鬼嗔」三字，逼真的勾畫出那個職業官僚仗勢凌人的囂張氣焰和俗吏的面目。難怪趙蕃憤憤不平地稱自己的五斗米官職為「鴻毛等千鈞」，而他內心「牛衣泣酸辛」的酸楚也非同一般的悲傷。

（二）「讒巧偽若真，日復鬥其間」〔註34〕：痛恨官場言路不暢、讒巧害人

大概因為深受饞巧禍害的原因，趙蕃對讒言害人的姦佞之徒深惡痛絕。他在詩歌中多次表達了對饞人的憤恨，其《雜詠》之三云：

婦有居冢亞，冢富亞則貧。貧知敬尊章，富不親補紉。
尊章愛貧婦，富婦讒生鬥。讒巧僞若眞，兩婦俱遭詬。
貧婦自修飭，富乃計之得。日復鬥其間，衆謂貧當出。
尊章賴深慈，不納富婦詞。貧婦亦勿疑，但瘇前所爲。
讒言有時辨，富婦何施而？貧婦貧無歸，尊章願終眷。

〔註31〕《送梁仁伯赴江陵丞三首》之二，《全宋詩》第49冊，第30417頁。
〔註32〕《寄李晦庵》，《全宋詩》第49冊，第30423～30424頁。
〔註33〕〔元〕脫脫等撰《宋史》，中華書局，1985年，第13146頁。
〔註34〕《雜詠》之三，《全宋詩》第49冊，第30475頁。

〔註 35〕冢婦（富婦）無事生非，讒巧若眞，著實傷害了亞婦（貧婦）。眾人聽信了冢婦的讒言，力主把亞婦趕走，幸好尊章（舅姑，對丈夫父母或對人公婆的敬稱）慈愛明智，辨明眞相，沒有聽信讒言；貧婦修飭己行，最終贏得了尊重與信任。可以想像的是，如果尊章稍微昏昧一點，或者品格不正，貧婦的命運無疑就很悲慘了。趙蕃作此詩，也是心有鬱結，藉此抒發對姦佞之徒讒言害人的憎恨。

在謁見奉祀著漢朝率軍平定南蠻叛亂的馬援將軍的伏波廟時，趙蕃聯想到官場的奸讒害人，感慨「讒人不敢投豺虎，空見壺頭石室荒」〔註 36〕。王應麟曾說：「剛者必仁，佞者必不仁」〔註 37〕，趙蕃守正不阿的正直品格，與姦佞饞巧害人的不仁，存在激烈的衝突，所以深受饞巧傷害的趙蕃對表面遜順而暗地害人的饞巧之輩深惡痛絕。

（三）「五斗何所直？千金不保軀」〔註 38〕：對官場兇險變幻的深深憂慮

在封建社會，官場總是充滿兇險與變數，輕者或因罪貶謫邊緣蠻荒之地，或丟官去職；重者被捕下獄，丟掉性命，乃至誅滅九族。對此，趙蕃始終懷有清醒的認識，他對好朋友周日章說：「君不見簞瓢自樂保清名，富貴失時多遠竄。」〔註 39〕趙蕃在辰州任司理參軍一職，主管獄案的審判，對這份人命關天的工作，他有時感到非常棘手與困惑，不僅因爲文案複雜、所爲又是刑戮之事，更有對自己能否全身而退的憂慮：「五斗何所直？千金不保軀。司空城旦困刀筆，尺籍伍符愁鉞斧。」〔註 40〕

〔註 35〕同上。
〔註 36〕《五月十七日謁伏波廟四首》之一，《全宋詩》第 49 冊，第 30799 頁。
〔註 37〕〔清〕黃宗羲《宋元學案》，商務印書館，1929 年，第 9 頁。
〔註 38〕《苦雨感歎而作》，《全宋詩》第 49 冊，第 30515 頁。
〔註 39〕《文顯和答旦字韻詩，再用前韻寄文顯》，《全宋詩》第 49 冊，第 30497 頁。
〔註 40〕《苦雨感歎而作》，《全宋詩》第 49 冊，第 30515 頁。

身處官場的詩人，感覺自己就像一隻孤獨的鴻鴈，隨時可能落入「獵人」布下的天羅地網。其《詠鴈》云：

胡爲去關塞，何事落江湖？歲月常違燕，飛鳴每候奴。

菰蒲雖足樂，矰繳絕須虞。矯矯其高舉，紛紛莫下俱。

〔註41〕

《孤鴈三首》之三云：

孤鴈哀哀叫晚洲，水長山遠政悠悠。

凶年未必稻粱足，巧中更防羅繳憂。〔註42〕

杜甫曾云：「天上浮雲似白衣，斯須改變如蒼狗。」〔註43〕對於官場的風雲變化，趙蕃心中總有一縷揮之不去隱憂，弋人爲追求物質利益，處心積慮射擊鴻鴈，鴻鴈只有飛往高遠的空際：「了知人事近天機，蒼狗斯須變白衣。逋客幾回驚鶴怨，弋人終日慕鴻飛」〔註44〕，趙蕃以生動的比喻，暗喻自己對官場的擔心，表達了遠走高飛、全身避害的情志。在前往衡陽與劉清之會合的途中，他形象地把自己比喻爲一隻驚弓之鳥，惶惶然無法平息：「我亦移官衡嶽，驚鳥未有安枝」〔註45〕，就像被貶離京在外「月明驚鵲未安枝」〔註46〕的蘇東坡一樣。兩年後，在從湖南湘西返鄉的途中，趙蕃依然驚魂未定：「近事眞堪深駭，欲言未可輕論。喚起莊周蝶夢，多由杜宇啼魂」，他感到官場生活就像一場夢。至於他極度害怕的事情，可能是他本人在湖南爲官司理參軍任上遭到讒言的禍害，也可能是指恩師知衡州劉清之「以非

〔註41〕《全宋詩》第49冊，第30867頁。

〔註42〕《全宋詩》第49冊，第30935頁。

〔註43〕〔唐〕杜甫《可歎》，〔清〕仇兆鼇《杜詩詳注》卷八，中華書局，1979年，第1830頁。

〔註44〕《楊錄事以僕與孫溫叟唱酬韻作詩見貽，又用僕與吳夢與詩韻，作詩贈夢與，兼以見及，並次韻二首》之二，《全宋詩》第49冊，第30743頁。

〔註45〕《次韻斯遠見夢有作六言二首》之一，《全宋詩》第49冊，第30761頁。

〔註46〕〔宋〕蘇軾《杭州牡丹開時，僕猶在常、潤。周令作詩見寄，次其韻，復次一首送赴闕》之二，〔清〕王文誥輯注、孔凡禮點校《蘇軾詩集》，中華書局，1982年，第557頁。

罪去職」、被排擠打擊一案。

漢代揚雄曾說：「治則見，亂則隱。鴻飛冥冥，弋人何慕焉？」〔註47〕在國家治平時期，賢人隱士自然會出現；在政治昏昧之時，賢人必將遠走避禍。可見，趙蕃筆下孤獨哀鳴、驚悚不安的鴻鴈，是身在官場、始終無法平靜的詩人自身境遇的寫照，也暗喻了當時南宋黑暗的官場與政治形勢。

二、「擇術不自審，終焉墮艱難」〔註48〕：感慨窮愁潦倒的際遇

趙蕃終生生活在窮困之中，他寫作的大量詩歌表明，除了在年輕時曾有過懷才不遇的感慨，在平生絕大部分時光裏，他對仕宦沒有絲毫的興趣。中年辭官後，更是屢徵不起，所以眞德秀稱讚他「安貧處約，泊然無營」〔註49〕。在趙蕃的詩中，感慨個人貧困生活與窮愁際遇的詩歌，不但數量眾多，而且哀婉動人。這與趙蕃所生活的南宋中期的社會現實狀況密切相關，是當時中下層士人和普通百姓窮困潦倒的生活現狀的眞實記錄，也是詩人崇尚安貧樂道、積極追求儒家完善的道德人格的反映。

趙蕃對生活的要求並不高，他說：「朝昏曷以度，半菽藜羹懷」，能有藜、羹等粗劣的飯食聊以度日就滿足了，只求不用爲了勉強餬生而長年奔波。不過，他家徒四壁，卻人口眾多：「聊爲一飽謀，餓死無自貽」〔註50〕、「我家如陶舍，幼稚有盈室」〔註51〕，因爲不善於謀求財富，所以即使如此低的要求也無法達到。在深秋時

〔註47〕《揚子法言》問明卷第六，趙敏俐，尹小林主編《國學備覽》卷八，首都師範大學出版社，2006年，第637頁。

〔註48〕《連日昏霧感懷》，《全宋詩》第49冊，第30852頁。

〔註49〕〔宋〕眞德秀《因明堂赦薦趙監嶽（蕃）》，《眞西山先生集》，中華書局，1985年，第4～5頁。

〔註50〕《和陶淵明〈乞食詩〉一首》，《全宋詩》第49冊，第30472頁。

〔註51〕《留別成父弟，以貧賤親戚離爲韻五首》之四，《全宋詩》第49冊，第30471頁。

節，他感到白天太短暫，而秋夜太長、遲遲難明：「秋日苦易暗，秋宵苦難晨。蟲號雞不已，我亦長吟呻」〔註52〕。可以想見，在漫漫長夜裏，他饑腸轆轆，盼望著何時天明？可是，沒有人聽到他的長籲短歎，只有耳邊傳來的一陣陣淒淒蟲聲與雞鳴，應和著他的長聲呻吟。詩人不禁感慨萬千：不管是爲官，還是家居，爲何貧困總是與自己如影隨形？自然，詩人是無法找到答案的，只能日復一日、年復一年地安於貧賤，守志不移。難怪他竟然羨慕起陶淵明和蘇軾的境遇說：「坡之貧，蓋不至於陶；而陶雖貧，猶有可乞食之家。僕今縱欲乞食，將安之耶」〔註53〕，認爲自己的窘困更甚於陶、蘇。

趙蕃抒發窮愁悲慨的詩作，大部分作於隱居時期。但是，值得注意的是，他也曾爲了生計，爲了踐行儒家成德得道的理想，不惜違背自己的天性和意願，到外鄉爲官，可是生活依然艱難：「窮相有如此，昔人誰似能」〔註54〕、「哀哉念何深，出處累一貧」〔註55〕。在不到十年的仕宦生涯中，他留下了數量不菲的啼饑號寒詩作，可見在南宋中期社會，即使身爲州、縣的官員，依然難免貧寒的生活。他感歎自己身爲辰州的屬官，窘困生活與當地的窮苦百姓幾乎沒有什麼區別，其《雪多矣，豈窶人歎歲之所宜哉。復用韻呈沅陵丈》描述說：「雪已傷多尚積陰，風仍助虐屢號林。市人只喜青簾近，木食應悲黃獨深。不但茅茨憂凍死，更聞巢穴作哀音。此詩蕭瑟誰能聽，有愧當年寒地吟。」〔註56〕黃獨在江南一帶稱爲土芋，其肉白皮黃，在饑荒時期可以充饑，有記載說：「歲饑，土人掘以充糧，根惟一顆而色黃，故謂之黃獨。」〔註57〕杜甫的「黃獨無苗山雪盛，

〔註52〕同上。

〔註53〕《和陶淵明〈乞食詩〉一首》序，《全宋詩》第49冊，第30472頁。

〔註54〕《九月晦日雨，忽雜霰》，《全宋詩》第49冊，第30637頁。

〔註55〕《留別成父弟，以貧賤親戚離爲韻五首》之一，《全宋詩》第49冊，第30471頁。

〔註56〕《全宋詩》第49冊，第30915頁。

〔註57〕〔唐〕杜甫《乾元中寓居同谷縣作歌》之二注釋，〔清〕仇兆鰲《杜

短衣數挽不掩脛」〔註 58〕等詩句，就描寫了在漫天大雪中尋找、挖掘黃獨為食的情形。趙蕃在冰封雪凍的寒冬季節，想到那些隱逸之士和當地的窶人，他們或者以山中野樹的果實充饑，或者淪雪掘地找尋黃獨為食，其情其景，堪稱淒慘。詩人自己也蜷縮在像巢穴一樣簡陋的居室，瑟瑟發抖地憂慮自己能否熬過這惡寒的天氣，哀歎「不但茅茨憂凍死，更聞巢穴作哀音」〔註 59〕。

詩人身為辰州的官吏，不但生活貧苦，有時還病魔纏身，飢寒抱病的生活使他頗感頹唐衰老：「蟬淒如欲收，蟲咽無暫停。渠將趣寒事，我自感頹齡」〔註 60〕、「頹齡不可羈，寒事亦已迫。女褐破未紉，兒襦短仍窄」〔註 61〕、「懷哉江東弟，餬口當何計」〔註 62〕，含蘊了貧窮潦倒之苦、年華老去之悲、兄弟手足之情等多重悲慨。在飢寒交迫、窮愁不堪的困苦生活中，詩人形容枯槁，頭髮如叢生的野草：「倦櫛頭如葆，深居心若齋」〔註 63〕，但是，他尚能聊以儒家之道和詩歌寬解鬱悶，相信上天不會讓虔誠的寒士長久地陷於困頓。不過，時過境遷，可能因為「骨肉終黃塵」〔註 64〕的家人去世原因，在長久的窘迫不堪之後，他內心壓抑已久的「金剛怒目」式的憤怒，終於強烈爆發了：「我欲學為農，力耕不逢歲。我欲學為士，儒冠多餓死。誓將棄犁鋤，亦復罷書史」〔註 65〕，又說「我生天地間，亦是天地民。造物苦見欺，輕薄隨時人。抱道鄙富貴，徇勢陵

詩詳注》卷八，中華書局，1979 年，第 694 頁。

〔註 58〕〔唐〕杜甫《乾元中寓居同谷縣作歌》之二，同上頁。

〔註 59〕《雪多矣，豈窶人歎歲之所宜哉。復用韻呈沅陵丈》，《全宋詩》第 49 冊，第 30915 頁。

〔註 60〕《連日雨作，頓有秋意，懷感之餘，得詩七首，書呈教授知縣》之一，《全宋詩》第 49 冊，第 30449 頁。

〔註 61〕《連日雨作，頓有秋意，懷感之餘，得詩七首，書呈教授知縣》之二，同上頁。

〔註 62〕同上。

〔註 63〕《書懷》，《全宋詩》第 49 冊，第 30390 頁。

〔註 64〕《感懷五首》之五，《全宋詩》第 49 冊，第 30851 頁。

〔註 65〕《枕上有感二首》之二，同上頁。

賤貧」〔註 66〕，他憤慨於天地輕薄隨俗、徇勢欺人的無情，竟然陵侮一個抱道自持的貧賤之士以至走投無路。

面對生活中的困苦與不幸，詩人尋求解脫的方式，除了詩書，他還上與古人爲友，從杜甫、陶淵明、孟郊、賈島等許多古代的寒士那裏尋求慰藉。他崇敬孔子與顏回所奉行的簞瓢之樂和道德人格：「簞瓢非可樂，不改乃稱賢。夫子故不死，仰鑽高且堅。」〔註 67〕在其詩中，吟唱孟郊、東野或郊島（孟郊、賈島）的詩歌共有二十二篇，其中「東野」出現在十五篇中，如「憶昔孟東野，作尉悲龍鍾」〔註 68〕、「青衫溧陽尉，不歎孟郊窮」〔註 69〕、「孟郊五十酸寒尉，想見溧陽神尚遊」〔註 70〕等。他感慨「郊島摧埋終不起」〔註 71〕，讚揚孟郊、賈島文行雙馨，自述「跨驢窮有相，琢句老無聞」〔註 72〕，感歎自己頗有孟郊與賈島的窮愁與貧賤，卻沒有取得賈島或孟郊那樣的詩歌成就。趙蕃尤其對孟郊「五十才一尉，俸錢仍半支」〔註 73〕的境遇充滿同情，他經常在詩中慨歎孟郊人生的不遇及其詩歌的苦寒感情，「此詩蕭瑟誰能聽，有愧當年寒地吟」〔註 74〕。趙蕃之所以對孟郊的窮愁不幸念念難忘，對其詩歌充滿厚愛，是因爲他們有相似的人格追求與不幸際遇，如卑微的地位、窮困的生活、對詩歌藝術的不懈追求以及卓越的詩歌創作成就等。但是，趙蕃對孟郊提

〔註 66〕《感懷五首》之五，同上頁。

〔註 67〕《連日雨作，頓有秋意，懷感之餘，得詩七首，書呈教授知縣》之五，《全宋詩》第 49 冊，第 30449 頁。

〔註 68〕《獨過知津閣二首》之二，《全宋詩》第 49 冊，第 30480 頁。

〔註 69〕《送王亢宗赴建德尉》，《全宋詩》第 49 冊，第 30597 頁。

〔註 70〕《呈晦庵二首》之二，《全宋詩》第 49 冊，第 30721 頁。

〔註 71〕《近乏筆，託二張求之于市，殊不堪也，作長句以資一笑》，《全宋詩》第 49 冊，第 30395 頁。

〔註 72〕《八月五日雨》，《全宋詩》第 49 冊，第 30636 頁。按，〔唐〕孟郊有《寒地百姓吟》一詩。

〔註 73〕《得友人俞玉汝書，雲客遊建業，月嘗能致錢十萬。時方客溧陽感假尉事，作詩寄玉汝》，《全宋詩》第 49 冊，第 30427 頁。

〔註 74〕《雪多矣，豈窶人歎歲之所宜哉。復用韻呈沅陵丈》，《全宋詩》第 49 冊，第 30915 頁。

及最多的還是「酸寒」或「窮」，即困窘的境遇與窮愁之悲，可見，杜甫和孟郊的詩歌是趙蕃詩歌清峻寒苦的重要淵源。

趙蕃讚揚馬少游、盧仝等優遊通脫的寒士，但是他詩中提到最多的，還是窮且益堅的陶淵明，如「淵明抱羸疾，猶復歸田園」〔註75〕，「淵明薪水憂兒子，玉川送米煩鄰僧。我今窮狀不可道，減憂得米憂年登」〔註76〕，他對陶詩的厚愛，也許是因爲相對於孟郊、盧仝的愁苦，陶淵明詩中更多了一份平淡灑脫的從容。我們閱讀孟郊的「食薺腸亦苦，強歌聲無歡。出門即有礙，誰謂天地寬」〔註77〕、盧仝（自號玉川子）的「低頭雖有地，仰面輒無天」〔註78〕等詩句，可以感覺到好像上天總是故意跟詩人過不去似的。趙蕃面對飢寒，雖然也曾怨天尤人，但是，陶淵明「悠然見南山」的悠閒自得，仍然是他眞正希冀的人生境界：「乞食陶徵君，乞米平原公。昔人有如此，吾今未爲窮」〔註79〕。鍾嶸在《詩品序》中認爲：「動天地，感鬼神，莫近於詩」，還說「使窮賤易安，幽居靡悶，莫尚於詩矣」〔註80〕。對此，錢鍾書先生解釋說，它「強調了作品在作者生時起的功用，能使他和艱辛冷落的生涯妥協相安；換句話說，一個人潦倒愁悶，全靠『詩可以怨』，獲得了排遣、慰藉或補償」〔註81〕。以此衡量趙蕃描寫或抒發個人窮愁際遇的詩歌，可以看出錢鍾書先生對鍾嶸詩論解讀的準確與恰當。

第二節　清新優美的田園詩

趙蕃田園詩的數量很多，僅從詩歌的題目看，明確屬於田園詩

〔註75〕《枕上有感二首》之二，《全宋詩》第49冊，第30851頁。

〔註76〕《郊居晚行呈章令四首》之四，《全宋詩》第49冊，第30806頁。

〔註77〕〔唐〕孟郊《贈崔純亮》，《孟東野詩集》卷六，人民文學出版社，1984年，第101頁。

〔註78〕盧仝《自詠三首》，《全唐詩》，中華書局，1999年，第4369頁。

〔註79〕《即事二首》之一，《全宋詩》第49冊，第30445頁。

〔註80〕〔南朝梁〕鍾嶸《詩品》序，曹旭集注《詩品集注》，上海古籍出版社，1991年，第1頁。

〔註81〕錢鍾書《錢鍾書作品集》，甘肅人民出版社，1997年，第539頁。

範疇的，就有三十餘首，如《田家行二首》、《田家即事八首》、《有懷江南作田家忙》、《田家歎》、《樂歲歌》、《次韻畢叔文苦旱歎》、《次韻簽判丈因旱而作及喜雨二詩》。他數量更多的田園詩，是在與友人的日常酬唱時，主要是與擔任提舉、知州、縣令等地方官職務的友人來往時，以詩歌唱酬的形式出現的，如《初五日呈潘提舉，時禱雨應而未洽》、《喜雨投詹信州口號六首》、《趣章永豐祈雨》、《呈莫大猷令》等。

趙蕃田園詩的題材廣泛，內容非常豐富，不但描寫了優美的田園風光和農民一年中從事農業勞動時的辛苦與內心的喜怒哀樂，也反映了乾旱、水澇等自然災害給農民生活帶來的巨大災難，以及官貪吏虐、苛捐雜稅等社會壓迫給人民生活帶來的沉重負擔。此外，還有不少描寫喜雨、祈雨或祈晴場面的田園詩，以及反映漁民生活的田園詩，甚至還有一些描寫處於抗金前線、邊界地區百姓生活的田園詩。

這些詩歌，充分反映了詩人憂國憂民、民胞物與的情懷，代表了宋代士人仁政愛民的政治理想，具有鮮明的歷史價值和現實主義特點。試具體分述如下：

一、「欲知風俗家家厚，看取耕桑處處同」〔註 82〕：歌唱田園牧歌

趙蕃的部分田園詩，描寫農村優美的景物和農民快樂的勞動生活，抒寫詩人陶醉於田園美景的喜悅心情，這是典型的田園牧歌式的田園詩。

江南水鄉，是一方美麗幽靜的樂土，在趙蕃筆下呈現一派其樂融融的太平景象：「斜陽渺渺下前陂，牛自安眠兒得嬉」〔註 83〕，遠處山坡上西落太陽的餘暉下，安靜睡眠的牛兒，以及正在嬉戲的孩童，

〔註 82〕《同謝丈簽判送趙台州至靈鷲，簽判丈道中有詩，蕃同賦》，《全宋詩》第 49 冊，第 30403 頁。

〔註 83〕《郊居晚行呈章令四首》，《全宋詩》第 49 冊，第 30807 頁。

組成一幅靜謐、悠遠的田園風情畫，顯示了農家淳樸、閒適、自得的生活。江西萬安的初夏時節，不但風光秀麗，還呈現一派繁忙緊張又井然有序的景象：「阡陌東西隔，人家遠近連。針青秧出水，穗長麥搖煙。犬吠稀逢客，牛耕不廢鞭。幽啼催谷布，午霽起蠶眠。檄罷追呼擾，民爭賦入先……」〔註 84〕從空間來看，猶如一幅廣角鏡，讓我們的腦海中立即浮現一幅優美的田園風光：阡陌縱橫、綿延交錯的田野，圍繞著遠近相連的村莊。隨後鏡頭由遠及近、由俯瞰到具象：麥田裏，金黃的麥穗成熟了；水稻秧田裏，秧苗剛剛從水中冒出針狀的葉片，青綠可愛；耕地裏，辛勤勞作的耕牛又顯得悠然自得；村莊裏，狗對著客人叫喚不已。從時令來看，描寫的是暮春時節的田園景色；從具體的時辰、物候和氣象看，描寫了中午時分，雨止天晴後，房子外面布穀鳥若隱若現的啼叫聲，剛從睡眠（蠶蛻皮時不食不動成爲眠）中醒來的蠶兒伸著頭不停地尋覓著桑葉等畫面。這幅畫是詩人理想中的「世外桃源」，在這片土地上，「檄罷追呼擾，民爭賦入先」〔註 85〕，沒有催促百姓繳稅的告示，沒有擾民的大呼小叫，官吏守法循理、百姓爭先繳納賦稅。難怪連詩人也情不自己地宣稱「徑欲捐五斗，從之受一廛」〔註 86〕。不過，這只能存在於個別地方，只有遇到賢能的官吏，才會有這樣的太平氣象。

任何農事都伴隨著繁重的體力勞動，山區人家尤其辛苦，在田園詩中，趙蕃還常常把田園風光與農事勞動渾融一體，有的描寫農時不同帶來農事各異的景象：「欲知風俗家家厚，看取耕桑處處同」〔註 87〕，淳厚的民風，繁忙的勞動，這是春種時節的江南民風；「南風吹動原頭草，秧老麥收蠶向了。田家政用此時忙，不問兒童與翁媼」〔註 98〕，家家男女老少齊上陣，插秧與收穫蠶繭同時忙碌，這是夏

〔註 84〕《呈莫大猷令》，《全宋詩》第 49 冊，第 30663 頁。

〔註 85〕同上。

〔註 86〕同上。

〔註 87〕《同謝丈簽判送趙台州至靈鷲，簽判丈道中有詩，蕃同賦》，《全宋詩》第 49 冊，第 30403 頁。

〔註 98〕《有懷江南，作田家忙》，《全宋詩》第 49 冊，第 30514 頁。

收時節的繁忙景象；「早禾打穀歸高廩，槁稭堆場尚若雲」〔註 89〕，早稻等糧食作物脫粒後堆成了一個個高聳的糧倉，留下的大量槁稭堆積在場地上，有如天邊飄來的雲朵，這是豐收後的喜人景象，也表露出農民喜悅的心情。其《秋陂道中三首》之二，以動靜結合的手法，首先描寫了江南水鄉有如星斗般點綴大地的池塘，縱橫交錯的溪流與溝渠，靜止的水塘與流動的河溪相互連接，形成發達的水系：「止水通流水，前陂接後陂」，在這如畫的景色中，「農夫枎馬駛，客子竹輿危」〔註 90〕，田野裏，農夫們正在用打穀脫粒的連枷收穫糧食；距離田野不遠處的山路上，還有詩人乘坐的高高的竹轎，正隨著山路的高低起伏、顛簸前行。水鄉美景與勞動生活交相輝映，詩情畫意溢滿了南來北往行人的心間！

趙蕃的部分田園詩不但描寫了農民勞動的艱辛，還表現了農家勞動之餘的快樂，以及家人之間其樂融融的和睦氣氛。其「郎罷肩犁稚子前，牛行熟路不須牽」〔註 91〕，寫農人與耕牛結束一天的勞動之後，小孩子走在前面，父親扛著犁隨後，牛兒在熟悉的小路上，也不需人牽著繮繩，習慣性地跟隨在人的後面。回家後，農民們吃的是以米和羹的飯，穿的是舒適涼爽的草鞋：「歸來飯倒羹初糝，洗腳還將草履穿」〔註 92〕，生活雖然簡樸，但是很滿足。這充滿濃郁生活氣息的情景，栩栩如生地描繪出山中農民淳樸恬靜的生活，表現了他們享受平凡生活的愜意與樂趣。還有的田園詩，把田園風光與夫妻恩愛或三代同堂的幸福渾融一體，如「田夫荷鍤去，乘水護田缺。田婦貰酒歸，相與慰勤力」〔註 93〕，田夫荷鍤護田很辛苦，田婦買酒給丈夫解除疲勞，夫妻之間互相慰藉、互相尊重、相敬如賓，令人油然而生敬意；老少三代分工協作的生活畫面：「青裙汲水過前

〔註 89〕《郊居晚行呈章令四首》之二，《全宋詩》第 49 冊，第 30806 頁。
〔註 90〕《秋陂道中三首》之二，《全宋詩》第 49 冊，第 30582 頁。
〔註 91〕《晚行田間書事三首》之二，《全宋詩》第 49 冊，第 30789 頁。
〔註 92〕《晚行田間書事三首》之二，同上頁。
〔註 93〕《田家即事八首》之八，《全宋詩》第 49 冊，第 30760 頁。

溪，白髮膺門兒戲啼。試問主人何所在？爲言南畝正扶犁」〔註94〕，小孩老人看門照看，兒媳婦到前溪汲水做飯，男主人則在田裏扶犁耕種。這又何嘗不是一幅充滿濃郁生活氣息的圖畫啊！

趙蕃筆下的江南，溫婉秀麗，有聲有色。其美妙的聲音，有繰絲車的鳴叫聲：「舍東舍西繰車鳴，陂南陂北秧壟平」〔註95〕；有悅耳的吳儂軟語和清晰的雞鳴聲：「人語村村好，雞聲處處聞」〔註96〕；有寺廟悠揚的鐘聲：「罷聽僧鐘擊，停聞廟鼓撾。長饑追遊子，樂歲慰田家」〔註97〕；有由遠及近轟鳴的雷聲和隨之而來的颯颯雨聲：「雨聲颯颯斷復來，間作隱隱兼出雷」〔註98〕。其《田家行二首》描寫的聲音更多也更優美，有輕歌曼舞的絲竹，有淺吟低唱的蛙鳴，還有農民或悠揚或高亢的田歌，更有震天動地、疾徐變化、用於社祭或催耕的田鼓聲：「江東聞田歌，湖北聽田鼓。鼓聲於以相疾徐，歌調因之慰勞苦。東山絲竹仍攜妓，風月鳴蛙勝鼓吹。何如田鼓與田歌，烏烏坎坎安而和」〔註99〕，時而悠揚綿長、時而抑揚頓挫、時而節奏明快的田鼓與農人歡快的田歌，交織出一曲祥和安寧的春耕曲。趙蕃的田園詩還描繪了江南田園豐富的色彩，對照鮮明，如「桃樹深紅亦淺紅，竹竿個個又叢叢」〔註100〕、「落日千山赤，平林一帶青」〔註101〕，紅與綠對照；「青裙汲水過前溪，白髮膺門兒戲啼」〔註102〕，青與白對比。蕎麥特別適應於乾旱丘陵和涼爽的氣候，蕎麥花有白色或淡紅色，也是江南田園的一大美景，白居易《村夜》詩云：「獨出前門望野田，月明蕎麥花如雪」〔註103〕，描寫的就是

〔註94〕《晚行田間書事三首》之一，《全宋詩》第49冊，第30789頁。
〔註95〕《張信州禱晴，輒應以詩賀之》，《全宋詩》第49冊，第30393頁。
〔註96〕《晨起》，《全宋詩》第49冊，第30397頁。
〔註97〕《雨後》，《全宋詩》第49冊，第30633～30634頁。
〔註98〕《田家行二首》之一，《全宋詩》第49冊，第30514頁。
〔註99〕《田家行二首》之二，同上頁。
〔註100〕《漫興十一首》之一，《全宋詩》第49冊，第30800頁。
〔註101〕《漁村落照》，《全宋詩》第49冊，第30405頁。
〔註102〕《晚行田間書事三首》之一，《全宋詩》第49冊，第30789頁。
〔註103〕〔唐〕白居易《村夜》，〔清〕彭定求等編《全唐詩》，中州古籍出

江南蕎麥花開時節那銀白的世界。趙蕃的田園詩，也有蕎麥花開的美景：「我行三日鄱陽路」，「蕎麥吐花勝宿麥」〔註 104〕，這是饒州（今屬江西）初夏的田園景色，詩人已經連續多日行走在鄱陽縣（今屬江西）境內，正是蕎麥花盛開的季節，放眼望去，一片白色或粉紅的世界，伸展到數十公里遠的地方，何其瑰麗壯美！

趙蕃曾經在湘西爲官多年，他在奉皇帝詔書出行賑貸的途中，寫作了組詩《三月十七日以檄出行賑貸，旬日而復反。自州門至老竹，自老竹至鵝口，復回老竹。由乾溪上入浦口，泛舟以歸，得詩十首》，盡情描述了他耳聞目覩的湘西奇偉美麗的山水田園風光，如綿延數里的篁竹旺盛繁茂，依稀掩映著若隱若現的幾許農家茅屋：「既雨得晴晴亦佳，筍輿終日度咿啞。蒙籠篁竹四三里，彷彿茅茨三五家。鄰舍相聞亦雞犬，田疇隨事有桑麻」〔註 105〕，鄰舍之間，雞犬相聞，隨著時間的推移，農人也與時俱進地更換著不同的農事。這一幅幅少數民族農民自由、閒適的生活畫面，深深的吸引了詩人，他不由發出了「辭官學種畬」的感慨。這組詩的第四首，不但描寫了湘西農村的田園風光，還抒寫了詩人內心的感受，他看到湘西農村「大麥初齊積漸黃，青青小麥更連岡」〔註 106〕的喜悅景色，想像著「去冬屢雪有如此，今歲一豐端可望」〔註 107〕的豐收景色，以及即將到來的夏收時節，農民「負籠不須嗟甚苦，腰鐮行且看爭忙」〔註 108〕的緊張而繁忙的場面，彷彿看到了充盈的糧倉，甚至可以「遙思餅餌香」，可謂想像豐富。在這組田園詩裏，趙蕃還描寫了當時處於戰爭前沿地區人民的生活畫面：「聚落近於邊境接，村墟亦有戍樓

版社，2008，第 2220 頁。

〔註 104〕《投王饒州日勤四首》之二，《全宋詩》第 49 冊，第 30769 頁。

〔註 105〕《三月十七日以檄出行賑貸，旬日而復反。自州門至老竹，自老竹至鵝口，復回老竹，由乾溪上入浦口，泛舟以歸，得詩十首》之五，《全宋詩》第 49 冊，第 30698 頁。

〔註 106〕同上之四，同上頁。

〔註 107〕同上。

〔註 108〕同上。

橫。雖然王化初無外，接畛農桑畔不爭」〔註 109〕，這與楊萬里、范成大等詩人描寫的淮河沿岸前沿地區人民的生活畫面，既有題材內容上的共性，又有地域風情與內在觀點上的區別：雖然邊境地區戰事頻繁緊張，村莊裏邊防駐軍的瞭望樓林立，但是並不妨礙兩國百姓的親密聯繫，他們耕種的田地相連，卻沒有發生田界或疆界方面的爭執，從而揭示了民族矛盾或衝突大多是上層統治者之間的利益衝突或侵略野心所致，百姓之間沒有根本的利益衝突，相反，他們非常珍惜來之不易的和平生活。

二、「不辭傴僂翁栽稻，能作紛耘婦剝麻」〔註 110〕：抒寫民生疾苦

趙蕃的許多田園詩，在描寫田園風光的同時，還描寫了農民生產或生活中的艱辛，或者融入詩人對民生疾苦的感慨，甚至直書農民遭受的嚴重旱澇災害與巨大損失。這些詩，描寫細膩而生動，內容精警動人，眞實地反映了南宋社會農民艱難的生活情狀。

首先，趙蕃描寫田園風光與民生疾苦的田園詩，內容精警動人。

這些憫農題材的田園詩，有的採用白描的手法，直接描寫農民艱難的勞動情景。在農忙時節，爲了趕農時，他們冒雨勞作，甚至顧不了被雷擊的危險：「雨聲颯颯斷復來，間作隱隱兼出雷。田家作苦樂不哀，拔秧插田政時哉」〔註 111〕。再如《聞桑葉賤甚，感歎有作》描寫了一些靠種植桑樹、賣桑葉爲生的農民的不幸遭際，他們辛苦植桑除草，期望桑葉能賣個好價錢，「種得桑栽接始成，剃鋤長及夏時營」〔註 112〕，桑葉幼小時，人人都說今年的桑葉價

〔註 109〕《三月十七日以檄出行賑貸，旬日而復反。自州門至老竹，自老竹至鵝口，復回老竹，由乾溪上入浦口，泛舟以歸，得詩十首》之九，同上頁。

〔註 110〕《田家即事》，《全宋詩》第 49 冊，第 30719 頁。

〔註 111〕《田家行二首》之一，《全宋詩》第 49 冊，第 30514 頁。

〔註 112〕《聞桑葉賤甚，感歎有作》，《全宋詩》第 49 冊，第 30719 頁。

格肯定很高。讓人始料不及的是，隨著蠶兒長大，桑葉的價格反而變得低賤，「蠶老那知轉更平」，可以想見，農民心中有多失望與悲傷。趙蕃部分憫農主題的田園詩，融入了詩人對民生疾苦的感慨或詩人的身世之感，反映了作者民胞物與的情懷。其《春盡》一詩，首先描寫了江南初夏時節，南風勁吹、花香襲人、草木鬱鬱的秀麗風光：「南國春方盡，南風吹晝長。野香花襲草，秀色麥侵桑」，同時，也融入了詩人對民生疾苦的體貼入微：「客子政懷倦，田家任苦忙。悵予終愧汝，垂老未渠央」〔註 113〕，看到蠶桑與麥收等農事聯袂而來、農人終日勞碌不息的情景，詩人滿腹惆悵，發出終生愧對勤勞農民的深沉歎息。南宋社會的江南，在農忙時節，男人甚至年邁的老翁，也經常在水田裏從事耕地或插秧栽稻等繁重的勞動。其《早作》詩云：「蕭蕭初對雨，灩灩急看晴。遠樹孤煙出，曠陂春水生」〔註 114〕，詩人由遠及近，描述了遠處靜寂的樹林與嫋嫋昇起的孤煙，近處空明如鏡的池塘，讓倦遊他鄉的詩人非常陶醉。在這如畫的背景襯托下，詩人看到水田裏一位龍鍾老人正驅趕著耕牛深一腳淺一腳地耕地：「獨愧龍鍾者，猶驅觳觫耕」〔註 115〕。原來，詩人描寫美麗的山水園田，正為了映襯農事的艱辛和老農平靜、質樸的心靈。其《田家即事》描寫了在田間佝僂著身軀、忙碌地插秧的老翁，以及庭院裏忙著剝麻的老婦，「不辭傴僂翁栽稻，能作紛耘婦剝麻」〔註 116〕，他們辛勤勞作，只是為了求得一份有吃有穿的溫飽生活，目覩此情景，詩人不禁感慨「漫道詩書可起家，未如田舍足生涯」〔註 117〕，飽讀詩書的士人還不如農民的勞動生活更實在，也從側面反映了詩人內心的痛苦。

從具體的勞動內容和情景看，趙蕃憫農題材的田園詩，描寫最多的勞動場面是插秧的情景。除了上文《田家行二首》、《田家即事》等

〔註 113〕《春盡》，《全宋詩》第 49 冊，第 30613 頁。
〔註 114〕《早作》，《全宋詩》第 49 冊，第 30643 頁。
〔註 115〕同上。
〔註 116〕《田家即事》，《全宋詩》第 49 冊，第 30719 頁。
〔註 117〕同上。

詩，分別描寫了不顧雷擊危險、冒雨插秧，和在田間佝僂著身軀插秧的老翁，還描寫了因農時緊張忙碌、農人甚至忍受著飢寒奔走於田疇間的情景：「農事催人未遽央，種秧未了插秧忙。田家作苦吾常逸，所愧飢寒趨路旁」〔註 118〕，一個「趨」字，道出了農時的迫促與田家的辛苦。其《栽田行》一詩，也翔實地描寫了農民早稻剛栽完、晚田即將耕好，爲了抓住普降的雨水和緊張的農時而辛苦勞作的情形：「早田栽已成，晚田耕未徧。風吹苗已長，汝事不可緩。邇來雨況足，高下通漑灌。雖云手足瘽，孰愈溝壑患。自茲日不百，早稻期入爨。晚禾雖云晚，霜肅但秋半。」〔註 119〕這些描寫插秧生活的田園詩，也融合了詩人的身世之感，抒發了詩人同情民生疾苦的情懷，《栽田行》中的農民過著青黃不接的生活，早稻尚在田裏生長時，家裏已經等米下鍋了。詩人聯想到自己吃官倉的糧食，仍然免不了忍饑挨餓：「那知不足飽，過午或空案」，因此想到一定要恪盡職守，以免因爲自己的過失招致上天的憤怒，給百姓帶來水旱災害：「但懼政或疵，因之罹水旱」，可見儒家憂國憂民的情懷在詩人的內心根深蒂固。

其次，趙蕃反映農民遭受嚴重旱澇災害的田園詩，災情之嚴重令人觸目驚心。

水旱災害對百姓生活的影響巨大，「水旱爲災，不謂年登；倉稟未實，不謂國富」〔註 120〕。宋代旱災頻發、災情嚴重，反映旱災的詩人與詩篇也很多，如梅堯臣的《田家語》、《陶者》，蘇舜欽的《吳越大旱》，范成大的《四時田園雜興》等，描寫了春夏之交「不雨但赫日」〔註 121〕等殘酷的自然災害，以及「誰道田家樂，春稅秋未足」

〔註 118〕《自安仁至豫章途中雜興十九首》之十九，《全宋詩》第 49 冊，第 30815 頁。

〔註 119〕《栽田行》，《全宋詩》第 49 冊，第 30433 頁。

〔註 120〕〔宋〕歐陽修，宋祁《呂元泰傳》，《新唐書》，中華書局，2003 年，第 3389 頁。

〔註 121〕〔宋〕蘇舜欽《吳越大旱》，沈文倬校點《蘇舜欽集》，上海古籍出版社，1981 年，第 16 頁。

〔註 122〕的社會剝削與壓迫。

趙蕃一生大部分時光生活在農村，即使爲官，也僅僅做過州、縣的屬官，耳聞目覩、心心繫念，始終是百姓的疾苦與快樂。他的許多田園詩，充分反映了乾旱、水澇等自然災害給農民帶來的不幸，而且，趙蕃描寫南宋江南地區的旱情之嚴重，也令人觸目驚心：「下田已鷗沒，上田更龜坼」〔註 123〕、「旱勢若燎火，雨粒如投珠。望望恐不及，嗷嗷欲成呼」〔註 124〕、「夏旱更憂秋旱，江南未卜湖南」〔註 125〕。他還描寫了在嚴重的旱災面前，百姓們奮起自救，晝夜兼程地爲田地車水，非常疲累困乏的情形：「萬室望霓願，千村車水歌。民勞已至此，天意定如何」〔註 126〕、「高田卷蒼埃，下田積荒穭。頻聞父老嘆，似訴車戽苦」〔註 127〕，儘管災民們勞累至極，對嚴重而持久的旱情，還是無可奈何。在大旱面前，詩人與百姓希冀天降甘霖的願望異常強烈：「不雨又一月，望霓空眾心」〔註 128〕、「雨珠雨玉非雨粟，雨雨懸知勝珠玉」〔註 129〕，在大旱之年，雨竟然比珠玉還珍貴，眾心望雲霓，眞渴望能有一場像播撒豆子那樣的大雨！詩人非常瞭解百姓的心理，盼望著上天能憐憫蒼生，並以士人的身份，呼籲「誰能奮韓筆，並爲丐商霖」〔註 130〕，自己也義不容辭地寫作了多篇期盼乾旱早日結束、雨水及時降臨的閔雨詩，如《六月十五日時閔雨甚矣三首》、《初七日，雨殊未沾足，作四十字》等。

〔註 122〕〔宋〕梅堯臣《田家語》，朱東潤編校《梅堯臣集編年校注》(上冊)，上海古籍出版社，2006 年，第 164 頁。

〔註 123〕《田家即事八首》之七，《全宋詩》第 49 冊，第 30761 頁。

〔註 124〕《初六日雨而甚微》，《全宋詩》第 49 冊，第 30450 頁。

〔註 125〕《贈別周文顯三首》之三，《全宋詩》第 49 冊，第 30762 頁。

〔註 126〕《六月十五日時閔雨甚矣三首》之二，《全宋詩》第 49 冊，第 30639 頁。

〔註 127〕《趣章永豐祈雨》，《全宋詩》第 49 冊，第 30450 頁。

〔註 128〕《連日欲雨，輒爲風所敗》，《全宋詩》第 49 冊，第 30639 頁。

〔註 129〕按，在「雨珠雨玉非雨粟」句後，趙蕃自注云：「三雨字皆去聲」，見《送周守二首》之二，《全宋詩》第 49 冊，第 30500 頁。

〔註 130〕《連日欲雨，輒爲風所敗》，《全宋詩》第 49 冊，第 30639 頁。

雖然普天之下，皆爲天民，但是上天依然沒有動靜，「閔閔望一雨，可招若敖魂。旱勢復如此，旱禾空如雲」〔註 131〕。面對嚴重的旱情，趙蕃也冷靜思考了造成旱災的原因，他不知道究竟是龍王、雷公、風伯們不仁慈？還是當朝隱藏著像漢朝東海孝婦那樣的冤屈？他憤憤不平地爲天下的蒼生們呼喊道：「雷師非敢怠，風伯故相侵」〔註 132〕、「惜此三尺雨，龍師恐不仁。禳禬古有法，至和格神人。不見東海郡，孝婦冤欲伸」〔註 133〕。事實上，趙蕃也注意到了旱災導致的嚴重社會問題，如米價上漲導致百姓飢饉的問題。天下人都說，富裕的兩湖地區米價最賤，可是湖南、湖北荒年的米價比江南還貴：「東南米最賤，舊說湖南北。及今身見之，價豈下江國。」〔註 134〕其《次韻畢叔文〈苦旱歎〉》也說：「舊傳重湖北之北，米賤眞成等泥土。如何比歲公及私，衰竭不能堪再鼓。貧家一飯有並日，遠市朝炊或亭午。」〔註 135〕從趙蕃的詩中可以看出，昔日米賤有如泥土的湖北，在大旱之年，百姓有時竟至早飯到了中午才能吃上，甚至兩天才能吃上一餐。百姓們糧食匱乏，民生凋敝，但是「朱門但知粱可厭」〔註 136〕，爲了生存，只有向富戶搶奪糧食，甚至揭竿而起發動起義：「朝聽聞爭米，宵傳說借禾。始焉因食飯，終矣事干戈」〔註 137〕，趙蕃無形中揭露了農民起義的一個重要原因之一，即百姓們爲了爭奪賴以生存的糧食才被迫鋌而走險。

趙蕃的田園詩，也描寫了嚴重的雨澇災害。雖然從數量上來看，沒有閔雨、祈雨詩歌多，但是從這部分詩篇描寫的災情程度，可以看出南宋時期的雨澇災害一點也不比乾旱輕，尤其是連續淫雨造成的嚴

〔註 131〕《閔雨》，《全宋詩》第 49 冊，第 30450 頁。
〔註 132〕《連日欲雨，輒爲風所敗》，《全宋詩》第 49 冊，第 30639 頁。
〔註 133〕《閔雨》，《全宋詩》第 49 冊，第 30450 頁。
〔註 134〕《呈趙常德四首》之一，《全宋詩》第 49 冊，第 30469 頁。
〔註 135〕《次韻畢叔文〈苦旱歎〉》，《全宋詩》第 49 冊，第 30516 頁。
〔註 136〕同上。
〔註 137〕《六月十五日時閔雨甚矣三首》之二，《全宋詩》第 49 冊，第 30639 頁。

重災情。時值春末夏初，正當繁忙的收穫與播種時節，可是巴陵（今湖南岳陽）的大雨已經連續下了一個月，連續的降雨，導致田裏的麥子和播種的穀種腐爛，蠶兒也因沒有充分的桑葉而忍饑受餓：「巴陵一月雨不休，豈惟人病天亦愁。蠶饑麥腐穀種壞，農夫田婦呼天求」〔註 138〕，即使農民們呼天搶地，雨仍然沒有停止的跡象，老天真是無情啊！而一旦持續的狂風暴雨過後，田裏的稻子等莊稼發生大面積倒伏，導致作物急劇減產：「大雨曉未止，疾風朝更顛。茅飛疏我屋，禾偃病民田。」〔註 139〕連續的淫雨，還嚴重影響到農時與收成：「布穀收聲老盡秧，直緣避潦有今忙」〔註 140〕，由於雨澇導致農事延後，雖然布穀鳥的叫聲早已消失，稻秧也已經長得老高了，但是農民們還在忙著插秧補種。

有時候，不僅雨水泛濫不應候，繼之而來的又是乾旱，水旱交錯而來：「前時歷月陰，邇日連朝暴。早田有愁乾，菜本亦恐縮」〔註 141〕，雙重侵害，農民禍不單行。《田家歎》則詳細記述了早春時節，春耕時乾旱不雨，農人育秧非常艱難。到了夏末秋初，正是水稻旺盛生長的時節，天又大旱無雨。收穫的季節，迫切需要晴天，可是天公還是不作美，淫雨霏霏。如此災情，讓百姓們苦不堪言：「春欲耕時天不雨，小雪不能濡旱土。辛勤僅得遍鋤耰，浸種可憐溝脈縷。忽然一雨催插秧，東阡西陌青山望。謂茲勞逸足報補，豈知亢旱愁秋陽。高田已分鹵莽取，下田庶幾十八九。奈何雨勢反作淫，令我痛心仍疾首。」〔註 142〕雪上加霜的是，在嚴重的災害面前，官吏們非但不來察看，反而「催租日日來符移」，足見官吏們絲毫不恤民情。

從所描寫災情的地域範圍看，趙蕃的田園詩除了反映江西、浙

〔註 138〕《三月十八日》之一，《全宋詩》第 49 冊，第 30510 頁。
〔註 139〕《明日雨不止，風加甚》，《全宋詩》第 49 冊，第 30634 頁。
〔註 140〕《次韻季承〈聞田歌〉》，《全宋詩》第 49 冊，第 30789 頁。
〔註 141〕《閏月二日雨，三日復雨，寄斯遠三首》之一，《全宋詩》第 49 冊，第 30451 頁。
〔註 142〕《田家歎》，《全宋詩》第 49 冊，第 30514 頁。

江等江南地區的嚴重災情，還描寫了湖南、湖北等盛產稻米地區的旱澇災情。其《次韻畢叔文〈苦旱歎〉》就描寫了湖北遭遇旱災的情況：「上天憐久旱，赫日變濃陰。要使今年熟，須成三日霖。蕭疏財卻暑，點滴謾過林」〔註 143〕，「晚且禾秀早向實，舂簸不須踰處暑。胡爲旱勢復如此，坐致詩人形苦語」〔註 144〕，作爲遠在異鄉的客人，雖然沒有田地，看到大旱之時只落下稀稀拉拉的幾滴雨，同樣非常失望，呼喚上天能連降三日大雨，讓農民有個熟年。「東村鞭牛耕未已，西村車水愁秧死。可憐番人長苦辛，旱乾水溢年年事。旱乾水溢天之爲，天意如回一彈指。所愁郡縣無良吏，不得辛勤住田裏。」〔註 145〕這是少數民族地區農民的生活，「旱乾水溢年年事」的水旱無常、「郡縣無良吏」的不恤民情，與前文所述《田家歎》的內容異曲同工。

三、「雨來喜追車田苦，晴至欣成獲稻忙」〔註 146〕：讚揚應時好雨

在封建社會，占人口絕大多數的農民，過著靠田生活、靠天吃飯的生活，趙蕃總結爲「一飽歸天賜」〔註 147〕，而糧食是民生的基礎，所以國家與百姓都非常重視年成的好壞。與此息息相關的，除了統治者頒行的農業政策，能否擁有風調雨順的氣候，也非常關鍵。趙蕃的部分田園詩，就抒寫了應時、適宜的氣候給農民帶來的喜悅。

宜人的氣候，與農時和農事密切契合，也與農民的生活息息相

〔註 143〕《初七日，雨殊未沾足，作四十字》，《全宋詩》第 49 冊，第 30639 頁。

〔註 144〕《次韻畢叔文〈苦旱歎〉》，《全宋詩》第 49 冊，第 30516 頁。

〔註 145〕《田家即事》，《全宋詩》第 49 冊，第 30511 頁。

〔註 146〕《孝揚、成父約須晴見過二首》之二，《全宋詩》第 49 冊，第 30776 頁。

〔註 147〕《六月十七夜出寺門，驟有所聞，疑水與風，即而觀之，雨也。對面而橫驚焉，已而傾注，中夕復作，明日猶未已。賦詩三首，與欽止、斯遠同之》之二，《全宋詩》第 49 冊，第 30647 頁。

關：「次第農耕動，侵尋花事休」〔註 148〕，在收穫的季節，久晴的天氣，蠶、麥子或者水稻的豐收得以順利完成；在水稻生長旺季，及時的好雨灌溉著嫩綠的稻秧，可以免除汲水灌田的辛勞：「久晴政爲收蠶麥，好雨從今及稻禾」〔註 149〕、「雨來喜逭車田苦，晴至欣成獲稻忙」〔註 150〕，如此，則豐年不期而至。可見應時而適宜的降雨，眞是上天賜給百姓的最好禮物。

雨水如此，適宜的降雪也同樣重要：「臘中要雪逢三白，春日還沾雨似膏。天意於農亦良厚，何須耒耜我家操」〔註 151〕，臘中多次降雪，春雨及時滋潤萬物，應該豐年在望了，正如唐詩所言：「正月三白，田公笑赫赫。」〔註 152〕難怪趙蕃從千里之外歸來，放下行李後的第一件事，就情不自禁地吟誦了一曲熱情洋溢的《樂歲歌》，因爲喜人的豐收景象，也因爲適宜的雨水：「早禾登場無餘粒，晚禾結穗俱全實。如聞自入夏秋來，十日一雨晴五日。去年夏旱秋與同，早禾半獲晚禾空。未雲收穫告畢工，十家九家愁歎中。豈知今年有豐殖，父子相安妻反室。東坡先生故嘗言：民自天民天定恤。我今千里方來歸，釋擔先題樂歲詩。其誰傳似閭里兒，乘時閉糴將安施？」〔註 153〕這個豐年著實來之不易，因爲剛剛度過了一個凶年。回想去年的夏秋之交，連續乾旱少雨、莊稼歉收，「十家九家愁歎中」的情景歷歷在目，令人心有餘悸，也讓人倍加珍惜今年的豐收與團圓之樂。趙蕃此詩，於豐年的喜悅和荒年的愁苦對比中，揭示了農民生活的艱辛，以及適宜的氣候對農業生產與農民生活的決定性作用，含蘊深刻。

〔註 148〕《二月十二日雨寒》，《全宋詩》第 49 冊，第 30646 頁。

〔註 149〕《喜雨投詹信州口號六首》之六，《全宋詩》第 49 冊，第 30769 頁。

〔註 150〕《孝揚、成父約須晴見過二首》之二，《全宋詩》第 49 冊，第 30776 頁。

〔註 151〕《立春》之一，《全宋詩》第 49 冊，第 30788 頁。

〔註 152〕無名氏《占年》，〔清〕彭定求等編《全唐詩（卷 880）·占辭》，中州古籍出版社，2008 年，第 4445 頁。

〔註 153〕《樂歲歌》，《全宋詩》第 49 冊，第 30394 頁。

應時的好雨固然很好，而久旱逢甘雨也同樣令人喜出望外，因爲久旱逢雨，就像人在病情危急時急需良藥救治一樣：「旱極乃得雨，淒然天已秋。譬如病且革，藥劑方一投」〔註 154〕，因此，雖然旱情嚴重得「上田更龜坼」〔註 155〕，但是詩人認爲不用擔憂，因爲天空潑墨似的濃雲正在飄來，一定會有一場大雨降臨了：「欲知雨未已，看取雲潑墨」〔註 156〕。長期對雨水、氣候和年成的關注，使得詩人看到瀟瀟雨水，不用問詢父老鄉親，自己就能斷定一定會有好收成了：「蚤作欣聞雨，歡謠欲助農。不須詢父老，斷可驗凶豐」〔註 157〕；聞聽轟隆隆的雷聲，即使降雨持續的時間不長，詩人也欣喜若狂，他說「無嫌雨腳短，故喜旱頭開」，「誰驅霹靂駕，更起阿香雷」〔註 158〕，因爲雷聲驅走了旱魔，開了個好頭，也帶來了大雨降臨的希望。

趙蕃喜雨題材的田園詩歌，有一些同時是寫給朋友的唱酬詩，這些人大多是州、縣的官吏，也有朝廷官員，因此融進了德治仁政的思想。在喜雨的同時，他也頌揚了德政惠民的好官，其中包括「天公意與聖人同」〔註 159〕的當朝君王，他頒佈了厚待黎民百姓的詔書，感動蒼天降下了甘霖，「故於半載焦枯後，一雨聊資土脈通」〔註 160〕。他對自己的族叔趙汝愚充滿敬意，巧合的是，聲譽很高、政譽卓著的趙汝愚移官福州時，剛剛進入福建境內，就爲萬民帶來一場久旱後的甘霖：「父老爭迎舊使君，使君何以爲吾民。要須一舉爲霖手，快瀉天瓢洗旱塵」〔註 161〕。詩人認爲趙汝愚是惠政於民的

〔註 154〕《雨二首》之一，《全宋詩》第 49 冊，第 30450 頁。
〔註 155〕《田家即事八首》之七，《全宋詩》第 49 冊，第 30760 頁。
〔註 156〕同上。
〔註 157〕《次韻簽判丈因旱而作及喜雨二詩》之二，《全宋詩》第 49 冊，第 30630 頁。
〔註 158〕《六月十七夜出寺門，驟有所聞，疑水與風，即而觀之，雨也。對面而橫驚焉，已而傾注，中夕復作，明日猶未已。賦詩三首，與欽止、斯遠同之》之二，《全宋詩》第 49 冊，第 30647 頁。
〔註 159〕《立春》之三，《全宋詩》第 49 冊，第 30788 頁。
〔註 160〕同上。
〔註 161〕《玉山久旱，七月一日雨作。望者云：「從常山來時，趙吏部赴福

賢吏，所以感動上天降雨造福百姓。

在趙蕃詩集中，融入德治仁政思想的田園詩，數量很多，他對施行仁政的詩友說：「使君自是爲霖手，要雨雨來何旱憂。報爾田家但勤力，今年定有十分秋」〔註 162〕、「今君憂樂皆農務，信有雨來晴便晴」〔註 163〕、「望望雨晴求屢告，欣欣守尉德俱良」〔註 164〕，都含蘊著趙蕃仁政愛民的思想。

四、「叩龍探古湫，號佛喧通衢」〔註 165〕：狀寫祈雨（或祈晴）的場景

在封建社會，由於科學不夠發達，封建迷信盛行。災難面前，人們總以爲得罪了某方神靈，於是舉行各種各樣的祈禱儀式，渴盼神靈降福。旱災面前，人們也要舉行各種各樣的祈雨儀式。這在趙蕃的田園詩中也有充分的描寫，具有一定的文學價值和認識意義。其《次韻畢叔文苦旱歎》，敘述在百姓們「靡神無不舉」的各種敬神儀式之後，詩人似乎聽見巫覡、肸蠁正在靈感通微，甚至聽到他們與神靈的對話：「如聞巫覡有通靈，肸蠁似逢人問嫗。前朝一雨苦不難，況今靡神無不舉。會當勞以三日霖，綠浪黃雲看掀舞。」〔註 166〕詩人期盼皇天不負有心人，相信神靈將用持續的降雨，回報虔誠的百姓。當然，這要看是否眞有神靈的存在了。

趙蕃的田園詩中，有多篇祈雨詩描寫了江西遭受旱災的祈雨詩，如《趣章永豐祈雨》、《初五日呈潘提舉，時禱雨應而未洽》；也有禱晴詩，如《張信州禱晴，輒應以詩賀之》。這些田園詩，既描寫了田

州，適入境，已聞境上大雨。」取書邦人歡喜之詞，爲口號二首呈之》，《全宋詩》第 49 冊，第 30801 頁。

〔註 162〕《喜雨投詹信州口號六首》之二，《全宋詩》第 49 冊，第 30769 頁。

〔註 163〕《莫萬安以甘雨應候，用社日韻作詩見貽，次韻》，《全宋詩》第 49 冊，第 30717 頁。

〔註 164〕《喜晴》，《全宋詩》第 49 冊，第 30405 頁。

〔註 165〕《初六日雨而甚微》，《全宋詩》第 49 冊，第 30450 頁。

〔註 166〕《次韻畢叔文〈苦旱歎〉》，《全宋詩》第 49 冊，第 30516 頁。

園風光、農事安排和嚴重的災情，也有祈神的具體情景和農民祈禱時心理的掙扎，還飽含詩人對神靈神異本領的冀望，具有風俗畫的特點。其《趣章永豐祈雨》云：

高田卷蒼埃，下田積荒穭。頻聞父老嘆，似訴車戽苦。
吾鄉地猶薄，有類家素窶。旱繇十日晴，潦自三尺雨。
吏斯靡常禱，神得誇屢許。近雖略豐稔，曾不厚倉庾。
桑麻籍銖兩，門户強撐拄。往時屬初夏，插秧未終畝。
甘膏偶愆候，人意已深阻。沛然天爲賜，翕爾農遂舉。
沈憂釋阽危，樂事覬安堵。迨今幾何日，所歷無廢土。
豈惟勞手足，殆欲病腰膂。早禾穗且實，晚稻花半吐。
更寬經旬虞，當作有歲取。奈何又觖望，嗟爾復奚補？
雲師匪云怠，風伯敢固拒。烹鵝竟何術，象龍恐非古。
精誠苟潛運，響應猶或俯。誰能任此責，再拜謝明府。

〔註 167〕

詩人描述了高田上空蒼埃彌漫、雨水遲延、插秧未及終畝等嚴重的旱情，以及農民儲糧薄少、桑麻價格低廉和辛勞導致的腰背疼痛等困苦境遇。百姓們感謝上天賜予的少量雨水和章縣令的勤政愛民，祈望繼續降雨能有個好收成，並從此過上安居樂業的生活。此外，詩人以「吏斯靡常禱，神得誇屢許」，假設了神靈對賢吏的勤懇與虔誠禱告的誇獎，而其中「烹鵝竟何術，象龍恐非古」等句，描述了祈禱的場面與用具等。同時，詩人也表述了自己的看法，他認爲以烹鵝與刻繪龍形等古老的方法求雨，神靈不一定欣賞，不過，也許神靈會被章縣令和百姓的精誠感動！這首語言典雅的五言古詩，夾敘夾議，翔實而生動的描寫，讓我們真切體會了南宋中期江西的社會、經濟與政治狀況。

事實上，南宋時期，旱情之嚴重，不獨是臨近京城的江西，遠離京城的湖北、湖南等地區也是如此，當地的地方官也經常爲民舉行隆重的祈雨儀式。趙蕃的部分田園詩，就描寫了湖南遭受旱災後

〔註 167〕《趣章永豐祈雨》，《全宋詩》第 49 冊，第 30450 頁。

祈雨的情形，這爲我們今天研究南宋湘西地區少數民族的生活和祈雨習俗，提供了珍貴的資料。提點荊湖南路刑獄的潘畤是一位「愛民如子，馭吏如童僕，接僚屬如朋友，惜官帑如私財，治公事如家事」〔註 168〕的地方官，趙蕃在湖南擔任辰州司理參軍時，與潘畤父子交往密切，頗爲相知，他深爲潘畤的善政舉措感動，對潘畤主持禱雨的史事與具體情形，有翔實的記錄。其《初五日呈潘提舉，時禱雨應而未洽》記述潘畤禱雨的背景是雨澇後持續的大旱，「潦退旱隨至，吏憂民足傷。陂塘待天雨，饘粥仰官倉。事勢胡能久，收成亟所望」〔註 169〕。萬民矚望天降甘霖，潘提舉「關心廑漢節，用意格穹蒼」，不辱使命，擇日舉行了禱雨儀式，竟然烏雲籠罩、雷電交加，降雨由小及大，「忽已雲霓合，兼之雷電將，驟來能點點，快落遂浪浪。」〔註 170〕這場及時雨澆灌了饑渴的莊稼，寬慰了百姓臉上的憂愁與內心的惶恐：「未復田疇綠，才蘇菜隴黃。粗能寬閔閔，聊且慰皇皇。」〔註 171〕趙蕃認爲，潘提舉此次祈雨之所以成功，是因爲他對百姓一貫的仁愛和虔誠：「末世耽饗佛，前聞戒暴尫。于公明孝婦，卜式訟弘羊」〔註 172〕。古代風俗有大旱不雨則曝曬瘠病者，希望上天哀憐而降雨，謂之「暴尫」。潘畤是天下聞名的惠民賢吏，當然不會採用暴尫這種不仁的舉動，在趙蕃眼裏，潘畤有如漢朝治獄勤謹、爲東海孝婦申平冤屈的大清官于公，又如勇敢彈劾桑弘羊厲民而富國的卜式。事實上，潘畤也的確當得起這樣的讚譽，他一貫奉行「民惟邦本，本固邦寧」〔註 173〕的爲政之道，在朝堂召對時，

〔註 168〕〔宋〕朱熹《晦庵先生朱文公文集》卷 94《直顯謨閣潘公墓誌銘》，朱傑人、嚴佐之、劉永翔主編《朱子全書》（第 25 冊），上海古籍出版社、安徽教育出版社，2002 年，第 4320 頁。

〔註 169〕《初五日呈潘提舉，時禱雨應而未洽》，《全宋詩》第 49 冊，第 30662 頁。

〔註 170〕同上。

〔註 171〕同上。

〔註 172〕同上。

〔註 173〕〔清〕俞正燮《書集傳批校》，安徽古籍叢書編審委員會，《俞正燮

他勸誡皇帝說：「郡縣者，朝廷之根本，而百姓又郡縣之根本也」〔註 174〕，所以他謝絕在朝爲官；他也確實善於治獄平冤，據朱熹《直顯謨閣潘公墓誌銘》記述：「歲旱，禱雨不應，公（潘時）慮獄有冤亟，往訊焉，果得二人，破械遣之而歸其獄於吏。車未及旋，大雨立至。」〔註 175〕因此，趙蕃稱讚潘時爲民祈雨的意義，「是可資邦本，寧唯致歲穰」，不僅紓解了旱情，護衛了百姓，也保護了國之根本，所以，趙蕃稱讚潘時是有事實依據的。

潘時祈雨結束後的當天傍晚，又下了一場滂沱大雨。趙蕃興奮難抑，又寫作了《是夕雨大作，復呈潘提舉》一詩，描寫當晚暴雨傾盆的情景，抒發激動萬分的心情：

雲行方陸離，月出重蔽虧。旋聽隱其響，已見沛然馳。
信有誰能禦，那云鼓再衰。天瓢快傾瀉，旱魃勇鞭笞。
卧想歌謠疾，頓寬車戽疲。中宵猶颯沓，既曉尚紛披。
五日能如一，有年端可期。旱頭今已破，雨腳不難垂。

〔註 176〕

降雨前，雲層參差錯綜，月亮被遮蔽而半隱半現。繼而雷電迅疾，隨之雨點密集落地、瓢潑大雨傾盆而下，一直下到次日天明，徹底驅跑了旱魃、解除了農民的戽水之苦。在該詩的後半部分，趙蕃盛讚潘提舉造福湖南的黎民百姓，其誠可鑒：「使者豈爲德？天心茲可知。在予非赫赫，於汝要熙熙。始急救荒法，終傳喜雨詩」，「米賤行當復，物生斯得宜」。同時，趙蕃還揭示了潘提舉成功的秘訣在於「但須觀氣象」，對氣象科學的通曉，才是他祈雨成功的眞正原因。

遇到乾旱要祈求降雨，遇到雨澇則要祈求天晴，趙蕃的田園詩也描寫了百姓遭受雨澇災害後舉行的祈晴儀式。其《張信州禱晴，輒以詩賀之》一詩，採用樂府詩的形式，通俗易懂，讀來琅琅上口：

全集》（第三冊），黃山書社，2005 年，第 125 頁。

〔註 174〕〔宋〕朱熹《直顯謨閣潘公墓誌銘》，第 4315 頁。

〔註 175〕同上。

〔註 176〕《是夕雨大作復呈潘提舉》，《全宋詩》第 49 冊，第 30453 頁。

「舍東舍西繰車鳴，陂南陂北秧壟平。共期今年好春事，自茲無苦惟須晴。如何忽作十日雨，農夫輟耕病紅女。爾曹惴惴何足云，忍使憂形使君慮。人言水旱有常數，豐凶不假祈禳助。那知使君爲民爾，一念未萌神固許。朝來風色端何祥，溪流復故山屏張。欣然此屋盡和氣，使君之賜眞無央。」〔註 177〕與前文潘畤祈雨的相同之處在於，張信州禱晴也應驗很快，「那知使君爲民爾」，「一念未萌神固許」，其原因也因爲張信州施政爲民，得到了神靈的同情。不同之處在於，趙蕃這首詩的風格語調稍顯從容，也許因爲農夫輟耕、織女愁苦生病的災情，比起旱災的嚴重後果稍微輕一些。

當然，向上天祈禱也有不應驗的。對此，趙蕃的田園詩也有相關的記述，同時抒發了詩人祈禱無望的痛苦與憤慨：「旱勢若燎火，雨粒如投珠。望望恐不及，嗷嗷欲成呼。叩龍探古湫，號佛喧通衢」〔註 178〕，旱情異常嚴重，到處是嗷嗷呼號的人群，古老的深潭前擠滿了叩拜龍神的人，大路上充斥著阿彌陀佛等喧囂聲。歷來「山川禱斯必，社稷報不渝」〔註 179〕，可是無論人們如何努力，龍王與土地神卻沒有任何反應，詩人不禁懷疑「古人之所是，今人之所迂。龍神與社鬼，其事亦區區」〔註 180〕，也許所謂的神靈根本不存在。

綜上，趙蕃的田園詩眞實再現了南宋中、後期農村與農民的生活狀況，既描寫了農村優美的自然風光與農人快樂的勞動場景，也反映了農民勞動生活的艱辛。其刻畫農村遭受嚴重雨澇災害的詩句，精警動人，如「萬室望霓願，千村車水歌」（《六月十五日時閔雨甚矣三首》之二）等。從所描寫災情的地域範圍看，不但再現了作爲當時政治與經濟中心的江西、浙江等江南地區的嚴重災情，也描寫了西部盛產稻米的湖南、湖北等地遭遇的旱澇災害，更有人們在自然災害面前渴盼神靈降福而舉行的形形色色的祈雨儀式，富有濃郁的生活氣息。因

〔註 177〕《張信州禱晴，輒應以詩賀之》，《全宋詩》第 49 冊，第 30393 頁。
〔註 178〕《初六日雨而甚微》，《全宋詩》第 49 冊，第 30450 頁。
〔註 179〕同上。
〔註 180〕同上。

此，趙蕃的田園詩，在宋代甚至中國田園詩壇，不但反映了宋代詩人民胞物與的情懷，代表了士人仁政愛民的政治理想，同時，還具有鮮明的地域特點和獨特的歷史意義。

第三節　清操淩厲的詠物詩

趙蕃的詠物詩，所詠之物很多，從廣義來看，涉及人文意象和自然意象兩大類。人文意象有寺廟、道觀等建築景觀，也有文人常用的文房四寶紙、墨、筆、硯等。自然意象除了山、水等意象，還有花卉、樹木等各種植物。其中山、水等意象在趙蕃山水詩部分已有分析，文房四寶紙、墨、筆、硯在酬贈詩部分分析，此處不再贅述。

從狹義範圍來看，詠物詩主要指吟詠各種動植物的詩歌。趙蕃詩中所詠的花卉有梅花、菊花、蘭花、楊花、水仙、蕙、芷、蘭、酴醾、桃花、櫻桃花、淩霄花、含笑、芙蓉、木犀、山櫻、白蓮、海棠和萱草等二十多種花草；樹木有竹子、松、柏等。在花卉題材的詠物詩中，趙蕃對花卉的稱賞，既有花卉的顏色、香味等外在美，更著眼其品質的內在美。外在美如讚美木犀「花瘦非疇昔，香深有自來」〔註 181〕，讚美含笑說「舊觀但比山茶白，無此枝頭破顆紅」、「吐香全似酒微中」〔註 182〕，分別著眼於花卉美麗的花形、顏色和馥鬱的芳香。不過，詩人對花卉的品格精神也很鍾愛，比如他讚揚木犀在「黃葉滿階除，蔓草委霜露」〔註 183〕的深秋時節，「此樹獨如故」〔註 184〕，依然呈現蒼翠欲滴的綠色。還有「三兩芙蓉並水叢，向人能白亦能紅」〔註 185〕的芙蓉，「楚國固多蘭與荃，長林野水若何邊」〔註 186〕的蘭花與昌蒲，「只有山櫻能照眼，屬遭風雨又離披」

〔註 181〕《郊居秋晚五首》之二，《全宋詩》第 49 冊，第 30398 頁。
〔註 182〕同上。
〔註 183〕《掃桂》，《全宋詩》第 49 冊，第 30434 頁。
〔註 184〕同上。
〔註 185〕《木芙蓉》，《全宋詩》第 49 冊，第 30795 頁。
〔註 186〕《呈潘潭州十首》之四，《全宋詩》第 49 冊，第 30765 頁。

〔註 187〕的山中櫻桃花。它們或者生長於環境較差的野外水邊，或者在眾芳搖落的季節開放，卻又給人帶來賞心悅目的美麗笑容，表現出甘於寂寞、不慕榮華和堅貞不屈的品格，也映照出詩人超逸高潔的人格追求，這正是趙蕃詠物詩追求的旨趣所在。有人分析說：「詠物詩從屈原的《橘頌》到孩童時代駱賓王的《詠鵝》，相對於山水、田園詩而言，在表現人與自然的關係上，具有更大的作者群、覆蓋面和多角度。但無論何等樣的各逞巧思、出奇爭勝，不黏不脫，深有寄託，物性傳達人性是眾多詠物名作的共同特點，物象中展現了作者自我塑造的理想人格和人性。」〔註 188〕此論甚是，趙蕃詠物詩吟詠最多的是竹子、梅花、菊花和松柏等幾種植物，他對這幾種植物的厚愛，正因爲它們最能代表詩人的隱逸情懷和高潔襟抱。

一、「此君如高人，風節常淩厲」〔註 189〕：詠竹詩

在中國傳統文化中，竹子以清貞挺拔的外表和寧折不屈的品格備受歡迎。自從晉代的王子猷指著竹子宣稱「不可一日無此君」，此君就成爲竹子的別稱；蘇東坡也說：「可使食無肉，不可居無竹。無肉令人瘦，無竹令人俗。人瘦尚可肥，士俗不可醫。旁人笑此言，似高還似癡。若對此君仍大嚼，世間那有揚州鶴」〔註 190〕，可見歷代文人對竹子的偏愛。趙蕃也不例外，他對竹子的摯愛與癡迷，在南宋乃至宋代詩壇，也是卓然獨立。在其詩集中，共有 216 首詩、258 次寫到竹子。他欣賞參天的大竹，也吟誦新生的小竹，甚至幼小的竹筍；他稱讚懸崖邊頑強挺立的「崖根竹」，還有從石頭縫隙中倒垂著的天帚竹。他把竹子當成知己朋友，當作自己的第二生命一樣呵護有加。

〔註 187〕《春日雜言十一首》之二，《全宋詩》第 49 冊，第 30804 頁。
〔註 188〕梁東《詩教與社會和諧》，《中華詩詞》2005 年第 10 期，第 40 頁。
〔註 189〕《悼竹》，《全宋詩》第 49 冊，第 30455 頁。
〔註 190〕〔宋〕蘇軾《於潛僧綠筠軒》，〔清〕王文誥輯注，孔凡禮點校《蘇軾詩集》，中華書局，1982 年，第 448 頁。

宋代知識分子的精神寄託和文化生活都很豐富，竹子等植物尤其受到絕大多數文人的喜愛。趙蕃在詩中不吝筆墨，描述了當時的文人雅士對竹子的摯愛和精神追求，他在太和為官時期最好的朋友之一、著名的隱逸之士楊願（字謹仲）就是這樣一位拔俗之士。趙蕃介紹楊願及其水竹環繞的居所說：「地占清江勝，居兼水竹幽。衡門阻靜僻，高臥樂優遊」〔註191〕，又說「清江郭內千竿竹，愛此渾如屋上烏」〔註192〕；還把楊願比喻為東漢末至三國時期的著名隱士龐德公，「竹戶與松窗，當年拜老龐」〔註193〕，可見他對楊願這位與茂密的竹子與松林作伴的高士心懷欽敬。

在詩中，趙蕃還記述了當時的文人高士一起結伴欣賞竹子的高雅活動。其《同成父弟訪王亢宗，遇周欽止，同過圓通看竹二首》之一敘述說：「訪客因逢客，相攜看竹來。徑從林下轉，門向水邊開。高顧防驚鳥，徐行恐破苔。故嫌溪淺落，妨我泛舟回。」他們看竹時，對大自然的其他生物也小心翼翼，可見他們的仁愛之心何其淳厚。他在《過叔文園亭，題於竹上》一詩中，記述了與友人遊賞竹林時的陶醉和內心的體悟：「一亭幽入徑，萬竹上參天。我欲成閒詠，君能起醉眠。清風誰為起，宿雨晝猶懸。莫厭此物聒，管絃非自然。」〔註194〕聽到大風吹過竹林時發出的嘯聲，趙蕃安慰友人不要說嘯聲吵嚷，相反，它充盈著自然之美，是清醇的天籟之聲。

當時的文人高士，寄居的房舍周圍如果沒有竹子，總要想方設法找來竹子種植。趙蕃稱讚友人「借宅亦種竹，知子未忘此」〔註195〕，並在《藥圃舊無竹，僕為作詩，從閒止乞栽》詩中說：「一日借居無不可，數竿分我未傷廉。懸知影可連書屋，便恐山無到野簷」〔註196〕，

〔註191〕《呈楊謹仲監廟三首》之三，《全宋詩》第49冊，第30542頁。
〔註192〕《呈楊謹仲二首》之一，《全宋詩》第49冊，第30766頁。
〔註193〕《寄呈壽岡先生二首》之一，《全宋詩》第49冊，第30568頁。
〔註194〕《過叔文園亭，題於竹上》，《全宋詩》第49冊，第30587頁。
〔註195〕《溧水道中回寄子肅玉汝並屬李晦庵八首》之六，《全宋詩》第49冊，第30483頁。
〔註196〕《藥圃舊無竹，僕為作詩，從閒止乞栽》，《全宋詩》第49冊，第

他幽默地請求友人分給他數竿竹子，想像著不遠的未來，書房外竹影掩映的美景。

（一）「我居何有惟修竹，一日真成不可無」〔註197〕：描寫與竹子相依相伴的生活

趙蕃對魏晉風度非常欣賞，對王子猷雪夜訪戴、興盡返回的瀟灑豪放，以及「不可一日無此君」的高潔襟抱念念不忘，其詩集中分別有多首詩述及王子猷「訪戴」或「此君」故事（前者在《趙蕃的人生思想》部分已有論及）。他興味盎然地吟唱道：「王郎家世本愛竹，舊說不可無一日」〔註198〕、「興懷王子猷，匪但一朝夕」〔註199〕、「我居何有惟修竹，一日眞成不可無」〔註200〕，可見趙蕃上與古人為友，崇尚魏晉賢人的名士風度，對王子猷的品格及「此君」懷有深厚的情誼。

在與朋友的交遊酬贈中，趙蕃經常以家鄉的參天竹林為驕傲，他說「我家入婺四十里，有竹參天山崛起」〔註201〕、「我家章泉旁」，「有竹森似束」〔註202〕、「吾家章泉村，有竹數十百」〔註203〕；他經常盛情邀請異鄉的朋友到他家做客賞竹，「會當過我南山南，門有修篁風屢舞」〔註204〕，在趙蕃的眼中，那一片片茂密的竹林，會在風中翩翩起舞，歡迎遠道而來的客人。

不論家居還是為官，趙蕃都要有竹子相依相伴，他與竹子情濃於水，他說：「一日猶思種，長年可不栽」〔註205〕、「官居亦何有？

30710～30711頁。

〔註197〕《簡見可覓畫三首》之一，《全宋詩》第49冊，第30780頁。

〔註198〕《送王亢宗赴劍浦丞》，《全宋詩》第49冊，第30493頁。

〔註199〕《次韻斯遠投宿招賢道店對竹再用前韻見懷二首》，《全宋詩》第49冊，第30455頁。

〔註200〕《簡見可覓畫三首》之一，《全宋詩》第49冊，第30780頁。

〔註201〕《寄婺州喻良能叔奇》，《全宋詩》第49冊，第30497頁。

〔註202〕《有懷竹隱之筍復用前韻》，《全宋詩》第49冊，第30456頁。

〔註203〕《冬晴三首》之二，《全宋詩》第49冊，第30462頁。

〔註204〕《王伯玉兄弟皆用叔文韻作詩見示答之》，《全宋詩》第49冊，第30524頁。

〔註205〕《竹徑》，《全宋詩》第49冊，第30532頁。

有此數竿綠」〔註 206〕。在青年時代，他把自己的宅舍稱爲晏齋，「晏齋生理比何如，破硯今來亦已枯。珍重此君爲耐久，澹然相對只清癯。」〔註 207〕從詩中可知，他經常靜靜地對竹長坐，彷彿竹子能與他說話，竹子清瘦的風姿與經久不變的節操，給他帶來了美好溫馨的慰藉。他在太和爲官時，把自己官居的廳事稱爲晏齋，把面對竹子的書房稱爲思隱堂。他說：「晏齋，余自名也，故常以榜自隨，乃以名廳事之東。偏廳之後，舊有一室，面對竹，余山居富此物，亦以竹隱名。對此竹，而有思於山中，故以思隱名之」〔註 208〕，他之所以把太和居所的書房稱爲思隱堂，是因爲他非常思念家鄉宅舍內外的竹子。楊萬里在太和思隱堂看到趙蕃對著竹子專注吟詩的情景，也幽默地說他「詩人與竹一樣瘦」〔註 209〕，可見趙蕃對竹子的喜愛，竟至到了王子猷「一日借居無不可」〔註 210〕的地步。

（二）「遙憐初日弄碎影，想見午風傳細香」〔註 211〕：抒發身處異鄉時的思念之情

趙蕃對竹子情有獨鍾，當他因移居或爲官告別竹子的時候，總是依依不捨：「十載依修竹，今秋始一辭」〔註 212〕；他前往太和爲官時，臨行前與竹子告別說：「十年保我章泉竹，木枕布衾供易粟」

〔註 206〕《有懷竹隱之筍，復用前韻》，《全宋詩》第 49 冊，第 30456 頁。

〔註 207〕《寄懷二十首》之一，《全宋詩》第 49 冊，第 30770 頁。

〔註 208〕按，趙蕃有三首詩，題爲《晏齋，余自名也，故常以榜自隨，乃以名廳事之東。偏廳之後，舊有一室，面對竹，余山居富此物，亦以竹隱名。對此竹，而有思於山中，故以思隱名之。思隱之東，又闢屋丈許，連以爲齋，乞名於張君伯永，爲名曰容齋。並作三絕誌其事》。另外，楊萬里在太和作有《題太和主簿思隱堂》。見《全宋詩》第 42 冊，第 26267 頁。

〔註 209〕〔宋〕楊萬里《題太和主簿趙昌父思隱堂》，《全宋詩》第 42 冊，第 26267 頁。

〔註 210〕《藥圃舊無竹，僕爲作詩，從閒止乞栽》，《全宋詩》第 49 冊，第 30711 頁。

〔註 211〕《重懷思隱之作，因回使寄明叔兼呈從禮、景立》，《全宋詩》第 49 冊，第 30711 頁。

〔註 212〕《徙居祖印寺》，《全宋詩》第 49 冊，第 30398 頁。

〔註 213〕、「頻年盡室依此竹，意謝侏儒奉囊粟。今當舍竹去作吏，竹爲嘿嘿如抱辱。」〔註 214〕他把竹子當成了知心朋友，與其「對話」，向它傾訴內心的矛盾與痛苦。

在外地爲官時，他念念不忘家中竹子的安全與長勢，他對弟弟趙成甫動情地說道：在初夏時，竹子生長旺盛，竿葉稚嫩，易受傷害，所以「及此夏初時」，「尤欲護吾竹」〔註 215〕；要「調護山中竹，斧斤毋使侵」，防止被人偷偷砍伐；要把門前影響出入和環繞溝塹的竹子移種別處，「當門要移種，繞塹合分陰」〔註 216〕。在辰州爲官期間，他非常思念太和思隱堂的竹子，想像著思隱堂外竹子茂盛的長勢，「問訊新篁今幾長，高應出屋下侵廊」〔註 217〕；他彷彿看到太陽剛昇起時那斑駁搖曳的竹影，聞見中午時分微風吹過帶來的竹子的清香，「遙憐初日弄碎影，想見午風傳細香」〔註 218〕；他晝思宵寐、寢食難安，幾近肝腸寸斷，「臥看行吟君得意，晝思宵寐我迴腸」〔註 219〕，可見他對竹子的思念之深、思念之苦。遠遊歸來，他會迫不及待地與竹子見面「聊天」。在《檢校竹隱竹數三首》中，他敘述自己「何以居之安？賴此猗猗綠」〔註 220〕，在異鄉時「一朝顧捨去，夢寐勞心目」，時刻牽掛著竹子；歸來後「今晨忽在眼，如客得歸宿」，立即點數竹子的數量，還借助「風」語讓竹子說話，「竹雖不解語，風能爲之言」；竹子隨後萬分「委屈」地傾訴了在主人離去後遭遇的不幸：「斧斤伐我本，畜牧踐我孫」。有感於竹子被斧斤

〔註 213〕《審知以詩送行借韻留別》之一，《全宋詩》第 49 冊，第 30495 頁。
〔註 214〕《同成父過章泉，用前韻示之》，《全宋詩》第 49 冊，第 30518 頁。
〔註 215〕《寄秋懷》之八，《全宋詩》第 49 冊，第 30884 頁。
〔註 216〕《豐城送成父弟還玉山三首》之三，《全宋詩》第 49 冊，第 30871 頁。
〔註 217〕《重懷思隱之作，因回使寄明叔兼呈從禮、景立》，《全宋詩》第 49 冊，第 30711 頁。
〔註 218〕同上。
〔註 219〕同上。
〔註 220〕《全宋詩》第 49 冊，第 30433 頁。

砍伐，竹筍被牲畜踐踏，詩人決定爲竹林構築籬笆，從此好好保護竹子，防止竹子被砍伐或盜竊。

從趙蕃娓娓道來的敘述中，可以感受到他對竹子體貼入微的感情，竹子是通達詩人感情、寄託性靈的知音，也是他的第二生命。

（三）「堤防虞採掘，檢束費晨昏」〔註221〕：描繪詩人對竹筍（或新竹）的悉心照料

比之與人，竹筍和新生的竹子，有如嬰幼和少年，需要更多的關愛。他非常喜愛觀賞破土而出的竹筍和新生的竹子，感受它們蓬勃的生機與活力，並訴諸於詩：「新竹排個個，是中有餘詩」〔註222〕；他讚賞新生的竹子生命力頑強，長勢旺盛：「新竹不數輩，歲慳非地貧。破苔方挺出，突屋已長身」〔註223〕，雖然年景不佳，新竹數量稀少，但是出生後的幾竿竹子，卻生長迅速。其《題新竹示韋德卿》一詩，對竹筍和新生的竹子觀察細緻，描寫細膩生動：「戢戢初成茁，駸駸漸可竿。朝幽粉淚漬，午靜籜聲乾。枝且勝棲羽，陰仍合翠寒。書齋有餘暇，可以過予看。」〔註224〕密集的竹筍，生長迅速，在寂靜的中午，詩人清晰地聽到了筍殼脫落的聲音。在雨露的滋潤下，不久，一片枝繁葉茂的小竹林已經長成，甚至還有小鳥在其中棲息。

趙蕃不惜辛勞，對新生竹筍的安全特別關心，悉心培護：「況當萌茁時，孰杜樵採辱」〔註225〕，反映了詩人對竹子的愛戀。其《詠筍用昌黎韻》一詩，描述了他細心呵護竹筍的情形：

山居何所用，種竹並楹軒。聽雨宵忘寐，搖風日破煩。
春來仍引蔓，雨後競添孫。迸砌思移石，妨池欲廢盆。
堤防虞採掘，檢束費晨昏。自是林深茂，非因地獨溫。

〔註221〕《詠筍用昌黎韻》，《全宋詩》第49冊，第30669～30670頁。
〔註222〕《閏月二日雨，三日復雨，寄斯遠三首》之三，《全宋詩》第49冊，第30451頁。
〔註223〕《新竹》，《全宋詩》第49冊，第30532頁。
〔註224〕《題新竹示韋德卿》，同上頁。
〔註225〕《有懷竹隱之筍，復用前韻》，《全宋詩》第49冊，第30456頁。

有朋如角立，布陣似爭騫。戢戢株雖短，駸駸勢已存。
郤行纔避碍，逆曳遂難垠。婢喜頻留步，兒欣屢發言。
縱横從可目，散漫孰尋根。蟻敗須攻穴，羊侵要補藩。
驟驚疑瓦合，還訝若車奔。豈害偏藏徑，何妨便滿園。
擁培規我力，振拔果誰恩。坐見身長塹，行看籜蔽垣。
苔俱滋濕暈，蘭與王芳蓀。未肯低前輩，終當及次番。
萬杉眞浪説，千橘更何論。蹇傲冬方見，陰森夏乃繁。
務令收晚節，忍把助朝餐。此日聊成隱，它年定改門。

〔註 226〕

詩人在欣喜地看到竹筍「春來仍引蔓，雨後競添孫」、「有朋如角立，布陣似爭騫」的茂盛長勢後，不僅立即「擁培規我力」、「檢束費晨昏」，付出辛勤勞動，還採取了「堤防虞採掘」、「蟻敗須攻穴，羊侵要補藩」等得力措施，保護竹筍的安全。在詩人的精心呵護和辛勤勞動後，竹筍長勢繁茂，「驟驚疑九合，還訝若車奔」，彷彿競相奔馳的戰車。詩人「坐見身長塹，行看籜蔽垣」，欣賞著竹筍快速地生長，就像看著自己的孩子健康地長大那樣興奮。可見，詩人對竹子的深情綿渺。對於生長在宅舍門口妨礙進出的竹筍，趙蕃在挖掘時，口中還念念有詞：「蘭在當門未免鋤，竹生那可礙階除。莫言無罪充庖宰，自汝爲生託地疏」〔註 227〕，對竹筍表示惋惜和歉意，足見他對竹筍的憐愛之心。

（四）「太剛竟摧折，乃悟非善計」〔註 228〕：獨特的悼竹詩

從竹子的物性來看，生長中的竹子比較脆弱，在惡劣的氣候條件下，比如大雪、狂風來臨時，容易受到傷害。每到冬、夏季節，趙蕃都非常擔心惡劣的天氣降臨，除了會給生活造成困難，還可能損害他心愛的竹子。他遠離家鄉爲官時，「頗復念此君，誰歟撫霜

〔註 226〕《全宋詩》第 49 冊，第 30669～30670 頁。
〔註 227〕《以筍送諸公二首》之一，《全宋詩》第 49 冊，第 30775 頁。
〔註 228〕《悼竹》，《全宋詩》第 49 冊，第 30455 頁。

節」〔註 229〕，在冬天格外牽掛家中竹子的安全：「吾家章泉村，有竹數十百。平時愛不伐，雪後多摧折。江東絕近書，未省有無雪」〔註 230〕。盛夏季節，一場突如其來的狂風暴雨之後，趙蕃宅舍旁邊的竹子被摧折了很多，他深情懷念竹子生前的美麗風姿，給「冤死」的竹子寫作了一篇情深意重的悼亡詩。其《悼竹》云：

此君如高人，風節常淩厲。雖經隆冬中，正色不少替。
春今盡正月，萌蘖且次第。天公出奇手，白晝變昏翳。
初飛佛場花，繼灑鮫人涕。群兒顧驚走，老眼亦睥睨。
是時凡草木，掩抑若自衛。惟君獨傲然，略不威嚴霽。
太剛竟摧折，乃悟非善計。追懷周旋久，於此增懍悷。
其生既冤死，其死可輕弊。當爲殺青簡，更以色絲綴。
盡書卓行人，出入生死際。作我座右銘，蘄能免於戾。

〔註 231〕

在兇猛異常的狂風暴雨中，那些平常的草木因隨風倒伏而得以活生，但是竹子卻毫無懼色、威嚴挺立，結果被摧折了很多。詩人憐惜竹子「太剛竟摧折」，痛苦萬分地自責沒有使其免於災難的神奇本領。周旋良久之後，他深深地哀悼冤死的竹子，決定把它們製成竹簡，並撰寫讚頌竹子高尚品節的美文，鐫刻在竹簡上，既作爲警示自己的座右銘，也爲自己減輕一些「罪過」。對於病死的竹子，他在砍伐時，也是滿懷悲傷。其《斫病竹》云：「採掘寧慳供，護持期有成。時今閱春夏，爾獨意枯榮。瑣碎日無影，蕭騷風罷聲。樵蘇勿懷辱，而我豈無情。」〔註 232〕詩人一邊斫去病死的竹子，一邊寫下這篇悼念病竹的詩歌。他以病竹朋友的身份與口吻，對它輕輕地絮語著，好像病竹仍然活著，又用「瑣碎日無影，蕭騷風罷聲」，渲染心中的無限傷感。

趙蕃寫給竹子的悼亡詩，愁腸百結，感人肺腑。其題材內容和藝

〔註 229〕《冬晴三首》之二，《全宋詩》第 49 冊，第 30462 頁。
〔註 230〕同上。
〔註 231〕《悼竹》，《全宋詩》第 49 冊，第 30455 頁。
〔註 232〕《斫病竹》，《全宋詩》第 49 冊，第 30532 頁。

術感染力，在中國文學史上具有獨特的地位。

（五）「此君如高人，風節常淩厲」〔註 233〕：趙蕃詠竹詩的「比德」內涵

宋代的文人高士爲什麼特別喜愛竹子、沉浸於竹林清幽的境界？這有文化與文學傳承的因素，也與宋代特殊的社會與文化狀況密切相關。對此，程傑先生從宏觀上有精闢的分析：

> 宋人的人格理想建構中特別傾向於道德自律與品格自尊，社會倫理責任與個人自由意志，理性原則的操守與處世應物的圓通，道義精神的剛方與個人意志雅適的有機統一。這不僅淵源於中國文化「天人合一」，注重個人與社會，理性與感性之統一的傳統精神，同時也是宋以來封建士大夫社會地位和倫理責任提高之現實的反映。〔註 234〕

從趙蕃的詠竹詩中，就能看到竹子寄寓著堅貞不屈的風節與高潔的襟抱：「此君如高人，風節常淩厲。雖經隆冬中，正色不少替」〔註 235〕，可見，竹子是詩人內心情志的寄託。在趙蕃心中，竹子含蘊著博大精深的文化內容和豐厚的道德倫理思想：「嗟予老矣百不如，有竹萬個中藏書」〔註 236〕。他不但大量吟誦竹子，還把竹子當作親人：「山中乏朋友，捨爾復誰親」〔註 237〕，表現了詩人對自由心靈的嚮往和對拔俗高潔人格的追求。趙蕃認爲，沉浸於清靜的竹林，可以遠離世俗的煩擾：「是能寓吾神，夫豈有斷脈」〔註 238〕、「竹間有餘暇，塵事勿到耳」〔註 239〕。在太和爲官時，他說「此地何因著此君？藉

〔註 233〕《悼竹》，《全宋詩》第 49 冊，第 30455 頁。
〔註 234〕程傑《宋代詠梅文學研究》，安徽文藝出版社，2002 年，第 61 頁。
〔註 235〕《悼竹》，《全宋詩》第 49 冊，第 30455 頁。
〔註 236〕《遂初泉》，《全宋詩》第 49 冊，第 30518 頁。
〔註 237〕《新竹》，《全宋詩》第 49 冊，第 30532 頁。
〔註 238〕《在伯沅陵俱和前詩復次韻五首》之四，《全宋詩》第 49 冊，第 30845 頁。
〔註 239〕《溧水道中回寄子肅玉汝並屬李晦庵八首》之六，《全宋詩》第 49 冊，第 30483 頁。

之除掃簿書紛」〔註240〕，看到竹子，就可以忘懷公文、案牘的紛擾，可見他對「此君」的深情，對官場的淡泊。

正因爲竹子含蘊著宋儒的人格理想與道義精神，代表了文人高士堅貞不渝的品格與節操，所以，在詩中，趙蕃經常以竹喻人。他用竹子比興先賢的節操：「兩賢堂下竹參天，雨後涓涓陸子泉」〔註241〕；他表達對老師曾幾的人格魅力的敬仰：「每觀文清竹，凜若人好修」〔註242〕。他描繪好友徐文卿清瘦的形象與拔俗的品格說：「徐子崖根竹，風雪不掩綠」〔註243〕、「看渠姿爾瘦，瘦而何用腴」〔註244〕，徐文卿與竹子一樣清瘦挺拔，詩人所描寫的究竟是徐文卿還是竹子，我們一時難以辨別清楚，正如當代學者周裕鍇所言：「宋詩中的自然意象多帶有人文性的象徵意義。比如唐人愛牡丹，主要著眼於牡丹的感性美，詩也著眼於感官經驗的描寫。宋人之詩卻普遍愛寫梅、竹，其注重的是對淡雅風韻的體味或是高尚品格的讚賞。另如愛菊、愛蓮，也都著眼於此。由於人文旨趣的強烈外射，這些自然物不僅是人格的象徵，簡直就是人物的化身。」〔註245〕

可見，趙蕃對竹子的吟詠，正是中國傳統文化中花草「比德」內涵的反映，不過，在題材內容方面，趙蕃烙上了自己的人格操守與人生痕跡的鮮明印記。

〔註240〕《晏齋，余自名也，故常以榜自隨，乃以名廳事之東。偏廳之後，舊有一室，面對竹，余山居富此物，亦以竹隱名。對此竹，而有思於山中，故以思隱名之。思隱之東，又闢屋丈許，連以爲齋，乞名於張君伯永，爲名曰容齋。並作三絕誌其事》之二，《全宋詩》第49冊，第30824頁。

〔註241〕《奉寄斯遠兼屬文鼎、處州子永提屬五首》之三，《全宋詩》第49冊，第30835頁。

〔註242〕《贈曾盤樂道》，《全宋詩》第49冊，第30428頁。

〔註243〕《蕃與斯遠季奕同生於十二月，蕃初五日，季奕初十日，斯遠十八日。近辱季奕貺詩，猶未獲報，茲及斯遠之壽，並此奉頌二首》之一，《全宋詩》第49冊，第30440頁。

〔註244〕《次韻斯遠三十日見寄》，《全宋詩》第49冊，第30465頁。

〔註245〕周裕鍇《宋代詩學通論》，上海古籍出版社，2008年，第111頁。

二、「叢菊雖雲薄，秋花獨此芳」〔註 246〕：趙蕃的詠菊詩

宋代史正志《史氏菊譜》說：「菊，草屬也，以黃爲正，所以概稱黃花。」又說：「江南地暖，百卉造作無時，而菊獨不然，考其理，菊性介烈高潔，不與百卉同其盛衰，必待霜降草木黃落而花始開。」〔註 247〕可見菊花明麗的顏色、特出的個性和高潔的品行，因此廣受文人雅士的喜愛與歌頌。趙蕃對菊花很有感情，他在《示逸二首》之二中，對其子趙逸語重心長地說：「菊種初猶短，及今當稍滋。晴多須灌溉，草蔓合耘治。夏欲助茗椀，秋當浮酒卮。落英如可拾，更得慰長饑。」他希望兒子勤給菊花澆灌除草，因爲菊花不但能養心，還能給寒士沏茶泡酒，落花還可用來充饑。

趙蕃詩集中，涉及菊花的詩歌共有 117 篇，其中以吟詠菊花爲主題或題寫菊花題材繪畫的有 48 篇。從具體內容看，有敘寫培植菊花的勞動的，如《種菊》、《理菊》；有反映詩人熱愛菊花的交流活動的，如《明叔送一丈黃菊》、《過鄰家看菊乞之以歸》；有題寫關於陶淵明和菊花的繪畫的，如《題三徑圖》、《題淵明採菊圖，子濬所作》；還有述及菊花品種的，如《黃白菊》、《明叔送一丈黃菊》等。

（一）「那知是物有奇操，要並歲寒松柏知」〔註 248〕：菊花是儒家高尚人格和節操的象徵，也是陶淵明和隱逸者的化身

菊花與竹子一樣，爲「四君子」之一，也是儒家高尚人格和節操的象徵。趙蕃認爲，菊花雖然屬於微不足道的一種小草，卻能像松柏一樣傲霜鬥風，表現出比松柏更難能可貴的戰鬥精神和壯奇的操守，他說：「松柏抱奇姿，自應能歲寒。籬菊蓋小草，後雕良獨難。誰云一時芳，顧將比春蘭。蘭開桃李際，菊傲風霜闌」〔註 249〕，還說「那

〔註 246〕《病中即事十五首》之九，《全宋詩》第 49 冊，第 30644 頁。
〔註 247〕〔宋〕史正志《史氏菊譜》，《四庫全書》第 845 冊，第 29 頁。
〔註 248〕《對菊成詠》，《全宋詩》第 49 冊，第 30512 頁。
〔註 249〕《擬古》，《全宋詩》第 49 冊，第 30411 頁。

知是物有奇操，要並歲寒松柏知」〔註250〕，一個「奇操」，顯示了詩人對秋菊品質的擊節讚歎。

歷史上，以菊花寄託高潔情志的詩人很多，尤其是「朝飲木蘭之墜露兮，夕餐秋菊之落英」（《離騷》）的屈原，在流放沅湘流域時，以木蘭與秋菊等香草，表達了不與世俗同流合污的堅貞品質。到了東晉，陶淵明因爲「秋菊有佳色」，而「裛露掇其英」〔註251〕，不僅在菊花身上寄託了堅貞的人格和氣節，還把菊花描寫成隱逸者的化身。對此，趙蕃都心領神會，他在《對菊有作》詩中說：「草木均是體，顧有幸不幸」，又說「維菊本甚微，在昔曾莫省。羅生蓬蒿間，自分托地冷。一趨騷人國，再墮淵明境。遂同隱居者，身晦名獨耿。」〔註252〕菊花，因爲屈原和陶淵明的揄揚而名聲遠揚，而那些熱愛菊花的隱逸之士，雖然退隱江湖，卻以堅貞的節操和高潔的詩文名垂後世。到了南宋，趙蕃從小生長在離陶淵明昔日隱居處不遠的懷玉山下，中年時期又在屈原曾經放逐的沅水流域爲官，出於對屈原和陶淵明的敬仰，面對自己艱難的生活境遇，看到菊花不免感慨「有志未能擄，對花徒引領」〔註253〕。

自從陶淵明詠贊「秋菊有佳色，裛露掇其英」〔註254〕，尤其是他「採菊東籬下，悠然見南山」的名句傳揚以後，菊花就成了隱逸者的象徵。趙蕃嚮往著能有一片陶淵明那樣的五畝薄田，遍種菊花：「何當園五畝，不覬田二頃。秋風及春雨，採擷花與穎。既充天隨饑，亦望南陽永」〔註255〕，既可以採花充饑，也能怡情養性。他對陶淵明的人格與品節稱賞不已，把菊花看作陶淵明的化身，看

〔註250〕《對菊成詠》，《全宋詩》第49冊，第30512頁。

〔註251〕〔東晉〕陶淵明《飲酒》詩二十首之七，龔斌《陶淵明集校箋》卷三，上海古籍出版社，1996年，第224頁。

〔註252〕《對菊有作》，《全宋詩》第49冊，第30434～30435頁。

〔註253〕同上。

〔註254〕〔東晉〕陶淵明《飲酒》詩二十首之七，龔斌《陶淵明集校箋》卷三，上海古籍出版社，1996年，第224頁。

〔註255〕《對菊有作》，《全宋詩》第49冊，第30434～30435頁。

到菊花就會想到陶淵明，想到陶淵明的隱居生活與堅貞志節：「菊花粲粲懷元亮，薏苡累累念伏波」〔註 256〕、「人誰不種菊，千載但陶家」〔註 257〕、「世無元亮亦無詩，菊亦淒涼孰汝知」〔註 258〕，趙蕃認爲由於陶淵明對菊花的稱賞，菊花開始被士人廣泛矚目，也逐漸成爲隱逸的代名詞。這與史正志《史氏菊譜》的觀點非常相似，史氏也認爲菊花「苗可以菜，花可以藥，囊可以枕，釀可以飲，所以高人隱士籬落畦圃之間，不可一日無此花也。陶淵明植於三徑，採於東籬，裛露掇英，泛以忘憂」〔註 259〕。方回也稱讚趙蕃詠菊詩堪爲陶淵明之後的又一代表，他說：「菊花不減梅花，而賦者絕少，此淵明之所以無第二人也。歷選菊花詩，僅得此首。」〔註 260〕趙蕃的《菊》詩云：

> 蔓菊伶俜不自持，細香仍著野風吹。
> 少年踴躍豈復夢，明日蕭條更自悲。
> 潭水解令胡廣壽，夕英何補屈原饑？
> 我今漫學潯陽隱，晚立寄懷空有詩。

趙蕃抒發了高潔的隱逸情懷，也流露出對貧困與不遇的淡淡哀愁，因此方回評論說：「所用二事，謂能爲胡廣之壽，而不能救屈原之饑，殆亦有所謂而發也。」〔註 261〕

因此，趙蕃在吟詠菊花時，經常用陶淵明筆下的「籬菊」、「籬下菊」、「東籬」、「松菊」、「三徑」等詞語指代菊花，如「四時鼎鼎催人老，籬菊銷香梅返魂」〔註 262〕、「自從籬菊報香衰，便說南枝與北枝」〔註 263〕、「惋彼籬下菊，粲粲晚始新」〔註 264〕、「溪頭楓變赤，籬下

〔註 256〕《道傍多薏苡、菊花有感》，《全宋詩》第 49 冊，第 30924 頁。

〔註 257〕《叢桂》，《全宋詩》第 49 冊，第 30530 頁。

〔註 258〕《賦道傍菊》之二，《全宋詩》第 49 冊，第 30927 頁。

〔註 259〕〔宋〕史正志《史氏菊譜》，《四庫全書》第 845 冊，第 29 頁。

〔註 260〕〔元〕方回《瀛奎律髓》卷二七，上海古籍出版社，1986 年，第 1210 頁。

〔註 261〕同上。

〔註 262〕《十月二十日晚風雨大作》，《全宋詩》第 49 冊，第 30914 頁。

〔註 263〕《經旬不作詩，今日霜晴可喜，問梅沈園，得兩絕句。此坡所謂「癯

菊且斑」〔註 265〕。每逢秋高氣爽的季節，尤其是重陽佳節，趙蕃都免不了對菊吟詩，甚至一連吟詠若干首詩，懷念陶淵明、蘇軾、潘大臨等拔俗之人，頌揚他們曠達樂觀的人生態度和特立獨行的節操，他懷念蘇軾說：「黃花狼籍晚猶香，冷蝶頻來著意忙。不見東籬千載士，自應埋沒老風霜」〔註 266〕；懷念陶淵明和潘大臨說：「四時皆有節，九日獨如斯。潘子夙所尙，陶翁何敢師」；他口不絕吟的還是他鍾愛的陶淵明：「所願學淵明，歸去了不疑。松菊儻猶存，田園隨事爲」〔註 267〕。在懷念陶淵明、潘大臨的同時，也表達了強烈的歸隱之志。

（二）「野外籬邊非失所，尙能寒眼動詩人」〔註 268〕：於菊花險惡的生存環境中融入身世之悲

在行旅中，趙蕃非常關注生長在野外道路兩旁的菊花，作有《賦道傍菊》（六首）、《道傍菊有感》、《道傍多薏苡菊花有感》、《道傍菊一首奉呈安福丞公彭子壽》等九首描寫野外菊花的詩，還有一首吟詠旅店菊花的《道店菊》。其《賦道傍菊》之三說：「山行漸欲墮荊榛，夾道黃花獨爾新。野外籬邊非失所，尙能寒眼動詩人」〔註 269〕，流露出對綻放在野外路邊菊花的同情與讚賞。究其原因，除了詩人心中對菊花一貫的深情外，還有三個原因。一是詩人羈旅行役中單調而疲乏，心中倍感寂寞荒涼，路邊菊花的出現，給他耳目一新的美感與溫情的慰藉。二是因爲詩人對菊花超群品質的欣賞，菊花雖然生長環境惡劣，但是「不以無人廢芳事」〔註 270〕，表現

疾逢蝦蟹」也》，《全宋詩》第 49 冊，第 30797 頁。

〔註 264〕《感懷五首》之四，《全宋詩》第 49 冊，第 30851～30852 頁。

〔註 265〕《秋夜懷彥博審知》，《全宋詩》第 49 冊，第 30853 頁。

〔註 266〕《十月見菊二首》之一，《全宋詩》第 49 冊，第 30795 頁。

〔註 267〕《人愛九日，多以靖節之故，僕以邠老七字爲可以益其愛者。且連日不雨即風，尤覺此句妙處，賦詩八韻》，《全宋詩》第 49 冊，第 30473～30474 頁。

〔註 268〕《賦道傍菊》之三，《全宋詩》第 49 冊，第 30927 頁。

〔註 269〕同上。

〔註 270〕《賦道傍菊》之四，同上頁。

出頑強不屈、甘於寂寞的高貴品格。「七盤八疊辰州路，賴爾相看作故人」〔註 271〕，在異鄉爲官，詩人見到菊花，就像老友重逢一樣欣喜。三是同情菊花生存環境的險惡，他惋惜「紫蔓弱莖眞此物，顧埋林莽雜蓬萊」〔註 272〕、「日冷淒然難爲容」〔註 273〕、「昔日曾昇君子堂，只今蕭艾與俱長。可憐冷蝶無時態，盡日伶俜爲汝忙」〔註 274〕。詩中的蕭艾即艾蒿或臭草，常用來比喻品質不好的人，屈原曾說：「何昔日之芳草兮，今直爲此蕭艾也」〔註 275〕，杜甫也說：「中園陷蕭艾，老圃永爲恥。」〔註 276〕顯然，菊花所處艾蒿或蓬蒿草萊的惡劣環境，也是詩人生活境遇的寫照。

趙蕃這種自傷身世的感慨，在吟唱菊花的同時，常常自筆端湧出:「叢菊雖云薄，秋花獨此芳」、「嗟予自失所，對汝益增傷」〔註 277〕。其《菊殘有感》說：「淒涼不但歎荒菊，寂寞更堪傷敗蘭」、「無英可落若爲餐」〔註 278〕，面對殘菊與敗蘭，詩人感傷不已，更無從撿拾落英充饑，面對家中無糧下鍋、炊煙斷絕的局面，只能黯然神傷。

（三）「儻能憐我耽佳句，為遣秋根到草堂」〔註 279〕：趙蕃詠菊詩的創作淵源

趙蕃吟詠菊花的詩歌，在淵源關係上，主要承襲了陶淵明讚揚菊花品質高潔、同時寄託個人情懷的傳統，尤其是歎賞其「採菊東籬下，悠然見南山」的自得境界和《歸去來辭》的自由精神。趙蕃

〔註 271〕 同上。

〔註 272〕 《賦道傍菊》之一，同上頁。

〔註 273〕 《賦道傍菊》之五，同上頁。

〔註 274〕 《道傍菊有感》，同上頁。

〔註 275〕 〔戰國〕屈原《離騷》，〔宋〕洪興祖著，白化文等點校《楚辭補注》，中華書局 1983 年，第 40 頁。

〔註 276〕 〔唐〕杜甫《種萵苣》，〔清〕仇兆鼇《杜詩詳注》卷十五，中華書局 1979 年，第 1349 頁。

〔註 277〕 《病中即事十五首》之九，《全宋詩》第 49 冊，第 30644 頁。

〔註 278〕 《菊殘有感》，《全宋詩》第 49 冊，第 30914 頁。

〔註 279〕 《從鄭秀才覓菊二首》之二，《全宋詩》第 49 冊，第 30926 頁。

詩中「敢如陶淵明，歸歟託松菊」〔註 280〕、「故園松菊幸亡恙，何日扶藜得屨經」〔註 281〕，以及「別酒尙遲三徑菊」〔註 282〕、「菊徑依依懷靖節」〔註 283〕等句，都是來自陶淵明「採菊東籬下，悠然見南山」〔註 284〕和《歸去來辭》等名篇，可見他對陶淵明的崇敬之情和對隱居生活的嚮往之深。

不過，杜甫對趙蕃的影響也不小。這主要因爲杜甫不幸的人生與不屈的人格，更有那些光輝燦爛的詩篇，杜甫《歎庭前甘菊花》一詩也引發了趙蕃強烈的共鳴：「簷前甘菊移時晚，青蘂重陽不堪摘。明日蕭條醉盡醒，殘花爛熳開何益？籬邊野外多眾芳，採擷細瑣昇中堂。念茲空長大枝葉，結根失所纏風霜。」〔註 285〕杜甫歎息庭前的甘菊花，已經到了重陽節，卻仍然沒有開放：「青蘂重陽不堪摘」，影響了觀賞，因此抱怨甘菊徒有很大的枝葉，紮根庭前卻不如野花開得鮮豔。趙蕃對杜甫的這首詩印象非常深刻，並經常在自己吟唱菊花時，沿用杜詩的原意。其《道店菊》一詩云：「種花本欲娛行客，客子逢花特地悲。忽忽重陽今半月，依然青蘂網蛛絲」〔註 286〕；再如《從鄭秀才覓菊二首》云：

好事風流有鄭莊，買園栽菊待重陽。
儻能憐我耽佳句，爲遣秋根到草堂。
漫從僧舍移甘菊，青蘂重陽摘未堪。
徑欲過君籬下看，二兒端可爲輿籃。〔註 287〕

詩中的「甘菊」、「青蘂」都源自杜詩；而「秋根」一詞，也是化用杜

〔註 280〕《仲威復枉粥字韻詩見屬甚厚，不可不答》，《全宋詩》第 49 冊，第 30441 頁。
〔註 281〕《呈潘潭州十首》之十，《全宋詩》第 49 冊，第 30765 頁。
〔註 282〕《送王汝之江西二首》，《全宋詩》第 49 冊，第 30911 頁。
〔註 283〕《梅花六首》之四，《全宋詩》第 49 冊，第 30917 頁。
〔註 284〕〔東晉〕陶淵明《飲酒》，王鎮遠等《古詩海》，上海古籍出版社，1992 年，第 280 頁。
〔註 285〕〔清〕仇兆鼇《杜詩詳注》卷三，中華書局，1979 年，第 211 頁。
〔註 286〕《道店菊》，《全宋詩》第 49 冊，第 30927 頁。
〔註 287〕《全宋詩》第 49 冊，第 30926 頁。

詩「結根失所纏風霜」句。趙蕃「嗟予自失所，對汝益增傷」〔註 288〕和「野外籬邊非失所，尚能寒眼動詩人」〔註 289〕等句中的「失所」一詞，也是化用杜詩「結根失所」句。可見杜甫《歎庭前甘菊花》等詠菊詩，在題材、意境和語言方面，給趙蕃的詠菊詩提供了啓迪。

綜上所述，屈原、陶淵明、杜甫等詩人的詠菊詩，對趙蕃詠菊詩的創作有直接的影響。

三、「定論要爲塵外物，細看那是世間花」〔註 290〕：趙蕃的詠梅詩

「無竹恐人俗，無梅憂竹孤」〔註 291〕，作爲梅、蘭、竹、菊四君子之首，梅花也是趙蕃詠物詩經常吟詠的意象，他說：「一見梅花醒病昏」〔註 292〕。可以說，在詩人描寫的眾多花草樹木中，他對梅花的至愛僅次於竹子，難怪他「年年賦梅詩，不賦如有闕」〔註 293〕。的確，趙蕃的詠梅詩不但數量有 128 首之多，在宋代詩壇位居前列，而且廣泛涉及梅花文化的眾多內容與層面，充分抒發了詩人對梅花的摯愛之情。

首先，趙蕃的詠梅詩描寫了南宋中期文人尋賞梅花活動的豐富內容。這從他的詩題中就可窺見一斑，有描寫當時文人對梅花的深情思念的，如《至節後猶未見梅，疑旱使然》、《至節矣，猶未見梅，頗形思渴，書呈斯遠。滕兄主簿前日書來，亦問梅花消息並此奉簡》、《十一月二十三夜通夕不寐，爲賦梅詩，且懷斯遠、成父友弟，及五首而曉，書呈在伯》；描寫尋梅、賞梅的執著的，如《約老謝

〔註 288〕《病中即事十五首》之九，《全宋詩》第 49 冊，第 30644 頁。
〔註 289〕《賦道傍菊》之三，《全宋詩》第 49 冊，第 30927 頁。
〔註 290〕《梅花六首》之六，《全宋詩》第 49 冊，第 30917 頁。
〔註 291〕《成父送梅一株》，《全宋詩》第 49 冊，第 30434 頁。
〔註 292〕《留別叔驥和叔》，《全宋詩》第 49 冊，第 30729 頁。
〔註 293〕《十一月二十三夜通夕不寐，爲賦梅詩，且懷斯遠成父友弟，及五首而曉，書呈在伯》之一，《全宋詩》第 49 冊，第 30844 頁。

丈及諸友尋梅》、《得晴欲過江訪梅，已忽病作，天亦復陰，悵然有賦》；描寫植梅活動的，如《植梅一株於廳事之後，招丞及明叔同觀。倪、嚴二先輩送酒，陳簿送茶，因以成集》；描寫詩友之間頻繁的唱答活動的，如《感梅屬周文顯二首》、《在伯、沅陵俱和前詩，復次韻五首》、《陳嚴二先生和前詩見示，次韻報之》；還有描寫文人畫梅、題梅畫、求梅畫的，如《題楊補之畫梅》、《從徐處士乞梅二首》。

其次，他的詠梅組詩很多。趙蕃不但在詠梅詩之外的詩歌中經常述及對梅花的欽賞之情，並有數量眾多的單篇或多篇詠梅詩，更有多組數量在五篇以上的詠梅組詩，如《梅花六首》、《對梅有作六首》、《呈明叔七首》、《梅花十絕句》、《梅花絕句五首，要明叔、仲威同作》。這五組詠梅組詩，共有三十四首詠梅詩。另外，還有每組兩篇的詠梅組詩：《折梅贈答二首》、《梅花二首》、《同徐斯遠看王遠父所藏僧圓契梅二首》，共八組十六篇；每組三篇的詠梅組詩：《書案上三重梅三首》、《與彥博、審知同爲問梅之行，到溪南，僕與審知俱以畏風罷興止。小酌於僧房，以「有寒疾不可以風」分韻作詩，得「有、寒、可」字三首》，共兩組六首。他的詠梅組詩，合計五十六首。

第三，他的詠梅詩不但描寫了生長在不同地理環境的梅花，還描摹了梅花從綻開到凋落的全部過程及其情態。出於對梅花的喜愛，趙蕃「平生留落半天涯，處處逢梅是舊知」〔註 294〕，他蹤跡所到之處，總要竭力尋訪梅花。所以，他的詠梅詩不但描寫了生長在不同地理環境的梅花，有宅邊梅、道傍梅、溪岸梅、隔塹梅等，如《長田道中梅花》、《題湘鄉道中梅花》、《蘭溪溪岸梅花》、《有懷故居梅花》、《詠隔塹梅》，還有書案上或瓶裝的梅花，如《書案上三重梅三首》、《瓶梅》、《夜坐讀書聞瓶梅之香口占五絕》。他對梅

〔註 294〕《梅花六首》之三，《全宋詩》第 49 冊，第 30917 頁。

花的喜愛，還體現在對梅花從綻開到凋落的過程與具體形態，都有細膩的觀察、描摹，對梅花或微開或驟開，從綻開到殘落，都有詳盡的描寫，如《梅微開復題》、《梅驟開旋有落者》、《梅且盡作四十字》、《梅落二首》、《殘梅》等。在《梅花六首》之一中，他對梅花深情訴說道：「未至臘時先訪問，已過春月尚躋攀。直從開後到落後，不問山間與水間。」〔註 295〕

（一）「遙憐江南梅，玉立勝越女」〔註 296〕：梅花外表的姿態美、顏色美和疏影美

趙蕃筆下的梅花，呈現出光彩照人的顏色美和卓犖不群的姿態美。詩人行路時，前方突現的一叢盛開的梅花，他頓時感到一團炫目的色彩躍入眼簾，那冰清玉潔的美使他異常興奮：「梅花忽照眼，炯若冰玉曬」〔註 297〕，而「梅花玉立知何許」的玉立姿態，也給身處他鄉、「白髮蕭蕭不歸去，顧征蠻語作參軍」〔註 298〕的詩人帶來些許慰藉與美感。「梅花初出炯如冰」〔註 299〕，詩人有時直接把梅花比喻爲美女，「遙憐江南梅，玉立勝越女」〔註 300〕，把江南的梅花喻爲古代越國的美女。那生長在溪流岸邊的梅花，在他看來更是傳說中的姑射神人，或者身著縞袂的梅花仙女的化身：「不用溫家玉鏡臺，下臨溪水靜無埃。若非姑射冰肌至，即是羅浮縞袂來」〔註 301〕，這優美的仙子形象，表現了詩人對梅花外表的總體印象和審美感受。

「多花璀璨固可人，疏花的皪意逾眞」〔註 302〕，在詩人看來，

〔註 295〕同上。

〔註 296〕《十二月七日病題四首》之一，《全宋詩》第 49 冊，第 30454 頁。

〔註 297〕《投宿廣平道上，逢梅懷斯遠》，《全宋詩》第 49 冊，第 30436 頁。

〔註 298〕《亭午欲過，意復淒然，偶引杯酒，而沅陵丈送詩適至。因走筆成兩絕並呈教授兄》，《全宋詩》第 49 冊，第 30812 頁。

〔註 299〕《呈潘潭州十首》之三，《全宋詩》第 49 冊，第 30765 頁。

〔註 300〕《十二月七日病題四首》之一，《全宋詩》第 49 冊，第 30454 頁。

〔註 301〕《蘭溪溪岸梅花》，《全宋詩》第 49 冊，第 30786 頁。

〔註 302〕《梅花二首》之一，《全宋詩》第 49 冊，第 30860 頁。

梅花的外表美不光表現在光彩奪目的顏色美和玉立的姿態，那纖瘦疏曠的花枝，月光下斑駁橫斜的梅影，都有奇異的美感。他描寫梅花枝條稀疏纖瘦的疏曠美說：「老樹賞空曠，長條貴疏明」〔註303〕、「全樹婆娑夥匪奢，數枝纖瘦少尤佳」〔註304〕，沉醉於月下斑駁橫斜的迷人梅影說：「梅花佳處是孤影，月落參橫眞見之」〔註305〕，又說：「是花佳處絕難摹，思雖宛轉終不如」〔註306〕，這如仙似夢的美妙境界，眞可謂「定論要爲塵外物，細看那是世間花」〔註307〕，可以說，不是眞正對梅花懷有深摯情誼的人，不是對梅花癡情沉迷、長久觀摩的人，是絕然寫不出如此超塵絕俗的梅花意態的。

（二）「梅花當冬吐冰雪，古今已復稱高潔」〔註308〕：梅花的內在美

與此前歷代文人詠梅一樣，在趙蕃筆下，梅花不但擁有奇幻的外表美，更有不同流俗的內在美。詩人筆下的梅花能不懼寒冷，成爲東風第一枝，迎寒怒放報春，「梅花當冬吐冰雪，古今已復稱高潔」〔註309〕、「故人寄我山中信，竹故歲寒梅告春」〔註310〕；梅花即使生在地理位置惡劣的溝塹溪邊，也能堅強地生存，具有非常頑強的生命力與很強的適應性：「江南此物處處有，不論水際仍山顚」〔註311〕、「嚴冬今日更天風，我與梅花瘦骨同。我縱寒生猶附火，爾能孤立亂山中」〔註312〕；梅花能勇敢地抗爭寒冷與惡風：「玉薄

〔註303〕《十一月二十三夜通夕不寐，爲賦梅詩，且懷斯遠、成父友弟，及五首而曉，書呈在伯》之三，《全宋詩》第49冊，第30844頁。

〔註304〕《梅花六首》之六，《全宋詩》第49冊，第30917頁。

〔註305〕《梅花十絕句》之九，《全宋詩》第49冊，第30939頁。

〔註306〕《對隔塹梅贈斯遠》，《全宋詩》第49冊，第30513頁。

〔註307〕《梅花六首》之六，《全宋詩》第49冊，第30917頁。

〔註308〕《偶得牡丹之白者賦之》，《全宋詩》第49冊，第30512頁。

〔註309〕《偶得牡丹之白者賦之》，同上頁。

〔註310〕《梅花絕句五首要明叔仲威同作》之四，《全宋詩》第49冊，第30940頁。

〔註311〕《次韻斯遠折梅之作》，《全宋詩》第49冊，第30513頁。

〔註312〕《感梅屬周文顯二首》之一，《全宋詩》第49冊，第30798頁。

冰輕不自持，可能當此惡風吹。要知此物堅牢質，不比渠儂軟脆姿」〔註313〕，弱小的梅花竟能不懼惡寒與狂風，怎不讓人肅然起敬？「勁草端能抗疾風，歲寒乃識後凋松。是知植物多尤異，更有梅花巧耐冬。青女素娥能莫逆，巽二滕六漫豪凶。」〔註314〕面對傳說中的霜神、風神，甚至雪神，梅花都能展示自己奇異的本領，巧妙地抵禦肆虐的風雪侵襲，甚至與霜神和月亮成爲交誼深厚的朋友，可見詩人對梅花神奇耐寒本領的擊節稱賞。

（三）「桃李紛紛倚市門，豈知幽谷有佳人」〔註315〕：古往今來高士形象的寫照

「桃李紛紛倚市門，豈知幽谷有佳人」〔註316〕，梅花，代表著古往今來那些品格卓異不凡的隱士，也是詩人冰清玉立的內心寫照：

正月山園未有花，梅花落盡亦堪嗟。
瑞香莫與蘭爭長，獨立風前自一家。〔註317〕

梅兮何等花，意似幽人作。芳不待三熏，勝自專一壑。
屈原語醉醒，孺子歌清濁。醉如糟可餔，清亦足可濯。
〔註318〕

梅、幽人與含蘊雋永的《孺子歌》，以及「眾人皆醉我獨醒」的屈原等形象相得益彰：「既如幽人幽，又似貞女貞。可聞不可見，可見不可名」〔註319〕，這幽獨貞潔的梅樹、飄渺難尋的梅香，反映了詩人與友朋們超凡脫俗的精神境界，「是故吾黨士，愛之踰等倫」〔註320〕，

〔註313〕《感梅屬周文顯二首》之二，同上頁。
〔註314〕《梅花六首》之二，《全宋詩》第49冊，第30917頁。
〔註315〕《梅花十絕句》之五，《全宋詩》第49冊，第30939頁。
〔註316〕同上。
〔註317〕《寄懷二十首》之四，《全宋詩》第49冊，第30771頁。
〔註318〕《在伯沅陵俱和前詩復次韻五首》之二，《全宋詩》第49冊，第30845頁。
〔註319〕《十一月二十三夜通夕不寐，爲賦梅詩，且懷斯遠、成父友弟，及五首而曉，書呈在伯》之三，《全宋詩》第49冊，第30844頁。
〔註320〕《十二月七日病題四首之三》，《全宋詩》第49冊，第30454頁。

「昔人思故人，往往託風月。我今故人思，因梅念高節」〔註 321〕，因此，梅花也成爲詩友們共同的知音，充當了交遊的媒介。請看下面五首詩：

寥落江山無故人，見梅憶著故園春。
水南水北尋詩地，想見風流一幅巾。
（趙蕃自注：謂斯遠）〔註 322〕

十里荊溪溪上梅，故人幾日寄詩來？
相應載酒裴回次，憶我去年同此杯。
（趙蕃自注：謂子進昆仲）〔註 323〕

今年梅愈去年多，我亦催行奈汝何。
此樹與君同所植，交情要保歲寒柯。〔註 324〕

準擬梅花共賦詩，那知人事有乖離。
交情自謂惟君厚，世態于今猶我知。〔註 325〕

憶過君家梅半開，梅花未落我重來。
尋常一飯履跡掃，獨向君家不記回。〔註 326〕

前兩首抒發對朋友的思念之深，後兩首抒發告別好友的依依不捨，最後一首感謝好友的熱情款待。這五首詩都以梅起興，因梅寄情，充分表達了「是故吾黨士，愛之踰等倫」〔註 327〕的共同感受。

（四）「風饕雪虐雨更打，委珠碎璧同泥塵」〔註 328〕：詩人對梅花的惺惺相惜

同時，也正因爲對梅花的摯愛，詩人對梅花生長的環境與長勢

〔註 321〕《十一月二十三夜通夕不寐，爲賦梅詩，且懷斯遠成父友弟，及五首而曉，書呈在伯》之一，《全宋詩》第 49 冊，第 30844 頁。
〔註 322〕《對梅有作六首》之六，《全宋詩》第 49 冊，第 30797 頁。
〔註 323〕《梅花十絕句》之八，《全宋詩》第 49 冊，第 30939 頁。
〔註 324〕《呈明叔七首》之二，《全宋詩》第 49 冊，第 30766 頁。
〔註 325〕《留別在伯》，《全宋詩》第 49 冊，第 30728 頁。
〔註 326〕《呈愚卿昆仲二首》之二，《全宋詩》第 49 冊，第 30905 頁。
〔註 327〕《十二月七日病題四首》之三，《全宋詩》第 49 冊，第 30454 頁。
〔註 328〕《風雨兼旬，繼之以雪，作惜梅歎》，《全宋詩》第 49 冊，第 30512 頁。

等非常關注，對隕落或慘遭風雨侵襲的梅花滿懷同情。前者如「梅開塹邊勿渠陋，倚竹長年固成瘦」〔註 329〕、「手種竹邊梅一株，地幽終覺病而癯」〔註 330〕，再如《堂下梅一枝，開遲而花極小，疑地勢使然，感歎而作》詩云：「梅發無衰盛，根生有瘠腴。都緣託地薄，故使著花癯。渺小吾憐爾，伶仃爾念吾。詎須詩遣興，何用竹相娛？」〔註 331〕梅與人惺惺相惜，感情互通，幾近融爲一體。後者如描寫風雨雪侵襲：「春風底事苦欺梅，舊雪未乾新雪催」〔註 332〕、「至寶橫道驚路人，明珠白璧天不珍。風饕雪虐雨更打，委珠碎璧同泥塵」〔註 333〕，風饕雪虐雨打的猖狂、委珠碎璧同泥塵的淒慘，與梅花生前明珠白璧、驚動路人的美麗形成鮮明的對比，使人頓感自然界氣象變化的無情。再如《殘梅》描寫「片片乾飛已足悲，況堪風雨橫相欺。卒然此恨何由釋，倚賴重開有背枝」〔註 334〕，《梅落二首》之一描寫「春風可是獨嗔梅，不待飄零著雨催。我欲挽留無上策，戲拈落蘂薦芳醅」〔註 335〕，則把自然風雨的無情，與詩人或倚賴重開、或無計挽留的無奈相對比，讓人不禁扼腕歎息。

值得注意的是，正是出於對梅花的摯愛，趙蕃非常關注中國歷史上著名的詠梅詩人及其詩句，如「梅從何遜驟知名，句入林逋價轉增」〔註 336〕。這些詩人中，趙蕃提及最多的是蘇軾、何遜、林逋，如《智門寺後梅開叢竹間，斯遠舉坡公「春來幽谷」之句，因成二絕》：「花開的皪固難知，舊識黃州副使詩」〔註 337〕；《梅花用東坡惠州韻呈子

〔註 329〕《對隔塹梅贈斯遠》，《全宋詩》第 49 冊，第 30513 頁。

〔註 330〕《呈明叔七首》之五，《全宋詩》第 49 冊，第 30766 頁。

〔註 331〕《全宋詩》第 49 冊，第 30532～30533 頁。

〔註 332〕《寄懷二十首》之五，《全宋詩》第 49 冊，第 30771 頁。

〔註 333〕《風雨兼句，繼之以雪，作惜梅歎》，《全宋詩》第 49 冊，第 30512 頁。

〔註 334〕《全宋詩》第 49 冊，第 30797 頁。

〔註 335〕《全宋詩》第 49 冊，第 30860 頁。

〔註 336〕《梅花六首》之四，《全宋詩》第 49 冊，第 30917 頁。

〔註 337〕《全宋詩》第 49 冊，第 30787 頁。

進昆仲》:「孤山寺下林逋宅，松風亭前東坡園」;〔註 338〕;《梅花十絕句》之十:「松風亭下盛開時，曾辱蘇仙與賦詩。今日折花懷此老，端如嗅菊念東籬。」〔註 339〕可見趙蕃對蘇軾、何遜、林逋等人的詠梅詩作與文化影響非常熟悉。

綜上所述，趙蕃的詠物詩，象徵了詩人對儒家傳統美德的孜孜以求。正如他在《野花》一詩中所描述的那樣:「野花吐芳不擇地，幽草吹馥寧只春」、「野花無數不知名，白白紅紅俱賦情。縱使不蒙姚魏賞，雨開風落亦何爭」〔註 340〕，詩人的一生，也確如樸素而平凡的野花一樣，富有內在的精神魅力。

第四節　泛應漫與的酬贈詩

一、廣義的酬贈詩:與朋友的交遊唱酬詩

從廣義上來看，趙蕃的詩歌大部分是與朋友「泛應漫與」(劉克莊語)的交遊唱酬之作。這從他大量詩歌的題目就可以看出來。首先，趙蕃的許多詩歌題目，往往是在酬贈對象姓名(或字、號、官職)的前面，冠以「呈」、「簡」、「送」、「別」、「寄」、「贈」、「賀」等表明作詩的目的與功用的動詞。「簡」意爲寄送書簡(書信)，如《簡斯遠兄》、《簡徐季益二首》、《雨中簡章令》、《用招明叔之韻簡胡兄仲威並屬明叔》等。此外，還有「代簡」、「奉簡」、「答簡」、「寄簡」、「簡贈」，如《奉簡在伯四首》、《至節矣猶未見梅，頗形思渴書呈斯遠，滕兄主簿前日書來亦問梅花消息，並此奉簡》、《代簡琛卿》、《答簡審知》、《寄簡歐陽伯威劉伯山》等。「呈」意爲送上、呈報，如《呈潘文叔二首》、《呈潘潭州十首》、《呈趙常德四首》、《再呈明叔》等;以「贈」意爲贈送、送給，如《贈許季升五首》、《贈袁州王教授時會》、《贈王教授

〔註 338〕《全宋詩》第 49 冊，第 30860 頁。
〔註 339〕《全宋詩》第 49 冊，第 30939 頁。
〔註 340〕《全宋詩》第 49 冊，第 30793 頁。

基仲》、《贈別耆英二首》、《贈張次律司理三首》等；以「寄」意爲託人遞送、贈送，如《寄送潘文叔、恭叔二首》、《寄莫萬安》、《寄答曾無已見貽詩卷》、《寄克齋舅氏》等。另外，趙蕃詩歌還有以「賀」「送」等字加在酬贈對象姓名的前面，這些詩大部分是祝賀或送別官員赴任、陞遷、調動或退休，如《賀吳仲權召試館職》、《賀周待制兼直學士院》、《賀向伯元通判休致》、《送丁懷忠朝佐赴象州教授二首》、《送王亢宗赴劍浦丞》等。

其次，趙蕃的次韻詩很多。趙蕃的許多詩歌，往往是與詩友之間互相酬贈，有很多詩歌是依對方詩歌的韻腳而作，所以詩題前面或中間往往冠以「次韻」，如《次韻李子永見貽》、《次韻歐陽全眞送行》、《次韻晁大舅祖子應》、《次韻審知遣興》、《畢叔文以雙頭白蓮送程士和，錄唱酬詩以求次韻》、《嚴從禮折送牡丹且副以詩次韻》、《次韻斯遠見夢有作六言二首》、《又次韻宋茂叔送行五絕兼謝修叔》、《次韻楊廷秀太和萬安道中所寄七首》、《子進昆仲俱和寄懷三詩復次韻》、《次韻畢叔文牡丹》、《陳丞以南安寨上所得二詩及到龍泉聞余戍地最遠見懷二首爲寄次韻》。在趙蕃的詩集中，這類與朋友唱酬的次韻詩作有 208 篇。

第三，從趙蕃與之酬贈的人物的身份來看，他交遊的詩友很多。這些人在當時的具體身份、地位也有很大的差別，他們既有南宋縣令、知州和朝廷各部的高官，也有州、縣的普通官吏，如縣丞、州推官、州教授等，更有追求人格獨立的隱逸之士。趙蕃詩中，與中低級官吏如縣丞、州推官、州教授酬贈的詩作很多，如《呈何縣丞》、《呈謝資深縣丞源》、《過玉光呈吳丞》、《懷張丞用多字韻兼屬明叔》、《張因叔尉曹借示贛陳丞擇之文編，以長句還之》等。但是，趙蕃與知州以上官吏酬贈的詩作同樣很多，從官職來看，有提刑、運使、參政、侍郎、知州等高官。從他與運使職位官員的酬贈詩來看，他寫給十位運使共三十五首詩，如寫給曾幾長子曾逢（字原伯）

的《寄曾運使》、《別曾運使》、《投曾原伯運使二首》、《途中閱曾運使所況文清集得四絕句寄之》；寫給徐運使的《投徐運使》、《別徐運使》、《次韻徐運使送行》；寫給林枅（字子方）的《呈林子方運使四首》、《寄林運使三首》。此外，還有寫給尤袤、錢伯同等其他運使的《以近詩寄丘運使》、《呈丘運使三首》、《以近詩寄尤運使》、《以予與斯遠倡酬詩一卷寄錢伯同運使郎中二首》、《新淦道中呈運使錢侍郎》、《徐提幹爲沈運使種竹於上饒新居，昭禮有詩蕃同作》、《送京運使赴召二首》、《與蘇運使詡四首》等。

僅從趙蕃與知州官員的酬贈詩來看，他至少寫給十七個州的二十九位知州，共一百三十四首詩。這些州官主要有趙蕃曾經在湖南爲官時期熟悉的潭州、辰州、蘄州知州，以及家居附近的江、浙、閩、皖幾省的衢州、秀州、嚴州、越州、福州、常州、贛州、袁州、饒州和信州等知州。這其中，以知信州官員爲例，他曾先後給七位知信州寫作了十七首詩，如《病中寄呈王信州、老謝丈》、《九日病中無酒無菊寄王信州、老謝丈》、《寄趙信州一叔二首》、《別趙信州》、《代成父送趙信州移知台州》、《寄林信州》、《呈莫信州障二首》、《喜雨投詹信州口號六首》、《送唐信州》、《張信州禱晴輒應以詩賀之》；其次是與饒州、袁州、蘄州的知州唱和較多。從趙蕃酬贈的具體人物看，主要有趙汝愚、李處全、周必達等。上述趙蕃與之唱酬的朝廷高官，在趙蕃看來，都是施行仁政德治的賢吏，也與他一樣具有相近的人生志趣，即恪守儒家道德規範、追求超逸不俗的理想人格，是他志趣相投的良師益友。

在趙蕃詩集中，標明「次韻」和「呈」、「簡」、「送」、「別」、「寄」、「贈」、「賀」表明作詩的緣起與指向的酬贈詩歌，約占趙蕃詩歌總數的百分之六十以上。可見，從廣義上來看，趙蕃的詩歌大部分是出於日常交際與交流的需要寫作的，具有明確的寫作對象，都屬於酬贈詩。

二、狹義的酬贈詩：求取或贈送物品時寫作的酬贈詩

從狹義上看，趙蕃上述詩歌可以歸入酬贈詩的只能是其中的一部分，從詩歌的具體題材內容看，趙蕃的酬贈詩主要指在日常生活中，親朋詩友之間贈送有關物品時寫作的詩歌。下面，主要從狹義的範圍，即從趙蕃詩歌的具體題材內容方面，談談這部分酬贈詩。

有宋一代，文化異常發達，文人活動也非常豐富，宋詩中有關文化與文人生活內容的記述很多，如北宋著名的西崑詩派的詩歌，以及黃庭堅、蘇軾等詩人的詩歌，都記述了文人之間非常活躍的文化生活與豐富的文化活動。在趙蕃的詩中，我們可以看到這種文化傳統在繼續傳承發揚。其詩中，含蘊了與文人生活密切相關的大量物品，如友朋之間經常交流的詩、書、畫作品，文房四寶，茶和酒，以及象徵著士人高潔品格的各種植物等，反映了南宋士人非常活躍的文化生活和深廣豐厚的精神世界。

從趙蕃的酬贈詩中，可以看出趙蕃不但詩思敏捷，而且非常喜好以詩歌代替信件，往往援筆立成。此外，還可以看到當時文人之間觀賞或互贈物品比較頻繁，涉及物品的種類也很多，大致可以分爲文化用品類、生活用品類和動植物類。文化用品類包括詩、書、畫作品和筆、墨、紙、硯等文房四寶。趙蕃記述文人之間觀賞或贈送詩歌作品的詩很多，如《寄答曾無已見貽詩卷》、《閻伯善以〈孟東野集〉見惠二首》；書法作品如《從潘丈求字二首》、《魏昭父惠新刻李西臺諸公帖二首》等。其《以短軸從楊謹仲求字，僅書其半而見還，絕句戲謝》一詩，記述了一則文人之間的軼事：詩人向好友楊願求字，楊因故沒有寫完，趙蕃寫此詩希望楊能夠爲他寫完整:「先生字有千金直，乞取寧非亦坐貪。更欲從公請終卷，又虞賣菜或蒙慚。」〔註341〕繪畫作品，如《觀祝少林所藏畫三首》等；文房用品紙、墨、筆、硯，如《從趙崇道求蜀紙五首》、《謝李正之惠潘墨》、《帖俞、王諸君求筆》、《從孫一昆仲求毗陵筆》、《近乏筆託二張求

〔註341〕《全宋詩》第49冊，第30774頁。

之于市，殊不堪也，作長句以資一笑》。從這些詩中可知，趙蕃一則因爲詩文創作較多，紙、墨、筆的消耗不小，但因經濟窘困，所以常向友人求助；二是出於文人對文房用品中佳品的愛好，如潘墨是當時僅次於李墨的墨中精品，蜀紙與毗陵筆也是聞名天下的名品。趙蕃稱讚蜀紙說：「麻紙敷腴色勝銀，冷金凝滑倍精神」〔註 342'〕。四川的麻紙非常著名：「南朝書家寫字多用麻紙，麻紙別稱布紙，就是用破舊麻布製造的紙。麻紙可供二王（王羲之、王獻之父子）寫字，精美可以想見。」〔註 343〕在唐代，成都產的麻紙冠絕天下，被指定爲朝廷公務專用紙，蜀紙成爲皇家貢品。冷金紙即白麻紙中的一種，也稱金花紙、銀花紙、金銀花紙、灑金銀紙，是帶白色的泥金或灑金的紙，趙蕃認爲冷金紙光滑細膩，在上面書寫的字富有風采神韻，所以他非常喜愛以至向友人求取。

酒和茶本來是生活用品，但在宋詩中卻逐漸成爲文人雅士生活中不可或缺的內容。趙蕃詩中記述與友人之間互相贈送或索取酒的詩歌很多，感謝友人饋贈酒的如《韋南雄惠酒六尊以詩謝之》、《次韻劉子道幾宜送酒》；贈送酒給友人時順便以詩代替書信的如《因翟子固行送酒楊謹仲》、《季永和詩索酒用韻送酒二首》；向親友索取酒的如《成父以子進釀法爲酒，酒成分貺，趣之以詩，並呈子進昆仲》、《趣成父釀酒，用子進家法故及其昆仲》、《比作詩從成父索不老泉，並簡子進昆仲。今日成父送酒，與子進、子肅、子儀詩俱來，復次元韻》。成父即趙成父，是趙蕃的胞弟，他採用友人孫子進家的釀酒方法製作的酒取名爲「不老泉」，深受趙蕃的喜愛，所以趙蕃多次向其弟求取。在詩中，趙蕃評價暢飲「不老泉」酒的感受說：「那知是鄉疆場寬，南北東西無住著」、「浮生倏忽幾許事，今是何必還須昨？粗能適意效陶阮，底用策勳追衛霍？」〔註 344〕可見，他認爲酒能暫

〔註 342'〕《從趙崇道求蜀紙五首》之四，《全宋詩》第 49 冊，第 30789 頁。

〔註 343〕范文瀾、蔡美彪等《中國通史》第二編第五章，人民出版社，2008 年，第 509 頁。

〔註 344〕《全宋詩》第 49 冊，第 30522 頁。

時忘卻痛苦，沉醉其中，還能上與古人爲友，感受陶、阮的豪放灑脫。

趙蕃詩中記述與友人之間互相贈送或索取茶的詩歌也很多，感謝友人饋贈茶的如《飲袁州惠仰山茶》、《謝莫升之惠茶》、《曾秀才送茶》；贈送茶給友人時順便以詩代替書信的《以茶寄楊溥之二首》、《送新茶與俞尉》；向親友索取茶的如《從蕭君求茶二首》、《從蕭秀才求茶二首》、《寄白雲覓茶》、《簡莫令求茶》。上述詩中的莫令即莫升之，趙蕃先以《簡莫令求茶》詩向其求茶，莫升之送茶後，趙蕃又以《謝莫升之惠茶》致謝。據《從蕭君求茶二首》之一中「年例求茶可欠詩」〔註 345〕，以及《從蕭秀才求茶二首》之二中「今年尙許分張否？試遣詩筒告及春」〔註 346〕等句，可知趙蕃每年都會向蕭姓朋友索茶，甚至已經形成「年例」，可見蕭君和蕭秀才也應是同一人。從中可見南宋時文人對茶葉的鍾愛，以及彼此求、贈好茶，並以茶爲題唱和的頻繁。

記述與友人贈送或求取生活用品的酬贈詩中，食品類有山珍、水果、魚等。魚如《嚴先輩送鯉魚》；山珍有竹筍、蕨菜、山藥等，如《送蕨與成父》、《以筍送諸公二首》、《送筍與胡仲威》、《次韻陳縣丞謝送筍》、《以山藥、茶送沈宜之兄》；水果有橄欖、梨、梅子、朱櫻和橘子等，如《從王彥博覓洞庭柑三首》、《倪秀才惠橄欖二首》、《鄰居送梅子、朱櫻》、《招仲威不至反辱惠梨》等。其《代書送橘沈臨江》云：「誰貽新橘兩筠籠，尙帶霜林錯落紅。轉送清江供壽酒，草書因病廢匆匆」〔註 347〕，《張伯永和詩以僕送筍減於常年，復用韻以調一笑》云：「官曹常恐廢書勳，賴是相看有竹君。送筍但知修歲例，辱詩還喜繼前聞。饞涎肯爲口腹計，幽處要期風月分。我事且然成忤俗，奈何君復露奇文」〔註 348〕。從前詩中「草書因病廢匆匆」，可

〔註 345〕《全宋詩》第 49 冊，第 30791 頁。
〔註 346〕《全宋詩》第 49 冊，第 30792 頁。
〔註 347〕《全宋詩》第 49 冊，第 30778 頁。
〔註 348〕《全宋詩》第 49 冊，第 30776 頁。

見趙蕃在與友人的日常往來中，常常援筆作詩代替書信，所以有匆忙的感覺；從後詩以及趙蕃自注「頃送筍與張伯永丞常有偶酬」可知，趙蕃每年都要送筍給張伯永，還在詩中友好地開玩笑取樂，可見當時文人對竹筍的珍愛，以及他們彼此關係融洽、志趣愛好相似等。

趙蕃的酬贈詩，還記述了與詩友之間贈送一些植物或動物的情況。這些植物都是文人的心愛之物，象徵著當時士人高潔的品格與隱逸情懷。種類有梅花、菊花、牡丹、水仙、白蓮、蕙、芍藥等植物，如《得蕙數本，有懷斯遠二首》、《從鄭秀才覓菊二首》、《師契約看白蓮》、《倪先輩送水仙一科數花》、《嚴從禮折送牡丹且副以詩次韻》、《送芍藥與周子開》、《畢叔文以雙頭白蓮送程士和，錄唱酬詩以求次韻》。這部分內容，在詠物詩部分已有論及，在此不再贅述。

趙蕃記述詩友之間贈送動物的詩不多，如《謝彭沅陵送貓》：「怪來米盡鼠忘遷，嚼齧侵尋到簡編。珍重今君憐此意，不勞魚聘乞銜蟬。」〔註 349〕銜蟬是貓的代稱，北宋的黃庭堅也曾向友人求取貓，而且也使用了銜蟬的代稱，其《從隨主簿乞貓》詩云：「聞道狸奴將數子，買魚穿柳聘銜蟬。」從趙蕃詩中可知，他之所以向友人彭沅陵求取貓，是因爲家中有老鼠，在家中糧食已盡後，老鼠開始齧咬書籍。

此外，趙蕃的酬贈詩還記述了與詩友之間贈送佛像、護膚用品的情況，如《以湖州酥、秀州木犀面油、太和石本觀音像送莫萬安三首》，詩中的木犀面油是護膚用品，石本觀音像是佛像，湖州酥爲食品。

第五節　「要當稍收拾，一一付詩裏」〔註 350〕：江山之助的行役詩

行役泛稱行旅、出行，舊指因服兵役、勞役或公務而出外跋涉。早在我國古代的西周時期，羈旅行役生活就成了在外征戰的戍卒們生

〔註 349〕《全宋詩》第 49 冊，第 30928 頁。
〔註 350〕《湖州親舊二首》之二，《全宋詩》第 49 冊，第 30423 頁。

活的常態，抒寫常年征戰的哀傷怨憤與思鄉念親之情，也成爲《詩經》記述的主要內容。有學者說：「行役是《詩經》時代普遍存在的社會現象，而尤以西周末年和春秋初葉最爲嚴重。兵荒馬亂的社會現實，妻離子散的家庭慘景，役夫、思婦的離愁別恨，在《詩經》中都有眞實而又生動的反映」〔註 351〕，如《小雅》中大家耳熟能詳的《採薇》、《何草不黃》等。此後，行役詩在我國詩歌史上歷久彌盛，在兩漢、三國和唐代，名篇佳作屢見不鮮。同時，行役詩在外延上題材範圍更爲廣泛，在內在的抒情主體、詩歌主題和審美取向方面，也產生了一些重大變化。唐代的行役詩就體現了中下層文人強烈的主體意識，因此，「唐人創造出的記述行旅的詩歌，既有獨立的審美價值，也有著深刻的社會認識價值」〔註 352〕。

宋人酷愛自然名勝，在遊覽山川的旅程中增長見聞，陶冶情操，啓迪智慧。對於詩人來說，遊覽可以提供做詩的素材，激發詩性靈感，誠如蘇軾所云，「山川之秀美，風俗之樸陋，賢人君子之遺跡，與凡耳目之所接者，雜然有觸於中，而發爲詠歎」〔註 353〕，因此，宋代詩人倡導詩歌創作要有「江山之助」。黃庭堅認爲「詩到隨州更老成，江山爲助筆縱橫」〔註 354〕，楊萬里也說「山中物物是詩題」〔註 355〕。對此，周裕鍇先生也有精闢評述。他認爲：「就陶冶人格性靈而言，宋人相信自然山川中有一種與人性同構的靈氣，因而，遊歷山川可以吸納自然界瑰奇壯麗之氣與幽深玄渺之

〔註 351〕李清文，李志輝《論〈詩經〉「行役詩」的審美特質》，《學術交流》2003 年 11 期，第 144 頁。

〔註 352〕李德輝《客寓意識與唐代文學的漂泊母題》，《社會科學研究》2006 年 5 期，第 70 頁。

〔註 353〕〔宋〕蘇軾《蘇東坡全集》卷五十七《南行前集敘》，北京燕山出版社，2009 年，第 1495 頁。

〔註 354〕〔宋〕黃庭堅《黃庭堅全集》（第一冊）《憶邢惇夫》，四川大學出版社，2001 年，第 255 頁。

〔註 355〕〔宋〕楊萬里《寒食雨中同舍人約遊天竺得十六絕句呈陸務觀》之九，吳之振《宋詩鈔補》，上海三聯書店，1988 年，第 401 頁。

超，使人格得以昇華，使人性得以淨化。」〔註356〕可見，宋代文人對風景名勝的沉醉，把旅遊作爲一種生活方式，對其文學創作具有積極而重要的促進作用。

趙蕃「讀書夜達晨」，「膏燭且盡繼以薪」〔註357〕，同時酷愛遊覽祖國的名山勝水並從中汲取詩歌創作的題材與靈感。據其詩所述，他「生平慣行役」〔註358〕、「行役殆遍江之南」〔註359〕。在遊覽江南各地的山水時，他既能暫時忘掉窮困悲淒的現實生活，又可以增長社會見聞，開闊眼界，享受書中沒有的快樂。當他看到如畫的美景時，情不自禁地讚美道，「溪山如許佳，欲畫無絕藝」，並即刻付諸詩歌創作，「要當稍收拾，一一付詩裏。」〔註360〕可見，在旅途中，他不僅陶醉在如畫的自然美景中，更要忙著收集美妙的詩歌素材。他認爲，雖然旅途總是伴隨著勞累，但每一次行程都收穫不小，因此，很多地方他曾多次前往或路過：「江天漠漠江雲濕，江波浩浩江鷗急。二十年間幾經歷，欲論舊事俱陳跡」〔註361〕。在長途跋涉後，詩人雖然倍感疲乏，但是「典衣市酒寬久旅」〔註362〕，酒足飯飽後一覺醒來，重又精神抖擻地踏上艱辛而愉快的行程。

一、數量較多，衆體兼備，含蘊深廣：趙蕃行役詩的總體特點

趙蕃的行役詩數量較多，而且其中的大部分往往從詩題即可看出：其題目一般包含「舟中」、「道中」、「道間」等提示性詞語，如

〔註356〕周裕鍇《宋代詩學通論》，上海古籍出版社，2008年，第127頁。

〔註357〕《示兒》，《全宋詩》第49冊，第30492頁。

〔註358〕《閏月二十日離玉山，八月到餘干易舟，又二日抵鄱陽城，追集途中所作，得詩十有二首》之四，《全宋詩》第49冊，第30400頁。

〔註359〕《過女兒浦》，《全宋詩》第49冊，第30394頁。

〔註360〕《湖州親舊二首》之二，《全宋詩》第49冊，第30423頁。

〔註361〕《抵南康》，《全宋詩》第49冊，第30423頁。

〔註362〕同上。

《萬安道中二首》、《竹岩道間》、《富陽道中遇風感歎作》；有的題目用敘述的方式，告知旅途中發生的事件或經過的地點等，如《將至鄖子》、《宿分水》、《飯楓橋鋪》、《半江遇風濤，其勢危甚，晚示同舟》、《九月二十七日題桂溪鋪》、《寒食前一日發黃堰，明日抵定誇，連日逆風吹沙不可渡湖》。另外，趙蕃的行役組詩較多，如《自安仁至豫章途中雜興十九首》、《自桃川至辰州絕句四十有二》、《八月八日發潭州後得絕句四十首》以及《閏月二十日離玉山，八月到餘干，易舟又二日抵鄱陽城，追集途中所作，得詩十有二首》等。這些組詩中，除了少部分詩歌應歸入山水詩、田園詩或感遇詩，絕大部分都是行役詩。從上述詩題還可看出，趙蕃的行役詩大部分作於秋天（農曆七到九月），可謂「四時意象最愛秋」〔註 363〕，這也是我國古代文學「悲秋」傳統的重要表現。

體裁上，趙蕃的行役詩，有古體，有律詩，也有絕句，但是，數量最多的是七絕和五律。如《八月八日發潭州後得絕句四十首》、《松原山行七絕》等組詩，都是七絕，而《綠蘿道中》、《飯楓橋鋪》、《十三日逆風舟行甚遲》、《將宿天心寺，以失路遂止野人家》等組詩，都是五律。

內涵上，行役詩的情感內蘊往往並不單一，而是含蘊深廣，例如，南朝宋文學家、「元嘉三大家」之一的鮑照，其羈旅行役詩就開創了全新的主題，有學者認爲「舉凡宦遊、思鄉、山水，均與自我的羈役之感相融合」〔註 364〕。趙蕃詩中述及羈旅行役之苦的詩，數量上遠超描寫旅途快樂的詩。其記錄的行役見聞與感受，大部分充滿悲苦淒涼的色調，只有寫于歸家途中的少部分詩歌，尚能流露回鄉時愉悅的心情。前者的具體內容比較豐富，有的感慨旅程艱難或

〔註 363〕孫小梅《四時意象最愛秋：柳永羈旅行役詞秋意象統計及分析》，《山西師大學報》（社會科學版），2011 年 1 期，第 104 頁。

〔註 364〕張喜貴《論鮑照詩歌中的羈旅行役主題》，《湖北師範學院學報》（哲學社會科學版），2010 年 1 期，第 31 頁。

孤獨寂寞，有的歎息時光流逝或世事變遷，有的哀歎衰老貧病，有的期盼隱逸田園的生活，有的抒發懷友思親之情。在具體詩作中，一部分行役詩側重於上述某一方面的內容，但大部分行役詩都同時包含上述兩個或多個方面的內容，如「吾行殊坎坷，此地極淹留。少欲破萬卷，老惟思一邱。謾言詩作祟，長愧食為謀」〔註 365〕，既描寫了詩人為了生計而奔波的艱難與淹留他鄉之苦，又抒發了對隱逸生活的思念之情。

二、行蹤見聞與內心律動的渾然融合：趙蕃行役詩的內容特點

與大部分同類題材的詩歌相同，趙蕃的行役詩，忠實地紀錄了他旅程中的見聞、詩人的行蹤以及內在心靈的律動等。如《投宿聖仙僚》記述詩人在蘇州遇到大風、深夜投宿寺廟的情形：「已慚叩戶驚莊夢，更喜置床鄰畢甕。新醅未熟不可嘗，舊酒雖漓聊入用。道人深居怕賓客，老子頻年慣行役。細聽木杪風向息，起視月沈天正黑。」〔註 366〕該詩後詩人自注云：「晚發楓橋，期宿聖仙僚，大風逆面，至已二鼓。叩門甚久，老黃冠方出迎，館予於一室，有釀存焉，未熟，沽舊酒而飲」。在夜深叩擊寺門時，老和尚睡得很沉，因而詩人等待很久。在入住後，他驚喜地發現，居住的房間裏還有酒甕，仔細一看卻是未熟的新釀。詩人失望之餘，只有飲一點陳酒將就。也恰在此時，詩人發現外面狂風漸止，月已落、天正黑。富於戲劇性的情節，頗能引人入勝。在詩中，趙蕃刻畫了一位隱居山林深處、不願被人打擾的老和尚，卻在深更半夜，被「頻年慣行役」的詩人驚擾，讓人頗感世情的無奈，又含蘊一絲淡淡的幽默，這也正是詩人意欲傳遞給我們的豐富意蘊。再如《綠蘿道中》「人間白馬渡，世外綠蘿山」、「更擬桃川路，明朝得意攀」〔註 367〕等句，既描

〔註 365〕《次韻深父送行》，《全宋詩》第 49 冊，第 30610 頁。
〔註 366〕《全宋詩》第 49 冊，第 30501 頁。
〔註 367〕《全宋詩》第 49 冊，第 30575 頁。

寫了詩人所經過的白馬渡和綠蘿山如畫的美景，也交代了詩人次日的行蹤。

堠子是古時築在路旁用以分界或計里數的土壇，每五里築單堠，十里築雙堠。如韓愈《路旁堠》詩云：「堆堆路旁堠，一雙復一隻。」〔註 368〕趙蕃《飯楓橋鋪》云，「隻堠復雙堠，晨雞仍午雞」〔註 369〕，既描述了堠子等頗有地域特色的景物，也流露出詩人旅程中行行不已的複雜心理。趙蕃的行役詩還記述了旅程中氣候變化迅疾的特點，如《九月二十七日題桂溪鋪》云，「昨日方搖扇，今朝可擁裘。頓能驚北客，方覺是南州。」〔註 370〕驟冷的天氣，也驚起了詩人內心的悲慨和故鄉之思：自己雖世代爲北方人，卻只能流寓江南，所以對南方多變的氣候仍然反應遲緩，這實際上蘊含著詩人對國家淪爲半壁江山的無限悲涼。

乘船是古人出行的主要方式之一，而船行的速度在上水和下水時差別很大，且下水時決定速度的主要因素是風向、風力以及水流的大小等，這在趙蕃的行役詩中也都有生動的記述。富春江水流湍急，船下行時，如果得遇順風，旅程就變得非常輕鬆愉快，那段名爲「七里瀧」的航路，實際有七十里，卻只有遇到便風才能順流而下，也才成爲名副其實的「七里瀧」。趙蕃《嚴州道間得順風，俗云七里瀧。篙師云風便纔七里，無風乃七十里爾》詩云：「桐江多犇湍，牽挽厭勞止。舊云七里瀧，實乃七十里。篙師爲予言：風便輒易爾。回思前日驚，留滯固可喜。溪神果何心，憐我倦行李。有風西南來，不徐亦不駛。布帆保無恙，爲賜何其侈。眼中峰巒過，天外鷗鳥起。」〔註 371〕在介紹七里瀧與風速的關係時，詩人還順便描繪了桐江「眼中峰巒過，天外鷗鳥起」的壯美風光，抒寫了內心的愉悅之情。

〔註 368〕〔清〕彭定求《全唐詩》第 10 冊，中華書局，1960 年，第 3824 頁。

〔註 369〕《全宋詩》第 49 冊，第 30574 頁。

〔註 370〕《全宋詩》第 49 冊，第 30575 頁。

〔註 371〕《全宋詩》第 49 冊，第 30488 頁。

與行役詩的傳統內容相同，趙蕃的行役詩也大量紀錄了船行中遭遇的種種艱難，主要有來自自然界的疾風驟雨、急流險灘和船行不暢，以及詩人的心理感悟等。如「茲行又累日，逆風苦悲號。曾微咫尺帆，頗費千萬篙」〔註 372〕，描述船逆風而行，只好收起風帆依靠竹篙艱難行進。不過，最令人驚心動魄的，是遇見狂風時船上危機四伏的情景。其《十三日逆風，舟行甚遲》云：「昨夜縱風幾喪生，今朝溯水頗留行。細看洶湧收帆腳，孰若夷猶聽槳聲。」〔註 373〕經歷昨夜兇險的狂風后，詩人面對逆水艱難行進的船隻，沒有埋怨船行緩慢，而是悠然從容地諦聽起船槳咿咿呀呀的聲音，這是劫後餘生的詩人對生活的頓悟使然。趙蕃詩中類似的記述很多，其《半江遇風濤，其勢危甚，晚示同舟》的記述也非常生動：

言歸固多欣，值險輒大怖。方趨順風捷，忽與犇濤遇。
得非蛟龍爭，無乃雷霆怒。我舟僅如掌，我命且如縷。
何止失人色，殆欲成狼顧。神明力扶持，生死貲調護。
平生素多艱，安坐乃其處。便哦歸來辭，勿草遠遊賦。
同行信同憂，相唁勞相諭。急反浪頭魂，還尋酒中趣。

〔註 374〕

詩人描述遇險時「我舟僅如掌，我命且如縷。何止失人色，殆欲成狼顧」等驚險的情景、人們驚懼的神色，以及劫後餘生及時行樂的特寫，使人真切感受到船行中的艱難與兇險。在船行的旅途中，詩人的心頭也會湧起種種複雜的感情，愁苦和迷茫之情就經常襲來，其《舟行》和《九月二日發舟快閣下》分別描述說：

下水復上水，暮秋仍早秋。暫歸非去吏，觸緒苦添愁。
本乏風雅作，謾于山水遊。經營欲終日，人謂我何求？

〔註 375〕

〔註 372〕《自溧陽達上塘官河，舟屢行矣，不能盡名其所經，偶書小韻》，《全宋詩》第 49 冊，第 30483 頁。

〔註 373〕《全宋詩》第 49 冊，第 30404 頁。

〔註 374〕《全宋詩》第 49 冊，第 30487 頁。

〔註 375〕《全宋詩》第 49 冊，第 30570 頁。

開船風打頭，舉棹水分流。到處皆成客，今年未識秋。
意哀吟蟋蟀，聲苦亂颸飀。拊枕仍推枕，誰知夢覺慢。

〔註 376〕

前一首詩描寫漫長的行程，抒發人生之路迷茫而不知所求的淒涼；後一首詩描寫秋末冬初的深夜裏，秋蟲的哀吟彌漫在耳畔，詩人輾轉難眠，夢醒後更感悲傷。詩人關於「人謂我何求」的深沉思索與「拊枕仍推枕」等細節描寫，充分渲染出客居他鄉的遊子無盡思念與愁苦情懷。

詩人的羈旅之愁，不只產生於船行中，而且途經湖面、陸地或山林時，也同樣很強烈。其《將至鄖子》云，「湖水冬猶壯，林煙晚更孤。荒涼詩莫狀，零落鴈成圖」〔註 377〕；《將宿天心寺，以失路遂止野人家》云，「一出有百阻，吾生何太艱。問途迷野寺，積潦落前山。」〔註 378〕前一首詩中，壯闊的湖水與岸邊荒涼的林煙，以及天上飛過的整齊的鴈陣，與形單影隻的遊子形成鮮明的對比。此情此景，也使詩人心頭的孤獨寂寞與遲暮衰老之情陡然增加，不禁感歎「歷歷舊行路，蕭蕭新鬢鬚。不知造物意，投老又何如」。後一首詩寫迷路的詩人卻禍不單行，還要面對眼前遍佈泥濘的道路，只有徒喚奈何。詩人在從湖南到江西安仁縣的途中，也曾遇到連續的雨天，道路異常難行，病中的詩人被迫滯留巴陵：「渺莽重湖路，羈棲一病身。欲行行未得，風雨況頻頻」〔註 379〕，「渺莽」、「羈棲」、「病身」等詞語，渲染了縈繞於詩人心頭的沉重而綿長的苦悶之情。

從旅途的艱難聯想到人生之路的艱難，表現了趙蕃行役詩含蘊深廣的特點。「下水有放溜，溯流多哭灘。人能等遲速，事豈病艱難。

〔註 376〕《全宋詩》第 49 冊，第 30572 頁。
〔註 377〕《全宋詩》第 49 冊，第 30574 頁。
〔註 378〕《全宋詩》第 49 冊，第 30401 頁。
〔註 379〕《移官巴陵，行有日矣，書呈唐德輿、程士和、梁和仲、於去非、段元衡、邢大聲七首》之二，《全宋詩》第 49 冊，第 30543 頁。

返照千山赤，春風兩鬢寒」〔註 380〕，從船順水的快速暢意與溯流而行的緩慢艱難，聯想到人生際遇的差異。雖然身處春風和煦、陽光普照的美景，也難掩詩人斑白的雙鬢以及對時光流逝的感慨。再如「回首江山舊，他年來往頻。人誰無一飽？汝獨値多辛。泛泛將何往？悠悠愧此身」〔註 381〕，他對人生艱難的感歎，既飽含人生漂泊不定的內涵，也隱隱流露出無所建樹的迷惘；而「前山後山異夷險，昨日今日分炎涼。人間萬事只如此，那似一杯眞意長」〔註 382〕，則抒寫了詩人對迅疾變化的人間萬象與世態炎涼的社會現實的無盡感慨。

三、衰微時代的末世情懷：趙蕃行役詩情感內蘊的特點

趙蕃的行役詩，意蘊豐富而筆致細膩，抒發了身處異鄉的孤獨寂寞等深摯情感，既有對時光流逝的深沉歎息，也有對衰老貧病際遇的無盡感傷，還有思鄉懷友等豐富的內容。詩人窮愁潦倒的境況，折射了南宋中後期內憂外患的社會現實，反映了身處衰微時世文人的末世情懷。

首先，感歎時光流逝與年華衰老。在羈旅他鄉的旅程中，遊子常有時光飛逝的感覺。趙蕃感歎時光流逝與年華衰老的行役詩也很多。在預示春天將臨的新年，他說，「客裏那知歲月遷，梅花報我又今年。蘭溪橋下扁舟泊，把筆題詩意惘然」〔註 383〕；看到明媚的春光，他說，「客路不知時節移，忽逢柳色已依依。無悰卻數離家日，臘盡春回方始歸。」〔註 384〕在漫長的旅程中，看到怒放的梅花，他猛然想起新的一年又到了；目覩蒼翠欲滴的依依柳色，才恍然大悟又到春天了，可見客路漫漫而時光易逝。

〔註 380〕《閏月二十日離玉山，八月到餘干易舟，又二日抵鄱陽城，追集途中所作，得詩十有二首》之四，《全宋詩》第 49 冊，第 30400 頁。

〔註 381〕《富陽道中遇風感歎作》，《全宋詩》第 49 冊，第 30401 頁。

〔註 382〕《竹岩道間》，《全宋詩》第 49 冊，第 30409 頁。

〔註 383〕《元日寄成父四首》之四，《全宋詩》第 49 冊，第 30803 頁。

〔註 384〕《安仁艤舟作》，《全宋詩》第 49 冊，第 30810 頁。

「是身眞老矣，南北更東西」〔註 385〕、「相逢頗恨夫何晚，華髮蕭蕭今滿頭。」〔註 386〕自然，時光流逝的感慨，也時常伴有年華衰老的歎息，尤其是在萬物蕭索的秋天，這種傷感愈發強烈。他的《書合龍寺舊題後》描述說：「題詩客子鬢如銀，壁上題詩墨尚新。犬已久忘曾宿客，半山風鐸似迎人」〔註 387〕在一次行役中，他曾先後兩次投宿合龍寺，第二次留宿時，前一次題寫於合龍寺牆壁上的詩墨跡尚新，再至時，詩人感覺自己雙鬢如銀。形象鮮明的對比，含蘊著年華老去的悲歎。在一個秋冬之交的漫長行程中，詩人目覩「草草朝成市，匆匆客繫船。荒雞亂人語，細雨雜炊煙」等蕭條冷落的情景，不禁感慨「歲月眞前夢，江山殆宿緣。沙鷗應笑我，疏鬢異當年」〔註 388〕，江山可愛而歲月無情地流逝，詩人稀疏的鬢髮就是實實在在的明證。

其次，描寫羈旅他鄉時飢寒交迫、窮愁潦倒的悲涼境遇。詩人對時光流逝的感慨，常常伴隨對窮愁潦倒境遇的歎息，如「病中曾覓扊扅炊，別後東西無自知」〔註 389〕。還有某年的農曆九月，詩人前往蔣山（今屬江蘇南京）的途中，突然「寒風動地至」，一場早雪不期而至：「我行蔣山來，解轡菩提坊。一飯誰爲設，百錢倒空囊。平生遠遊意，到此增彷徨」〔註 390〕他缺衣少食，一縷孤苦無助的悲傷襲上心頭，禁不住悲歎「故山邈何許，倏忽半歲辭」，徒喚「芻薪且弗給，更問裘褐爲」〔註 391〕。趙蕃一生貧困，即使爲官也是因生計所迫，因此，在仕宦的征程中，這種窮困潦倒的悲慨就更加強烈。

〔註 385〕《巴丘驛晚題二首》之二，《全宋詩》第 49 冊，第 30575 頁。
〔註 386〕《贈王進之》，《全宋詩》第 49 冊，第 30694 頁。
〔註 387〕《全宋詩》第 49 冊，第 30821 頁。
〔註 388〕《閏月二十日離玉山，八月到餘干，易舟又二日抵鄱陽城。追集途中所作，得詩十有二首》之二，《全宋詩》第 49 冊，第 30399～30400 頁。
〔註 389〕《袁州北崇勝寺二首》之一，《全宋詩》第 49 冊，第 30697 頁。
〔註 390〕《九月十一日雪二首》之一，《全宋詩》第 49 冊，第 30856 頁。
〔註 391〕《九月十一日雪二首》之二，同上頁。

其《飯楓橋鋪》云：「春風空浩浩，客意只淒淒。驅我因微祿，言歸欠薄畦。」〔註 392〕他對好友訴說道：「謾言詩作祟，長愧食爲謀」(《次韻深父送行》)、「走遍東南數十州，皇皇長愧食爲謀」〔註 393〕，詩人對一飯無著、囊空如洗的悲歎，以及被微祿所驅、惶惶然「爲食而謀」的描寫，足見其生活境遇的悲慘和內心的淒涼。

最後，抒發思鄉念友與隱逸情懷。思念家鄉與親人，是中國文學長盛不衰的主題之一，從《詩經》中的《采薇》、《東山》等篇，到唐代李白「舉頭望明月，低頭思故鄉」、王維「獨在異鄉爲異客，每逢佳節倍思親」等傳唱久遠的詩句，都蘊含了人間美好的至愛親情。在羈旅行役中，趙蕃思念家鄉與親人的情感非常濃烈，他經常爲自己遠離家鄉、孤身在外漂泊的生活感到悵惘若失。如「客夢一何短，鄉關一何長。拊身念艱虞，失足增彷徨」〔註 394〕，他客中難眠，連做夢的時間都很短，而對親人的深情思念，使他感到鄉關漫漫。雪上加霜的是，在他鄉窘迫窮困的日子裏，詩人還曾生病，令他更加不堪：「歲晚仍湖路，客中還病身。」〔註 395〕此時，詩人的鄉關之情與隱逸之思不禁油然而生。趙蕃抒發濃濃的思鄉情結，還經常借助傳統的比興手法，以孤獨飛翔的大鴈等飛鳥起興，比擬自己羈旅漂泊的孤獨與寂寞。他的《感歸鳥》詩云：「鳥雀知既夕，相逢如擇棲。嗟余獨何者？失侶自東西。」〔註 396〕又如，《孤鴈三首》云：「孤鴈哀哀叫曉霜，客衾如水待天光。不緣杜宇催歸去，未信寒猿解斷腸」〔註 397〕，「孤鴈哀哀叫晚雲，半年爲客歎離群。丁東幽佩別來久，斷續清砧遠不聞」〔註 398〕。鴻鴈孤獨的哀鳴，寒猿斷腸的哀號，洗衣婦斷續淒清地敲打砧板的聲音，以及客居他鄉

〔註 392〕《全宋詩》第 49 冊，第 30574 頁。
〔註 393〕《贈王進之》，《全宋詩》第 49 冊，第 30694 頁。
〔註 394〕《枕上有感二首》之一，《全宋詩》第 49 冊，第 30851 頁。
〔註 395〕《二十一日湖中》，《全宋詩》第 49 冊，第 30571 頁。
〔註 396〕《全宋詩》第 49 冊，第 30750 頁。
〔註 397〕《孤雁三首》之一，《全宋詩》第 49 冊，第 30935 頁。
〔註 398〕《孤雁三首》之二，同上頁。

的詩人發出的長籲短歎，再輔以淒清如水的月光背景，充分襯托出詩人纏綿不盡的鄉愁，令人感傷不已。

「旅食頻年倦，田居樂事遙」〔註 399〕，伴隨著對家鄉的深情思念，詩人的隱逸情結也愈加強烈。在「歲月常爲旅，飢寒不自謀」〔註 400〕的羈旅生活中，他「明朝更西去，依舊覓扁舟」〔註 401〕的歸隱願望更加強烈。他非常羨慕那些在船行途中，常常與他相依相伴的白鷗，林中自由啼鳴的小鳥，天上展翅飛翔的鴻雁：「草草天涯棹，悠悠江上鷗」〔註 402〕，「翩翩羨林鳥，閒逸愧沙鷗」〔註 403〕，「歸飛慕鴻雁，沿戲狎鳧鷖」〔註 404〕。他傾慕陶淵明筆下傍晚及時還家的倦鳥，卻不屑於像那些展翅捕獵的饑鷹一樣費盡心機、虎視眈眈地專注於獵物：「久客日復日，窮冬冰復冰。知還憐倦鳥，側翅恥饑鷹。」〔註 405〕有時，詩人在旅程中以詩直抒胸臆，傾訴濃烈的隱逸情懷。在《松原山行七絕》組詩中，他非常難得地直筆心中的豪言壯語：「莫道松原路不通，擔肩樵斧往來同。老夫自是山中友，要涉崎嶇盡日中」〔註 406〕，「涉水穿雲殊好在，自知元是個中人。何時粗畢尙平志，衡嶽匡廬收此身」〔註 407〕，抒發了遊覽山林時的愉悅與眞誠傾慕隱逸生活的灑脫情懷。

趙蕃的行役詩，也有懷念友人的內容，如《衡山道中懷清江舊遊寄長沙諸公》、《舟中讀子進昆仲西遊集有懷其人，作詩寄之並示成父弟二首》、《八月八日發潭州後得絕句四十首》之二，都是懷念

〔註 399〕《旅食有作》，《全宋詩》第 49 冊，第 30573 頁。
〔註 400〕《趨上饒道中》，《全宋詩》第 49 冊，第 30570 頁。
〔註 401〕《閏月二十日離玉山，八月到餘干易舟，又二日抵鄱陽城。追集途中所作，得詩十有二首》之十二，《全宋詩》第 49 冊，第 30399～30400 頁。
〔註 402〕同上。
〔註 403〕《趨上饒道中》，第 30570 頁。
〔註 404〕《巴丘驛晚題二首》之二，《全宋詩》第 49 冊，第 30575 頁。
〔註 405〕《次韻成父舟中》，《全宋詩》第 49 冊，第 30572 頁。
〔註 406〕《松原山行七絕》之二，《全宋詩》第 49 冊，第 30810 頁。
〔註 407〕《松原山行七絕》之六，同上頁。

友人的佳作；而《過潼川之飛烏縣，見餘干丞相題驛舍詩有感次韻》、《鉛山道中懷故興化令賈元放、故鬱林教授賈季承》等篇，則是懷念去逝的趙汝愚等親友。他的《宿彭湖寺懷斯遠》寫道，「路仄山崖滑，庭中桂樹蒼。驟沖疏雨過，徐步晚風長。沽酒尋官道，哦詩繞佛廊。曠懷思我友，林趣憶支郎」〔註 408〕，以清新蕭疏的秋景，襯托沽酒歸來、邊飲酒邊作詩的超逸瀟灑的詩人形象，並以漢末三國時博學多才的僧人支謙（當時人稱爲支郎），比擬志趣曠達、才智超拔的徐斯遠，抒發對友人的深情思念之情。

不過，從客觀存在和辯證思考的角度，我們也應注意到，趙蕃的行役詩，雖然絕大部分是悲苦淒涼的生活實錄，但也有爲數不多的幾首，抒寫了旅途中的喜悅之情，尤其是歸家時的欣喜。其中，他從湖南辭官歸來途中寫作的《八月八日發潭州後得絕句四十首》組詩，有幾首抒寫了詩人投紱歸來時心靈的解脫與釋然。這次旅程，路途漫長，農曆八月八日從潭州出發，九月將盡時才到家，行程有一個多月。雖然這組詩中的大部分詩歌，仍然難免行役的悲傷與歎息，不過，因爲終於可以實現隱居田園的夙願了，趙蕃還是很高興的。在離開潭州（今湖南長沙一帶）後，他對因遭遇逆風而變得緩慢的船行沒有太介意，反而幽默地勸誡心急的孩子們說，「湘神知我愛湘中，故遣舟遲匪厄窮」〔註 409〕。從他「倦遊歸去渾忘事，淹速從渠不計窮」〔註 410〕、「三徑雖荒菊尚存，重陽想見露花繁」〔註 411〕等句，可見他對田園生活的盼望之切，他興奮地描述歸途中的景色與自己的心情說：

> 煙消日出見秋眞，政恐卻成憔悴人。
> 賴是倦遊歸去日，扁舟載著自由身。〔註 412〕
> 仰山山峙季溪流，知我東歸俾暫留。

〔註 408〕《全宋詩》第 49 冊，第 30576 頁。

〔註 409〕《八月八日發潭州後得絕句四十首》之一，同上頁。按：該詩歌後趙蕃有自注云：「是日逆風，舟行寸寸而上。」

〔註 410〕《八月八日發潭州後得絕句四十首》之五，同上頁。

〔註 411〕《八月八日發潭州後得絕句四十首》之三十，同上頁。

〔註 412〕《八月八日發潭州後得絕句四十首》之二十四，同上頁。

盡日如推復如蕩，爲之成喜不成憂。〔註413〕

去歲重陽事已訛，今年亦復病蹉跎。

明年想見山中集，弟妹團欒黃菊歌。〔註414〕

他見到熟悉的仰山和溪流，以爲它們都能認識自己這位昔日的老朋友，於是高興地與它們對話。一句「扁舟載著自由身」，可見詩人興奮的心情何其高漲。在歸途中，他想到從此終於可以與弟妹們團聚一堂了，雖然去年和今年的重陽節已成過去，但來年的重陽節就可以一起登高、賞菊、唱歌了，還是讓他充滿期待。

綜上所述，趙蕃抒寫羈旅行役之苦的詩歌，數量上遠遠超過抒發旅途快樂的詩作，充溢著悲苦淒涼的情感意蘊，折射出南宋社會充滿內憂外患、風雨飄搖的政治情勢。這與晚唐行役詩的題材與情感內蘊非常相似：「晚唐時期由於社會動亂、政治黑暗、科場腐敗，導致出現大量處於漂泊、流離、困窘狀態的失意文人，因而湧現大量的羈旅行役詩。這些詩有的著重再現士人長期淹留客寓中的悽惶苦況，有的重在抒發士人漂泊他鄉時的鄉關之思，有的體現士人懷才不遇、淪落天涯的焦灼和憤慨，有的則表現士人關心時局、感時傷世的現實精神。從這些詩中，我們可以清晰地看到晚唐社會某些層面的眞實面貌，特別是身處衰微時世的文人的末世情懷，進而深入體會晚唐詩歌的獨特魅力。」〔註415〕同樣是抒發衰微時世文人的「末世情懷」，在情感內蘊上，比之晚唐時代的詩人，趙蕃的行役詩內涵更顯豐厚，幾乎涵蓋了晚唐行役詩人詩作中的絕大部分內容。趙蕃行役詩抒寫個人窮愁際遇與淒苦情懷的風格特徵，繼承了《詩經》行役詩「以哀怨爲情感特徵，以悲劇性爲基調」〔註416〕

〔註413〕《八月八日發潭州後得絕句四十首》之二十，同上頁。

〔註414〕《八月八日發潭州後得絕句四十首》之四，同上頁。

〔註415〕嚴賽梅《晚唐羈旅行役詩的吟詠主題》，《咸寧學院學報》2011年10期，第31頁。

〔註416〕李清文，李志輝《論〈詩經〉「行役詩」的審美特質》，《學術交流》2003年11期，第144頁。

的審美特質，而與張元幹等愛國主義詩人詩詞「豪邁慷慨、沉鬱悲憤」〔註417〕的審美特質相呼應，這也正是趙蕃行役詩的審美價值和社會認識價值之所在。

第六節　濃妝淡抹的山水詩

山水詩，是以山水等自然景觀爲主要描寫對象的詩歌。江南多山水，趙蕃從青年時代開始，就喜歡遊覽名山勝水，他說：「涉水穿雲殊好在，自知元是個中人」〔註418〕。從其詩中，可知他曾遊覽江西、浙江、湖南、福建等地眾多的山水景觀，尤其是江西、浙江兩省的許多山水風光，他曾經多次遊覽或經過，如江西的靈山、仰山、南昌附近的西山：「過得旁羅上下灘，望中青出是靈山。三年此地四來往，老矣向渠成厚顏」〔註419〕，可見在三年之中，他曾四次路過或遊覽靈山，盡賞靈山之勝。他的一部分山水詩，與田園生活場景相融合，可謂山水田園詩。

趙蕃筆下的山水詩，有聲有色，多姿多彩，具有形象生動的繪畫美特徵，可謂「淡妝濃抹總相宜」：有的思與境諧，宛如清逸雅致的山水畫；有的大處落墨，畫面遼闊綿遠；有的運筆超逸灑脫，富有奇麗壯美的湘西風情。同時，在模山範水的同時，詩人還時常嵌入觀賞者的語言與動作描寫，創設出物我渾融的意境。

趙蕃的山水詩，也投射了詩人的思想感情，寄託了詩人的胸襟人格，帶有典型的宋型文化特徵，具體表現在不但自我色彩更濃，議論更多，而且含蘊著濃濃的悲涼愁苦之音，傾注了詩人的憂世或憂生之情。

〔註417〕鍾偉蘭《淺論張元幹愛國主義詩詞的藝術審美特質》，《福建論壇》（人文社會科學版），2006年專刊，第166頁。

〔註418〕《松原山行七絕》之六，《全宋詩》第49冊，第30810頁。

〔註419〕《過旁羅見靈山》，《全宋詩》第49冊，第30813頁。

一、清逸雅致、遼闊綿遠、奇麗壯美：趙蕃筆下「山水畫」三種不同的審美特徵

趙蕃筆下的山水，有的思與境諧，宛如清逸雅致的山水畫，如「青山峨峨聳髻鬟，流水瑟瑟鳴佩環」〔註420〕：一座座綿延不斷的山峰宛如古代女子高聳的髮髻，清澈的溪流奏出歡快的聲音，如同佩環撞擊的樂音，清脆悅耳，這是江西鄱陽湖畔的山水；「嚴山多嵯峨，婺水爭平遠。山如古屏張，水似横軸展」〔註421〕，山嵯峨，水平遠，這是浙江嚴、婺一帶如畫的山水。他描繪龍遊（今屬浙江省衢州市）「山連遠近慘淡，水合東西渺彌」〔註422〕的淡泊秀麗的山水時，讚譽綿延的山脈和曠遠的水流依伴而行的景色：「舊說詩中有畫，今成畫裏尋詩」〔註423〕，視野開闊，比喻生動。其《定誇浦》描寫湖光山色云：「棹掠湖邊浦，帆收柳外橋。蒲深映鳧沒，浪靜覺魚跳」〔註424〕，開闊的湖面波瀾不驚，一直綿延到幽深靜謐的河、湖交接處。湖面上不時躍出水面的魚兒，遠處湖邊茂密的柳樹、河流上横跨的小橋，以及湖邊叢生的香蒲、鳧鳥與歸帆，相互掩映，清晰可覩。的確，每當行走在山光水色中，詩人就像在飽覽一幅幅優美的圖畫，異常興奮地陶醉其中。

趙蕃的山水詩，有的運用水墨山水的造境和運筆，大處落墨，勾勒出遼闊綿遠的畫面。其《洞庭秋月》云：「平湖萬里寬，秋月一天白。隱隱岳陽樓，有人自横笛」〔註425〕，明月籠罩下一望無垠的洞庭湖，水面開闊，月色朦朧，水天一色：而岳陽樓上隱隱約約的笛聲，又給人增加無盡的遐想。他描寫衡山日出的情景：「遠看雲吐呑，近見日出沒。解駁謂須臾，迷漫翻倏忽」〔註426〕，在雲霧繚繞

〔註420〕《過女兒浦》，《全宋詩》第49冊，第30394頁。
〔註421〕《嚴山》，《全宋詩》第49冊，第30476頁。
〔註422〕《龍游道中三首》之二，《全宋詩》第49冊，第30763頁。
〔註423〕同上。
〔註424〕《全宋詩》第49冊，第30401頁。
〔註425〕《全宋詩》第49冊，第30920頁。
〔註426〕《與潘文叔遊衡嶽四首》之二，《全宋詩》第49冊，第30481頁。

的寥廓天際，一輪紅日噴薄而出，時而又隱沒於雲層中，時而又冉冉昇起，疾速的變化令人目不暇接，這壯麗的圖畫何其遼闊。他如「一水通高下，千山雜晦明」〔註427〕、「路絕疑無地，山窮復有天」〔註428〕等，都描繪出極爲開闊的空間，給人神奇壯美的感受。其《與潘文叔遊衡嶽四首》之一云：「欲行雨如蓰，既出雲若湧。山高一身微，風動萬國洶。豈唯林木悲，亦爲毛髮悚。眾謂當亟回，吾行便曾勇」，〔註429〕詩人與一群友人在衡山遊覽時，聽聞大雨來臨前空中由遠及近傳來的嘩嘩雨聲，目覩雲氣湧動的情景，加之衡山山中林木茂密、幽谷深壑縱橫，一派風聲鶴唳的恐怖氣象，令人感到毛骨悚然。該詩想像豐富，生動地描彙了大雨來臨前山中陰森恐怖的氣氛，境界雄奇壯闊。

趙蕃筆下的山水，有的富有奇麗壯美的地域風情。他讚揚湘西山水說：「蠻山雖云荒，蠻水亦頗秀」〔註430〕；他描寫自己觀賞湘西山水的感受說：「世奇粤水與湘山，此地元居楚粤間。盡日覓詩終莫就，有時遊目不能還」〔註431〕，從這些熱情洋溢的讚美之詞，顯然可見他對湘西山水風光的摯愛之情。他在湖南爲官多年，他筆下的湘西山水，充滿濃郁的地域風情，用筆飄逸靈動，頗有奇麗壯美的畫面：「馬鬃嶺下源初發，鵝口山前漸可舟。一百八盤誰謂險，二十四溪何自遊」〔註432〕、「驟來遙點雨初過，忽爾數峰雲自閒。遠碧近蒼元互映，淺青深綠更相關」〔註433〕，峻拔險峻的山峰，盤旋

〔註427〕《杭橋道間二首》之一，《全宋詩》第49冊，第30578頁。

〔註428〕《下七盤嶺》，《全宋詩》第49冊，第30579頁。

〔註429〕《全宋詩》第49冊，第30481頁。

〔註430〕《席上奉呈教授歐陽丈，時並餞戴兄，故其中及之》，《全宋詩》第49冊，第30416頁。

〔註431〕《三月十七日以檄出行賑貸，旬日而復反。自州門至老竹，自老竹至鵝口，復回老竹，由乾溪上入浦口，泛舟以歸，得詩十首》之十，《全宋詩》第49冊，第30698頁。

〔註432〕同上之三，同上頁。

〔註433〕同上之十，同上頁。

直入雲端的山路，以及山谷中淙淙的溪水，構成一幅山環水繞的奇麗圖畫；再如「浦口江頭艇子呼，有懷逸興恐成孤。非關郵傳憎塵土，自愛江山入畫圖。峰勢宛如神峻拔，瀑痕渾似筆濃枯」〔註 434〕，高峻挺拔的山峰，形狀各異、有如毛筆時濃時淡的筆鋒的瀑布。這些奇異豐富的想像，生動形象的比喻，完美地刻畫出湘西奇麗壯美的山水，也顯示了詩人超逸灑脫的胸襟。

二、山水與田園生活場景的融合：趙蕃的山水田園詩

趙蕃的一部分山水詩，與田園生活場景相融合，可謂山水田園詩。在山水田園詩裏，趙蕃既抒寫了陶醉於田園美景的喜悅，也含蘊了對人生的感慨。《秋陂道中三首》之一，描寫詩人在晨鐘聲中，離開遠在荒野的寺廟，前往村莊旁邊的集市買東西：「晨鐘離野寺，早市出村墟。山在空蒙裏，路經崩缺餘。崎嶇方自此，阻絕信非虛。卻羨林間翮，飛翔得自如。」〔註 435〕一路上，縹緲的雲霧彌漫前方，加之被暴雨崩壞的山路崎嶇不平，行走頗爲艱難，詩人不由羨慕起山林中自如飛翔的小鳥，再聯想到自己坎坷不平的人生之路，思歸之情油然而生。

趙蕃的山水田園詩，把瑰麗的山水與秀美的田園風光，以及詩人內心的情思完美結合，渾融一體。如《澗鋪嶺道中四首》描寫了嶺路盤旋環繞、芋田層層疊疊和泉水曲折通幽的美麗風光：「芋畝疑如蜀，山田更似閩。只看無廢地，寧復有閒民」〔註 436〕、「嶺路縈紆合，泉流詰曲通。田毛無歲旱，山課與耕同」〔註 437〕，與耕田相同的是，山民也要繳納賦稅，「寧復有閒民」、「山課與耕同」等句還表達了詩人對山民勤勞淳樸品質的讚賞、對民生疾苦的同情。再如《田家即事八首》之一：「水泛將晴霧，山行欲雨雲。鷗翻隨渚見，

〔註 434〕同上之八，同上頁。
〔註 435〕《秋陂道中三首》之一，《全宋詩》第 49 冊，第 30582 頁。
〔註 436〕《澗鋪嶺道中四首》之三，《全宋詩》第 49 冊，第 30748 頁。
〔註 437〕同上之二，同上頁。

雞近隔林聞」〔註 438〕，詩人以山水的描繪爲主，只用「隔林聞雞鳴」一句，輕輕地告訴我們：這兒也有農家生活隱蔽其中；而「波靜童閒笛，舟橫翁賣魚。村村皆樂業，處處盡安居」〔註 439〕，描寫漁民悠然自得的生活：村村樂業、處處安居，更近於田園詩，代表了趙蕃山水田園詩融山光水色與田園風光於一體的特色。

三、議論入詩與憂世或憂生之情：趙蕃山水詩的宋型文化特徵

山水詩是詩人心靈的外化，寄託著詩人的審美理想，所以肯定要表現詩人自我。正如王維、孟浩然等詩人的山水詩是他們寄託思想感情的所在一樣，趙蕃的山水詩同樣寄託了他的內心感受與人格精神。趙蕃筆下的山水詩帶有典型的宋型文化特徵，表現在自我色彩更濃、議論更多，如「仰山山峙季溪流，知我東歸俾暫留」〔註 440〕，在表達辭官歸隱的願望時，還抒發了他看到熟悉的仰山與溪流時欣喜的心情，頗有李白山水詩的個性化特徵與主觀色彩。

不過，由於詩人身處僅存半壁江山、內憂外患的南宋，內心的憂憤也時而投射到他筆下的山水風物上。也就是說，趙蕃的山水詩含蘊著濃濃的悲涼愁苦，傾注了詩人的憂世或憂生之情，表現了宋代山水詩的又一文化特徵。其《過分水嶺二首》之二云：「不歷閩山險，空云蜀道難。有泉皆瀑布，無路不紆盤。酒薄愁難破，詩成鼻爲酸。舉頭唯見日，何處是長安」〔註 441〕，詩人描繪了奇險的閩山、盤旋彎曲的山路、豐富的山泉與瀑布，字句中已然飽含了內心的感慨與無奈之情。但是，詩人仍感不足，又以「酒薄愁難破」、「何處是長安」等句直寫內心的愁苦、酸澀以及「不見長安」的絕望。「吳流亂如帶，

〔註 438〕《田家即事八首》之一，《全宋詩》第 49 冊，第 30760 頁。
〔註 439〕同上之四，同上頁。
〔註 440〕《八月八日發潭州後得絕句四十首》之二十，《全宋詩》第 49 冊，第 30807 頁。
〔註 441〕《全宋詩》第 49 冊，第 30579 頁。

吳岫冗若毛。吳人闕共載，吳語聞空嘈」，不但描寫了江南山水縱橫交織的美景，而且流露了自己作爲「南遷」的北方人，聽不懂吳儂軟語的感受。「雨勢崩騰略未休，澗沖溪惡使人愁」〔註 442〕，在描寫暴雨連續不斷、溪水暴漲的情景時，也抒發了詩人內心的悒鬱愁苦之情。

趙蕃的山水詩，在模山範水的同時，還時常嵌入詩人觀賞時的語言與動作描寫，創設出物我渾融的意境。其《與成父弟自嚴礱同入城，晚宿黃岩》描寫山中夜景云：「細聽松竹響，疑是風雨鳴。披衣更起坐，月出山四更」〔註 443〕，既描寫了山中深夜起風，松樹與竹林被風吹發出的巨大聲響，以及空中昇起的明月，還嵌入了詩人被驚醒後披衣坐起的特寫。再如《仙岩道間》一詩，首先描寫了空蕩深幽的岩洞：「茲岩如許深，中乃一物無。非仙莫能幻，故即岩之呼」，繼之以「我來值雪後，陰崖盡成晡」〔註 444〕，交代了詩人的行蹤、景物與氣象條件的變化。在描寫了詩人「茶罷攝衣起，巾車問前途」的舉動與語言後，又繼續描寫山中氣象與景物的變化：「前岡雲氣敷，後嶺雨腳暗」〔註 445〕。詩人筆下的山水，有動態的，也有靜態的，而貫穿其中的詩人茶罷攝衣起身、繼而巾車問路等語言與動作的描寫，還自然而巧妙地轉換了觀物的視角：從前面描寫深幽的岩洞，轉換爲描寫前山雲霧籠罩、後嶺大雨瀟瀟的景物。這與王維的山水詩常常在靜態的山水中隱沒了自我不同，而稍近於李白山水詩常常借助動態的自然山水浮現詩人自我的特點。

第七節　其他：挽悼詩、狹義範圍的敘事詩

趙蕃的詩歌，除了上述六類題材，還有論詩詩、挽悼詩和狹義範圍的敘事詩等。

〔註 442〕《松原山行七絕》之一，《全宋詩》第 49 冊，第 30810 頁。
〔註 443〕《全宋詩》第 49 冊，第 30485 頁。
〔註 444〕同上，第 30486 頁。
〔註 445〕同上。

其論詩詩，在《趙蕃的詩學理論》部分已經論述，此處不再贅述。

趙蕃作有挽悼詩四十三首，大部分是悼念去逝的朋友，如《挽施文叔三首》、《挽謝景英丈二首》、《聞鄭仲仁訃》、《挽余正叔》、《挽周畏知二首》、《挽楊茂原二首》、《挽俞克晦丈二首》、《挽周德友》等；有的是悼念朋友的親人，如《挽周畏知母俞夫人二首》、《挽沈夫人》〔註 446〕、《挽徐提舉夫人盧氏》。趙蕃挽悼詩所悼念的友人，大部分生前曾位居知州以上職位，如《挽趙丞相汝愚》、《挽南澗先生三首》、《挽胡澹庵二首》、《挽李舒州二首》、《挽趙路分善應三首》，就分別是悼念趙汝愚、韓元吉、胡銓、李處全、趙善應的，這些人當時不但在仕途上身居高位，而且具有一定的社會地位和影響力。其中，胡銓、趙汝愚和韓元吉等人的地位與社會影響還比較大（《挽趙丞相汝愚》、《挽胡澹庵二首》和《哭蔡西山》等詩歌，在本書第二章《趙蕃的政治思想》部分已經述及）。這些悼念友人的挽悼詩，大多敘述友人的生平事跡，稱賞其識見品節、淵深的理學修養和文學成就等。

從狹義的敘事詩範疇來看，趙蕃還寫作了一些記述發生在當時的重大事件的敘事詩。

南宋此起彼伏的農民起義的緊張情勢就是其中重要內容。當時，朝政日趨黑暗，加之水旱災害嚴重，民不聊生，掙扎在死亡線上的百姓紛紛揭竿而起，先後爆發了湖南郴州宜章（今屬湖南）縣弓手李金、沅州瑶民楊再彤、湖北茶民賴文政、彬州陳峒、汀州姜大老、福建沈師等人領導的起義，一時間「盜賊何多報，邊防益弛謀」〔註 447〕，南宋朝疲於鎮壓，形勢危機四伏。對南宋危亡的形勢，趙蕃的詩歌有豐富的記述：「湖南茶寇甫能平，湖北傜人復弄兵」〔註 448〕、「去年洞賊

〔註 446〕按，該詩題目後詩人自注云：「五峰先生夫人也。代潘友人作。」
〔註 447〕《送趙一叔江西漕赴召三首》之二，《全宋詩》第 49 冊，第 30596 頁。
〔註 448〕《自安仁至豫章途中雜興十九首》，《全宋詩》第 49 冊，第 30815 頁。

驚郴道，聞說居民甚可悲」〔註449〕。趙蕃把風起雲湧的農民起義，形象地比喻爲天上的雲，地上的塵土，此起彼伏，接連不斷：「米倉山寨雪連雲，不見椒盤見賊塵」〔註450〕。趙蕃對當時農民起義的浩大聲勢描繪得最爲詳細充分的是《書事》之十：

我行一何忙，羽檄來星犇。忙行抑何事，列境備戍屯。
賊犯連英郴，江右聲已宣。往年縛李金，此邦蓋晏然。
而今獨胡爲，騷驛窮朝昏。政坐茶賊時，曾窺此邦藩。
茶賊異此賊，本皆商販民。忽當法令變，州縣復少恩。
求生既無路，冒此圖或存。此賊據巢穴，其徒況是繁。
萌芽手可披，不披生惡根。雖云巢穴深，豈離率土濱。
彼猶蠭蟻聚，我軍貔虎群。彼積鼠壤餘，我粟多腐陳。
彼乃寇攘爾，我蓋仁義云。邊庭尚思犁，此又何足言。
何當快除掃，聽民樂耕耘。我亦得抛官，歸舟趁春渾。
胡爲故使我，駒局仍鵰蹲。更慮一朝焚，碔砆同璵璠。

〔註451〕

由於歷史和階級地位的局限，作爲忠於南宋小朝廷的官吏，趙蕃站在統治階級的立場上，敵視、污蔑農民起義軍是賊或「劫掠」之徒，是群聚的蜂蟻，積糧微少如鼠壤。相反，「仁義之師」官軍將士勇猛如貔虎，儲糧如山、給養充分。趙蕃認爲應該趁義軍剛剛萌芽時，立即斬草除根。這也是他一貫的主張，在《張涪州出詩數軸，皆紀用兵以來時事，有感借其韻》詩中，他說：「兵甲未休須壯士，閭閻乃敢問封侯」〔註452〕，希望平民百姓都能奮勇建功、陞官封侯。

不過，在詩中，趙蕃也能客觀地認識到農民起義的根本原因，在於統治者的殘酷剝削壓榨，逼迫百姓走投無路：「忽當法今變，州縣

〔註449〕《送曾季永赴道州永明尉三首》之二，《全宋詩》第49冊，第30769頁。

〔註450〕《丁卯除夕寓瀘南，獨坐舟中，有感去歲此夕》，《全宋詩》第49冊，第30933頁。

〔註451〕《書事》之十，《全宋詩》第49冊，第30444頁。

〔註452〕《張涪州出詩數軸，皆紀用兵以來時事，有感借其韻》，《全宋詩》第49冊，第30912頁。

復少恩。求生既無路，冒此圖或存」，正如辛棄疾分析的那樣，李金、賴文政、陳子明、陳峒「皆能一呼嘯聚千百」，原因在於「州以趣辦財賦爲急，吏有殘民害物之狀，而州不敢問；縣以並緣科斂爲急，吏有殘民害物之狀，而縣不敢問」，「故田野之民，郡以聚斂害之，縣以科率害之，吏以乞取害之，豪民大姓以兼併害之」，「民不去爲盜，將安之乎！」〔註 453〕可見，南宋朝的政治腐敗、官貪吏虐，是農民起義的根本原因。就連南宋小朝廷派出鎮壓起義軍的官軍，也不斷殘民害物，他們不但徵兵擾民，還強徵糧草，迫使農民搬運，修築防禦柵欄等設施，趙蕃也憤憤不平地說：「吁嗟此賊蜂蟻如，飛煙一炬斯無餘。奈何徵兵動州閭，紛然亦復勞轉輸。戍柵如櫛猶恐疏，江徼一朝成塞隅」〔註 454〕，表達了詩人對國事的擔憂和對百姓疾苦的同情。

〔註 453〕〔宋〕辛棄疾《淳熙己亥論盜賊箚子》，徐漢明編《新校編〔宋〕辛棄疾全集》，湖北人民出版社，2007 年，第 359 頁。

〔註 454〕《苦雨感歎而作》，《全宋詩》第 49 冊，第 30515 頁。